Ghost Mortem

Ein Paranormaler Cozy Mystery Crime
DIE GEISTERDETEKTIVIN BAND 1

JANE HINCHEY

Übersetzt von

TANJA LAMPA

IMPRESSUM

Übersetzung ins Deutsche: Tanja Lampa

Editor: Paula Lester

Cover-Designer: Baywolf Book Covers

Baywolf Press

PO Box 43

Ingle Farm, SA 5098

Australia

Bitte Kaufen Sie nur autorisierte elektronische Exemplare und beteiligen Sie sich nicht an oder forden Sie nicht die elektronische Piraterie urheberrechtlich geschutzter Materialien.

ÜBER DIESES BUCH

Wer auch immer behauptet hat, dass es Geister gibt, muss verrückt geworden sein.

Oh, warten Sie. Das war ja ich gewesen. Ich habe das behauptet. Wenn Sie mir gestern gesagt hätten, dass Geister real sind, hätte ich freundlich gelächelt, genickt und einen Psychiater angerufen, damit er Ihren verblendeten kleinen Geist heilen würde. Jetzt bin ich an der Reihe, an meinem Verstand zu zweifeln, nachdem der Geist meines besten Freundes in meiner Wohnung aufgetaucht ist. Waren es die Tequila-Shots in der Nacht zuvor, die diese Erscheinung verursachten? Oder vielleicht ein paar Schläge zu viel gegen den Hinterkopf – denn seien wir ehrlich, ich bin ein Tollpatsch, und es würde mich nicht wundern, wenn ich im Laufe der Jahre meine grauen Zellen irreparabel geschädigt hätte.

Nun muss ich akzeptieren, dass das Paranormale

tatsächlich existiert. Doch leider fehlt meinem Geisterfreund neben seinem Körper noch etwas anderes: sein Gedächtnis. Er weiß nicht, wie er gestorben ist, vermutet aber ein Verbrechen und bittet mich um Hilfe bei der Suche nach seinem Mörder. Das kann ich nicht ablehnen, denn ich habe eine Schwäche für gute Krimis, und die Chance, den Mörder meines Freundes zur Rechenschaft zu ziehen, ist zu gut, um sie nicht zu nutzen.

Mich erwarten viele Überraschungen, als ich mein verborgenes Talent für Detektivarbeit entdecke, ganz zu schweigen von der unerwarteten Erbschaft einer sprechenden Katze und vielem mehr. Aber was das größte Problem von allen ist? Captain Cowboy Hotpants, oder – wie er gerne genannt wird – Detective Kade Galloway vom Firefly Bay Police Department. Er ist ein toller Polizist, aber mein Misstrauen gegenüber der Polizei sitzt tief. Und kann ich ihm trotz seiner Beteuerungen, dass er mir helfen will, wirklich vertrauen, oder dient sein Hilfsangebot nur dem Zweck, mich davon abzuhalten, die Wahrheit herauszufinden?

Ich denke, ich werde es wissen, wenn der Tod an meine Tür klopft.

Begleiten Sie Audrey Fitzgerald in der Geisterdetektivserie, einem paranormalen Cosy Crime mit einer Katze, einem Geist und einem Mordfall, der gelöst werden will.

Hallo und herzlich willkommen in der seltsamen und verrückten Welt meiner Fantasie. Ich hoffe, Sie genießen Ihre Zeit hier. Wenn Sie alles Übernatürliche so sehr lieben wie ich, dann wird Ihnen die Reise gefallen – davon gehe ich zumindest aus.

Ghost Mortem ist das erste Buch meiner Geisterdetektiv-Reihe, dem weitere folgen werden. Melden Sie sich also für meinen Newsletter an, damit ich Sie benachrichtigen kann, wenn der nächste Band fertig ist.

Sie können sich hier für meinen Newsletter anmelden:

www.JaneHinchey.com/subscribe-deutsch/

Okay, bereit, ein wenig zu zaubern und einige Rätsel zu lösen?

Dann sehen wir uns auf der anderen Seite wieder!

xoxo

Jane

Mein Name ist Audrey Fitzgerald und ich möchte Ihnen kurz erzählen, wie ich gestorben bin.

Es war keine dunkle, stürmische Nacht, sondern ein klarer Nachmittag. Keine Wolke war in Sicht, die Sonne schien und die Welt war in Ordnung. Moment mal, nein, das war sie nicht. Also das mit dem Wetter stimmt schon, aber diese Geschichte beginnt nicht so fröhlich mit Sonnenschein und Einhörnern. Oh nein! Das ist der Tag, an dem ich gestorben bin. In meiner Welt war also nicht alles in Ordnung.

Angesichts eines solch monumentalen Ereignisses hätte ich gedacht, die Welt da draußen würde sich verdunkeln, es würde donnern und der Himmel würde seinen Unmut darüber kundtun, dass ich zu früh und zu jung gegangen bin, dass meine Zeit zum Sterben noch nicht gekommen war. Aber angesichts der

Tatsache, dass ich zur Ungeschicklichkeit neige, überrascht mich das ehrlich gesagt nicht sonderlich. Ich leide schon zeit meines Lebens darunter, und ich habe Narben, die das beweisen! Wenn jemand gegen eine geschlossene Tür läuft, über eine unsichtbare Falte im Teppich stolpert und sich mit heißem Kaffee bekleckert, dann bin ich das.

Aber ich konnte mein Leben nicht in Luftpolsterfolie verpackt verbringen. Das Leben sollte gelebt werden, und das bedeutete, in die große weite Welt hinauszugehen und jeden Tag als den Segen zu betrachten, der er war. Mom und Dad hatten immer den Kopf geschüttelt und gemurmelt: „Ein Wunder, dass sie ihre Kindheit überlebt hat", wenn ich von der letzten Katastrophe erzählte, die mir widerfahren war.

Ungeschicklichkeit sollte einen Menschen nicht definieren, und doch konnte ich sie kategorisch als Grund dafür angeben, dass ich bei jedem einzelnen Job, den ich hatte, gefeuert wurde. In der Regel kam dabei immer auch ein heißes Getränk vor, das über jemanden verschüttet wurde. Meistens über den Chef. Und das nicht nur bei einer Gelegenheit – denn sie sind keine Ungeheuer, sie feuern niemanden, weil er ein Getränk verschüttet hat. Aber nach einem Besuch in der Notaufnahme mit Verbrennungen an Ihrem, äh, empfindlichen Körperteil, die vom Kaffee herrühren, den ich Ihnen in den Schoß geschüttet habe, fällt irgendwann das Wort ‚Haftung'. Und ob nun zu Recht oder nicht, fand ich mich selbst immer dabei wieder, wie ich aus der Tür geleitet wurde.

Mein Beruf, sofern es überhaupt einer war, war also der einer professionellen vorübergehenden Mitarbeiterin. Obwohl ich eine Ausbildung zur Rechtsanwaltsfachangestellten absolviert hatte, über ein Diplom in Betriebswirtschaft und ein Zertifikat zur Führung eines Kleinunternehmens verfügte, konnte ich keine Stelle halten. Jedenfalls nicht für lange. Denn auf die eine oder andere Weise vermasselte ich es immer. Ich habe schon viele teure Laptops und Telefone fallen lassen und Vasen auf den Schreibtischen der Empfangsdamen umgestoßen. Und dass dann das Wasser auf deren Computer spritzte, war ganz normal.

Verstehen Sie mich nicht falsch, ich bin nicht verbittert. Ganz und gar nicht. Ich liebe diese Zeitarbeit, ich liebe die Freiheit und die Flexibilität. Es ist das beliebte „Testen Sie, bevor Sie kaufen"-Szenario, und das wird gut bezahlt. Aber es bedeutet auch, dass der Kauf einer eigenen Wohnung unerreichbar ist. Keine Bank leiht einem Geld, wenn man keinen sicheren Arbeitsplatz vorweisen kann. Ich fahre eine Rostlaube von einem Auto. Ich wohne in einer winzigen Wohnung in einem heruntergekommenen Stadtteil. Solange ich nicht genug gespart habe, um mir ein besseres Auto zu kaufen, und mir das Wunder eines Eigenheims widerfährt, sitze ich hier fest.

Auch meine Geschwister üben Druck aus. Ich bin

das jüngste von drei Kindern, und mit neunundzwanzig tickt die Uhr, um sesshaft zu werden, zu heiraten, ein Haus zu kaufen und Kinder zu haben. Obwohl ich zugeben muss, dass mir der Gedanke, Kinder zu haben, Angst macht, denn allein für mich selbst zu sorgen, ist schon ziemlich viel Arbeit. Aber ich denke mir, wenn ich einen netten Mann als Ehemann finden könnte, würde er schon dafür sorgen, dass es dem Kind gut geht, oder? Nur wo findet man sie? Die guten Männer? Neben meinem Dad kenne ich nur einen einzigen anderen guten Mann, und das ist mein bester Freund, Ben Delaney. Und Ben und ich werden niemals heiraten. Auf keinen Fall. Wir sind zusammen aufgewachsen und seit dem Kindergarten beste Freunde. Wir kennen uns viel zu gut, um jemals eine romantische Beziehung zu haben. Niemals.

Ich glaube, ich erweise meinem Bruder einen schlechten Dienst, wenn es um anständige Männer geht. Er ist ganz in Ordnung, der Älteste von uns und mit Amanda verheiratet – die jünger ist als ich, was Salz in die Wunden des Singledaseins streut – und sie haben zwei der schönsten Kinder, die ich je gesehen habe: Madeline ist drei Jahre alt, Nathaniel ein Jahr. Amanda ist Rechtsanwaltsgehilfin bei *Beasley, Tate and Associates*, und ich habe dort für kurze Zeit gearbeitet, als sie im Mutterschutz war. Die Sache ging natürlich nicht gut aus und brachte Amanda in eine gewisse Verlegenheit, weil ihre Schwägerin eine solche Katastrophe war.

Obwohl sie zwei Jahre jünger ist als ich, wirkt Amanda viel älter. Sie ist der Typ Frau, der Twinset und Perlen trägt und redet, als hätte sie eine Pflaume im Mund. Erst letzte Woche erklärte sie bei unserem regelmäßigen Familienessen bei meinen Eltern, als das Gespräch wie immer auf mein unbeholfenes Verhalten kam, dass „eine langsamere Verarbeitungsge-schwindigkeit und eine reduzierte Reaktionszeit bestimmte Personen zu Koordinationsfehlern prädisponieren kann, die zu unbeabsichtigten Verletzungen führen können". Ich lachte, griff nach meinem Glas und verschüttete prompt Rotwein über den ganzen Tisch. Sie zog eine perfekt gezupfte Augenbraue hoch und sagte: „Das ist ein typisches Beispiel."

Meine ältere Schwester Laura ist mit Brad verheiratet, und sie haben ein Kind, die kleine Isabelle. Unnötig zu erwähnen, dass meine Eierstöcke bei jedem Familientreffen vor lauter niedlichen Babys um mich herum zu platzen drohen. Ganz zu schweigen von dem Ticken meines nahenden dreißigsten Geburtstags.

Aber ich schweife ab. Ich wollte Ihnen gerade erzählen, wie ich gestorben bin, also nicht gestorben … nicht ganz. Ich bin nur fast gestorben.

*M*ein Tag hatte damit begonnen, dass mir mein Handy auf das Gesicht fiel, als ich noch im Bett lag. Der Wecker hatte mich aus dem Tiefschlaf gerissen, und ich hatte mir das Telefon geschnappt und es mir praktisch gegen die Stirn geschlagen. Ich hatte zehn Minuten damit verbracht, den leuchtend roten Fleck mit Make-up zu überdecken, während ich meinen Kleiderschrank durchwühlte, um eine Bluse ohne Flecken auf der Vorderseite zu finden. Ich entschied mich schließlich für ein weißes T-Shirt, das ich falsch herum trug, um die Spritzer zu verbergen. Ich nahm mir vor, meine Mutter nach Tipps zur Fleckenentfernung zu fragen – oder mich komplett neu einzukleiden. Ich zog meinen marineblauen Blazer darüber und betrachtete mich kritisch im Spiegel. Niemand würde es je erfahren. Vorausgesetzt, ich würde die Jacke den ganzen Tag anlassen.

Zum Glück war der passende marineblaue Rock dunkel genug, um sämtliche Spuren zu verdecken, und ich schob meine Füße in die Pumps und eilte aus der Tür. Strümpfe waren sinnlos – in neun von zehn Fällen kam ich mit einer Laufmasche auf der Arbeit an. Fragen Sie mich nicht wie, sie entstanden stets wie von Zauberhand.

Der Tag war bemerkenswert reibungslos verlaufen, anfangs zumindest. Bis drei Uhr nachmittags.

„Audrey!", brüllte Mr Brown. Ich erschrak, weil ich

dachte, meine Glückssträhne sei vorbei. Ich hatte wirklich gehofft, dass er den gewaltigen Aufprall nicht gehört hatte, der seinem Gebrüll vorangegangen war. Ich hatte mir mit dem Hintern die Tür zum Sitzungssaal aufgeschoben, um ein schweres Tablett voller Geschirr für die Besprechung um sechzehn Uhr hereinzutragen. Ein sehr wichtiges Treffen mit sehr wichtigen Leuten. VIPs. Man hatte mir ein Dutzend Mal gesagt, ich solle mich vergewissern, dass der Raum perfekt war – und mich rar machen, sobald er es war. Man brauche mich nicht, um Notizen zu machen.

Woher sollte ich wissen, dass die Prinzessin und ihr Pony sich dort auf ihren großen Auftritt vorbereiteten? Ich wollte nicht, dass die Tür zurückschwingt und die Prinzessin trifft. Zu Ihrer Information: Sie ist keine echte Prinzessin, ich nenne sie nur so, weil es besser klingt als ‚aufgeblasene Kuh‘. Sie stolziert immer durch das Büro, als ob sie besser wäre als alle anderen, und das nervt mich. Sehr. Und ihr Assistent, den ich liebevoll ‚das Pony‘ nenne, weil sie immer auf ihm herumreitet – und das in mehrfacher Hinsicht – war immer zur Stelle, um ihr jede Laune, jeden kleinen Wunsch zu erfüllen. Sie war natürlich die Tochter von Mr Brown. Und damit unantastbar.

Nur dass ich sie bereits berührt hatte. Die Tür schlug ihr so hart gegen den Hintern, dass sie gegen das Pony geschleudert wurde, das wiederum zurücktaumelte, über ein Kabel stolperte und das gesamte Podium samt Laptop umstieß. Natürlich verlor ich das Gleichgewicht, und das Tablett mit all den Tassen, Untertassen, Gläsern und Saftkannen segelte durch die Luft und schlug krachend auf dem Boden auf. Scherben flogen umher und Saft bespritzte den Boden, die Wände, die Prinzessin und ihr Pony. Der Laptop war mit Sicherheit auch kaputt.

„Audrey!" Mr Browns Stimme kam jetzt näher, seine Schritte waren schwer, als er den Korridor zum Sitzungssaal hinunter donnerte. Ich besah mir das Durcheinander auf dem Boden, überlegte, ob ich es schaffen würde, es aufzuräumen, bevor er kam, und rechnete mir aus, dass meine Chancen gleich null waren, sodass ich mir die Mühe sparen konnte. Ich stand kurz davor, geröstet zu werden. Vor allem, als Mr Brown einen Blick auf die Prinzessin warf, deren Seidenbluse ein wirklich großer nasser Fleck zierte. Ich holte tief Luft und ließ sie meine Lungen füllen, bevor ich sie langsam ausatmete und auf die unvermeidliche Explosion wartete. Sekunden später schlug die Tür so heftig zurück, dass sie gegen die Wand hinter ihr prallte und der Putz abplatzte.

Ich zeigte auf die Stelle. „Das war ich nicht!"

Mr Browns Augen weiteten sich, seine ohnehin rötlichen Wangen und seine Knollennase wurden noch roter, und sein breiter Bauch wackelte, als die Wut in ihm aufstieg. Seine Hand ballte sich zu einer Faust, entspannte sich, ballte sich wieder und ich wusste, dass er mir ins Gesicht schlagen wollte. Buchstäblich. Zum

Glück besaß er zu viel Verstand, um eine mögliche Klage zu riskieren.

„Raus!" Er zeigte auf die Tür. „Verschwinden Sie und kommen Sie nicht wieder. Sie sind gefeuert!"

Ich ging um ihn herum und hielt mich außer Reichweite, für den Fall, dass er sich selbst vergaß und beschloss, mir zum Abschied eine Ohrfeige zu geben. Ich eilte zurück an meinen Schreibtisch und sammelte hastig meine Sachen ein.

„Oh nein." Joey reckte den Kopf über die Trennwand zwischen unseren Arbeitsplätzen und sah zu, wie ich meinen Lippenbalsam, mein Handy und einen Block mit Haftnotizen in die Tasche steckte.

„Oh doch." Ich nickte. „Ich habe dich gewarnt, dass du dich besser nicht an mich gewöhnen solltest." Ich warf meine Tasche über die Schulter und strahlte ihn an. „Bis dann, Joey. Vielen Dank für alles. Und viel Erfolg bei der heutigen Präsentation. Es tut mir leid, dass ich so eine Sauerei hinterlassen habe, die du jetzt aufräumen musst."

„Audrey, warte." Joey eilte hinter mir her. Als ich am Aufzug stehen blieb, drückte ich hastig auf den Knopf, weil ich weg sein wollte, bevor Mr Brown wieder auftauchte. Ich wollte nicht dafür verantwortlich sein, dass er einen Herzinfarkt erlitt, und ich fürchtete, dass dies das einzig mögliche Ergebnis wäre, wenn er mich noch einmal zu Gesicht bekäme.

„Lass mich mit ihm reden", flehte Joey. „Gib ihm

Zeit, sich zu beruhigen. Vielleicht gibt er dir eine zweite Chance."

Ich tätschelte Joeys Wange. „Du bist ein Schatz." Ich lächelte sanft und wusste, dass er es gut meinte. „Aber bitte nicht. Um ehrlich zu sein, war meine Zeit sowieso fast um. Lee kommt in zwei Tagen aus dem Urlaub zurück."

„Oh." Joey wirkte niedergeschlagen. „Nun, vielleicht können wir uns nach der Arbeit auf einen Drink treffen? Und uns angemessen verabschieden?"

„Ja, klar, das wäre cool." Der Aufzug läutete und die Türen öffneten sich. Ich trat hinein und drehte mich um. „Schick mir die Infos."

Gott, ich dachte, Joey würde gleich weinen. Seine Augen traten hervor und sein Kinn wackelte. Als sich die Türen schlossen, hörte ich, wie er rief: „Bis dann, Audrey." Ich lehnte mich zurück und wartete darauf, dass der Aufzug mich im Erdgeschoss absetzte. Die Fahrt dauerte nicht lang, da sich Mr Browns Büros im dritten Stock befanden, aber die Erfahrung sagte mir, dass es sicherer war, den Aufzug zu nehmen als die Treppe.

Der Aufzug kam im Foyer an, und ich eilte zu den Drehtüren, wobei ich mich darauf konzentrierte, nicht zerquetscht zu werden, und lächelte, als es mir gelang, die beweglichen Türen zu passieren und auf den Bürgersteig hinauszugehen. Ich hatte mein Auto ein paar Blocks entfernt abgestellt, wo das Parken kostenlos war. Ich ging in diese Richtung und behielt die Leute um mich herum genau im Auge, um weitere Zusammenstöße zu vermeiden. Ein unglücklicher Vorfall pro Tag reichte völlig aus.

Sie haben eine Nachricht erhalten!, meldete mein Handy. Wahrscheinlich Joey mit den Einzelheiten unseres After-Work-Treffens. Ich kramte in meiner Tasche, holte mein Handy heraus und schielte durch den zerkratzten Bildschirm auf Joeys lächelndes Gesicht.

Um sechs Uhr im Crown & Anchor.

Ich schrieb gerade zurück, als es passierte. Es war nicht meine Schuld, ich schwöre. Ich wurde von hinten angerempelt. Von. Hinten. Aber natürlich hatte der Rempler einen Schneeballeffekt, und ich prallte auf den Vordermann und fiel dann zur Seite, wobei ich mir den Knöchel verdrehte, als ich über den Bordstein stolperte – und rechtzeitig aufschaute, um einen Bus auf mich zukommen zu sehen.

KAPITEL 2

ine Hand legte sich fest um meinen Arm und zog mich zurück. Der Bus sauste vorbei und peitschte mir die Haare aus dem Gesicht, nur dass ich jetzt an Schwung gewonnen hatte, und mit jener Hand, die immer noch um meinen Arm geschlungen war, wirbelte ich herum und trat meinem Retter ordentlich in die Eier.

„Autsch." Er ließ meinen Arm los und griff sich stattdessen in den Schritt. „Verdammte Sch–", stöhnte er.

„Oh, Entschuldigung!"

Er stand vornübergebeugt da, sodass ich nur seine jeansbekleideten Beine – eine schwarze Jeans, meine Lieblingshose – und sein dunkles Haar sehen konnte, während er schmerzhaft einatmete. Ich wollte ihm gerade einen tröstenden Klaps auf die Schulter geben, als er sich plötzlich aufrichtete und unsere Köpfe mit einem lauten Knall zusammenstießen.

„Aua!" Der Schmerz schoss mir durch den Schädel, und ich taumelte nach hinten, wobei ich eine Hand auf die Beule legte, die sich bereits auf meiner Stirn bildete.

„Mein Gott", fluchte mein Retter. „Bleib einfach still stehen und rühr dich nicht."

Ich tat, wie mir gesagt wurde, und sah zu, wie der dunkelhaarige Fremde sich aufrichtete und ich ihn endlich richtig sehen konnte. Du liebe Güte! Ein rot-schwarz kariertes Hemd über einem schwarzen T-Shirt, die dunkle Jeans, die ich so liebte, Stiefel, ein Drei-Tage-Bart, für den man sterben könnte. Ein roter Fleck bildete sich auf seinem viereckigen Kiefer, wo wir aufeinandergetroffen waren. Seine grauen Augen – die von langen, dichten Wimpern umgeben waren – verengten sich, als er mich im Gegenzug ebenfalls musterte.

„Audrey, du brauchst wirklich einen Aufpasser." Ben Delaney, mein bester Freund, trat um den Mann herum und schüttelte den Kopf. Ich stürzte mich auf ihn, schlang die Arme um seinen Hals und drückte ihn fest an mich.

„Es ist so schön, dich zu sehen!", erklärte ich und drehte den Kopf, um ihm einen Kuss auf die Wange zu geben.

Sein Brustkorb rumpelte, als er lachte. „Du bringst

dich also nach wie vor in Schwierigkeiten. Du bist wirklich eine Gefahr für andere." Er löste sich aus meiner Umarmung und klopfte dem anderen Mann auf den Rücken.

„Alles okay?", fragte er.

Mr Groß, Dunkel und Attraktiv beäugte mich misstrauisch, nickte dann aber. „Ich werde es überleben." Seine Stimme war tief und rau und machte komische Dinge mit meinem Inneren.

Ben grinste. „Dieses Katastrophengebiet auf zwei Beinen ist meine beste Freundin, Audrey Fitzgerald. Audrey, das ist Kade Galloway. Detective Kade Galloway."

Mir wurde schwer ums Herz. Er war einer von ihnen. Ein Polizist. Mein Blick wanderte zwischen Ben und dem Detective hin und her. Ben nickte leicht, als wollte er mir versichern, dass ich ihm vertrauen konnte, dass er in Ordnung war. Zögernd streckte ich eine Hand aus.

„Freut mich, Sie kennenzulernen", bot ich an.

Er sah auf meine Hand und schüttelte sie kurz mit etwas, das ich nur als Widerwillen bezeichnen konnte, bevor er die Hände in die Vordertaschen seiner Jeans schob.

„Die Freude ist ganz meinerseits, Audrey", antwortete er lächelnd und ich blinzelte überrascht. Das Lächeln war echt und zeigte ein Grübchen, das ein Sabbern wert war. Er war das Beste, was ich seit

Langem gesehen hatte … warum musste er ein Polizist sein? Ben war auch bei der Polizei gewesen und hatte eine vielversprechende Karriere vor sich gehabt. Bis sie sich gegen ihn gewandt, ihn gemieden und schließlich vertrieben hatten. Nun leitete er sein eigenes Detektivbüro – das ich mit aufgebaut hatte.

Aber ich hatte etwas aus Bens Zeit bei der Polizei gelernt: Man konnte Polizisten nicht trauen. Sie verdrehten die Dinge so, wie es ihnen passte, und sie waren nicht davor gefeit, das Gesetz zu beugen, um ihren eigenen Hintern zu retten. Ich seufzte wehmütig. Wie schade.

„Was machst du überhaupt hier draußen? Hast du heute früher Feierabend?", fragte Ben. Dann sah er mich mit zusammengekniffenen Augen von oben bis unten an und schnaubte.

„Was?" Ich machte eine kurze Bestandsaufnahme und vergewisserte mich, dass ich mein Mittagessen nicht auf dem T-Shirt verschüttet oder den Rock verkehrt herum angezogen oder irgendetwas anderes ebenso Beschämendes getan hatte.

„Du wurdest gefeuert", meinte er trocken. „Schon wieder."

Ich zuckte mit den Schultern. „Mein Vertrag läuft sowieso bald aus. In zwei Tagen!" Ich hob einen Finger zu einer unhöflichen Geste, und er nahm meine Hand herunter und verschränkte meine Finger mit seinen.

„Was soll ich nur mit dir machen, Fitz?" Er gluckste.

„Mir ein Bier ausgeben?", schlug ich hoffnungsvoll vor.

„Sind Sie sicher, dass das eine gute Idee ist?", fragte Detective Kade Galloway und zog eine Augenbraue über stahlgrauen Augen hoch. „So wie es aussieht, können Sie schon nüchtern kaum geradeaus laufen."

Ich ignorierte ihn, hakte mich bei Ben unter und schob uns vorwärts. „Was machst du überhaupt hier? Hast du einen Auftrag?" Der Detective lief hinter uns her, und ich kam nicht umhin, mir seiner Anwesenheit bewusst zu sein.

„Geschäftsbesprechung", murmelte Ben und schaute zu mir hinunter. Wir hielten an der Ampel an und er legte einen Arm schützend vor mich, als erwarte er, dass ich bei Rot loslief.

„Ha ha." Ich schlug seine Hand weg und verschränkte die Arme. „Um was geht es denn? Eine entlaufene Katze? Eine Ehefrau, die ihren Mann betrügt?" Das waren Bens typische Fälle, seit er vor ein paar Jahren aus dem Polizeidienst ausgeschieden war und sein Büro eröffnet hatte.

„Eigentlich ist das hier ein richtig guter Fall."

„Also eine Stufe höher als eine Katze."

„Genau."

„Wollen wir nach deiner Besprechung etwas trinken gehen? Ich habe ein paar Stunden Zeit, die ich totschlagen muss. Dann kannst mir alles darüber erzählen."

*A*m nächsten Morgen riss mich das Schrillen des Weckers aus meinen Träumen. Stöhnend streckte ich eine Hand aus, um das Kopfschmerzen verursachende Kreischen des Geräts zum Schweigen zu bringen, das ich normalerweise liebte, aber in diesem Moment extrem verachtete. Schließlich landeten meine Finger auf dem Handy, und als ich die Augen öffnete, schaute ich trübsinnig auf das Display und konzentrierte mich auf die Risse.

„Das soll wohl ein Scherz sein." Ich hatte vergessen, den Wecker abzustellen. Wütend drückte ich auf das rote Kreuz, brachte ihn schließlich zum Schweigen, warf das Handy zurück auf den Nachttisch und hörte, wie es über die Oberfläche glitt und auf der anderen Seite mit einem Knall auf den Boden fiel. Ich zog die Decke bis zum Kinn hoch, drehte mich um und versuchte, wieder einzuschlafen. Ich weiß nicht, wie lange ich dort lag. Minuten? Stunden? Möglicherweise Tage. Aber irgendwann wurde mir klar, dass der Schlaf nicht zurückkehren würde, und ich genauso gut aufstehen und mich dem Tag stellen könnte.

Ich warf die Decke zurück, schlüpfte aus dem Bett und stolperte ins Bad, ohne mir die Mühe zu machen, mein Spiegelbild zu betrachten. Ich brauchte keine Bestätigung. Ich würde Geld darauf wetten, dass ich so schlecht aussah, wie ich mich fühlte. Verkatert beschrieb es nicht annähernd. Nach dem Bad machte ich mich auf den Weg in die Küche, was kein langer Weg war. Meine Wohnung war klein und offen gestaltet. Das Fußende meines Bettes war buchstäblich mein Wohnzimmer, nur ohne Wände.

Mit einem Gähnen schob ich eine Kapsel in meine Kaffeemaschine und drückte den magischen Knopf. Während ich wartete, zog ich eine Schublade heraus und kramte darin herum, wobei sich meine Finger um eine Schachtel mit Schmerztabletten schlossen. Ich steckte mir zwei in den Mund, drehte den Wasserhahn auf und neigte den Kopf, um direkt aus dem Wasserstrahl zu trinken. Ich wischte mir mit dem Handrücken über den Mund und lehnte mich gegen den Küchentisch, um meine Wohnung zu betrachten. Schuhe, Blazer und Handtasche auf dem Boden neben der Eingangstür. Geprüft. Rock und fleckiges T-Shirt mitten auf dem Boden, auf dem Weg zum Bett. Geprüft. Irgendeine Person, die auf meinem Sofa schlief. Geprüft.

Moment. Was?

Stirnrunzelnd versuchte ich, mich an die Ereignisse der letzten Nacht zu erinnern. Ben hatte sich wie ein Champion verhalten und war mit mir in den Pub gegangen. Er hatte den Detective eingeladen, uns zu begleiten, aber der hatte zu meinem Leidwesen abgelehnt und gemeint, er würde sich später mit Ben treffen. Ben hatte einen Drink gehabt, vielleicht auch zwei, und ich erinnere mich, dass ich mit ihm Darts und Billard gespielt hatte. Dann war Joey gekommen und Ben war gegangen. Ein paar andere ehemaligen Kollegen aus dem Büro waren aufgetaucht. Es gab Tequila-Shots, und dann wurde alles ein bisschen verschwommen.

Wen in aller Welt hatte ich also mit nach Hause genommen? Und hatten wir … aber nein. Ich trug meinen Schlafanzug und er lag auf dem Sofa. In dieser Hinsicht war nichts passiert, da war ich mir sicher. Aber wer schnarchte nun gerade auf meiner Coach?

Ich kroch nach vorne und spähte über die Rückseite. Genau in diesem Moment setzte er sich auf und wir stießen fast zusammen. Ich sprang erschrocken zurück, quietschte dabei, verlor prompt das Gleichgewicht und landete auf meinem Hintern.

„Audrey?" Ben stützte sich mit den Armen auf der Lehne des Sofas ab und schaute zu mir hinunter. „Bist du okay?"

„Ben?" Ich blinzelte in seine Richtung. Er blinzelte zurück. „Was machst du hier?", fragte ich und rappelte mich wieder auf. Der Duft von Kaffee erfüllte die Luft, also kehrte ich in die Küche zurück, öffnete einen Hängeschrank und nahm eine zweite Tasse heraus. „Kaffee?", fragte ich.

„Bitte." Ich hörte eine Bewegung und sah aus dem Augenwinkel, wie er sich aufsetzte, die Ellbogen auf seine jeansbekleideten Knie stützte und sich mit den Fingern durch die Haare fuhr.

„Oh Mann", sagte ich, während ich seinen Kaffee zubereitete, „was für eine Nacht." Ich konnte mich nicht daran erinnern, dass Ben überhaupt in die Kneipe zurückgekehrt war, geschweige denn mit mir nach Hause gekommen war.

„Ja." Seine Stimme klang gedämpft und ich riss den Kopf hoch. Er rieb sich mit beiden Händen kräftig über das Gesicht.

„Bist du okay?" Ich ging zu ihm hinüber und stellte seinen Kaffee auf den Tisch vor dem Sofa. „Verkatert?"

Er legte den Kopf schief und sah mich an. „Ich denke schon. Ich fühle mich … seltsam."

„Inwiefern seltsam?" Ich schlang die Hände um den Kaffeebecher, nahm einen zaghaften Schluck und verbrannte mir die Zunge. Ich schürzte die Lippen und blies leise in das schwarze Gebräu.

Er zuckte mit den Schultern. „Ich weiß es nicht. Ich fühle mich komisch. Wie bin ich hierher gekommen?"

Meine Augenbrauen schossen in meinen Haaransatz. „Du erinnerst dich nicht?" Wenn das der Fall war, waren wir beide aufgeschmissen. Er schüttelte den Kopf und ich ließ mich neben ihn fallen.

„Ich auch nicht", gab ich zu. „Ich kann mich nicht erinnern, dass du zum *Crown & Anchor* zurückgekommen bist. Ich erinnere mich vage daran, dass ich gegangen bin. Ich bin mir ziemlich sicher, dass ich ein Taxi genommen habe. Verdammt … das bedeutet, dass ich zurückfahren und mein Auto holen muss."

Er gluckste. „Ich nehme dich mit. Später. Wenn du wieder nüchtern bist." Er wedelte mit einer Hand vor seinem Gesicht. „Wenn du nicht mehr wie eine Brauerei stinkst."

„Ha ha. Also, woran erinnerst du dich?" Ich probierte mein Getränk erneut und schloss die Augen, als der wohltuende Koffeinkick meinen Magen traf.

Ben war so lange still, dass ich ein Auge öffnete, um nach ihm zu sehen. Er starrte mit ausdruckslosem Gesicht an die Wand. Ich runzelte die Stirn. Erlitt er gerade einen Schlaganfall? Ich wollte ihm schon auf die Schulter klopfen, als er den Kopf drehte und mich mit einem Blick ansah, dass ich zusammenzuckte und den Kaffee in meinem Schoß verschüttete.

„Verdammt!" Ich sprang auf, stellte die Tasse auf den Tisch und eilte ins Bad. Verdammt, es war heiß, heiß, heiß. Hastig zog ich meine Schlafanzughose aus, die Haut meiner Oberschenkel war von dem heißen Getränk knallrot.

„Bist du okay?", rief Ben.

„Ich springe nur schnell unter die Dusche", rief ich zurück. Das war keine schlechte Idee, schließlich war ich schon halb entkleidet. Und er hatte sich nicht geirrt, als er meinte, ich würde wie eine Brauerei riechen. Man könnte meinen, ich hätte mich in Tequila mariniert. Ich griff nach einer blonden Haarsträhne, zog sie mir vor die Nase und zuckte bei dem Gestank zurück. Ekelhaft. Mein Gott, ich muss meine Haare durch den Inhalt der Bar gezogen haben – und wer weiß, durch was sonst noch alles.

Ich stellte das Wasser kühl ein und trat unter den Strahl, wobei ich ein wenig zusammenzuckte, als er mein erhitztes Fleisch traf. Nach ein paar Minuten verschwand das Brennen, und ich stellte auf warm, wodurch das Bad beschlug. Nachdem ich geduscht und die Haare gewaschen hatte, trocknete ich mich schließlich ab, zog einen Bademantel an und wickelte mein Haar in mein Turbanhandtuch. Ich riss die Tür auf und spähte hinaus. War Ben noch hier oder hatte er keine Lust mehr gehabt, auf mich zu warten? Ich entdeckte ihn in der gleichen Position auf dem Sofa. Ich zog den Gürtel meines Bademantels fester um meine Taille und setzte mich hin. Mein Kaffee war fast kalt, aber das war mir egal. Ich schluckte ihn runter.

„Erinnerst du dich noch an etwas?", fragte ich.

Er schüttelte den Kopf. „Irgendetwas ist nicht in Ordnung. Audrey, da stimmt was nicht." Seine Stimme hatte einen dringenden Ton angenommen, und mein Herzschlag beschleunigte sich daraufhin.

„Was? Was meinst du damit? Eine Amnesie? Einen Gehirntumor?"

Er gluckste. „Ich frage mich, ob ich unter Drogen gesetzt wurde. Ob mir jemand etwas ins Glas getan hat. Das alles hier deutet auf K.o.-Tropfen hin."

Ich hielt mir eine Hand vor den Mund, zog sie dann weg und flüsterte: „Jemand hat dir K.o.-Tropfen verabreicht? Das ist ja furchtbar! Aber wer? Und warum? Hat man dich …?" Ich ließ besorgt den Blick auf seinen mit Jeans bekleideten Schritt und wieder auf sein Gesicht fallen.

„Ich habe nicht das Gefühl, dass so etwas passiert ist", sagte er, aber seine dunklen Brauen waren zu einem Stirnrunzeln zusammengezogen. Mein Hirn kramte alles durch, was ich über die Vergewaltigungsdroge Rohypnol wusste. Das war nicht viel. Ich wusste nur, dass es sich um ein Beruhigungsmittel handelte und dass die Nachwirkungen Gedächtnisverlust sein konnten.

„Wir sollten dich ins Krankenhaus bringen und untersuchen lassen."

„Ja. Vielleicht", meinte er und nickte zustimmend.

„Du wolltest mich sowieso an meinem Auto absetzen", sagte ich. „Das können wir hinterher machen."

„Okay, klar." Er stand auf und ging auf meine Haustür zu. „Ich warte draußen auf dich."

Ich wollte ihm schon folgen, als mir auffiel, dass ich immer noch meinen Bademantel trug. Ach nee. Ich drehte mich um und lockerte bereits den Gürtel, als er sagte: „Äh. Audrey?"

„Ja?" Ich kramte in meiner Kommode nach einer Jeans und einem T-Shirt.

„Ich kann die Tür nicht öffnen."

„Was soll das heißen, du kannst die Tür nicht öffnen?"

„Ich weiß es nicht."

Stirnrunzelnd sah ich ihn über die Schulter an. Er stand an der Eingangstür und sah hilflos aus. Die Drogen müssen seinen Kopf ziemlich durcheinandergebracht haben.

„Okay, warte kurz, ich helfe dir. Dreh dich einfach um, während ich mich anziehe." Ich behielt ihn im Auge und wartete, bis er die Anweisung befolgt hatte und mit dem Gesicht zur Wand stand. Schnell streifte ich meinen Bademantel ab, zog mir saubere Unterwäsche an, schlüpfte in ein Scooby-Doo-T-Shirt und eine abgetragene Jeans und sprang in meine glitzernden rosa Flip-Flops.

„Gut, gehen wir." Ich bückte mich, um meine Handtasche vom Boden aufzuheben, als Ben sagte: „Hast du nicht etwas vergessen?"

„Was denn?"

„Die Haare?"

Ich hob eine Hand an den Kopf und stellte fest, dass mein Haar immer noch in mein Turbanhandtuch eingewickelt war. Ich lachte. „Ups." Ich studierte sein Gesicht. Aus der Nähe konnte ich sehen, dass es eine graue Blässe hatte. Ich griff um ihn herum, öffnete die Tür und hielt sie für ihn offen. „Du siehst gar nicht gut aus. Warum wartest du nicht draußen an der frischen Luft auf mich? Ich brauche nur eine Minute."

Er gluckste, als er an mir vorbeiging, und seine Haut jagte mir einen eisigen Schauer über den Rücken, als wir uns berührten. „Du vergisst, dass ich dich zu gut kenne, Audrey Fitzgerald. Du brauchst mindestens zwanzig Minuten."

Ich schlug mir in gespielter Empörung die Hände auf die Brust. „Wie kannst du es wagen?"

„Geh schon." Er winkte ab. „Ich setze mich hier auf deine Treppe und warte."

❧

KAPITEL 3

Ben saß nicht auf der Treppe, als ich dreißig Minuten später auftauchte. Okay, ich habe länger gebraucht als erwartet. Mein blondes Haar ist dick, wellig und störrisch, weshalb ich es kürzer trage. Nun ja, das ist nicht ganz richtig. Früher war es lang, aber dann hatte ich einen Unfall mit dem Lockenstab und habe mir ein ziemlich großes Stück Haar abgebrannt. Mir blieb keine andere Wahl, als meinen Hintern zu meiner Friseurin zu schleppen, die eine Hexe sein muss, weil sie etwas Magisches damit getan hat. Die von ihr vorgeschlagene Frisur – ein schulterlanger Bob – war ausgefallen und schick, und ich liebte sie. Sie hat mir sogar beigebracht, wie man sie ganz leicht stylt. Anstatt mit dem Glätteisen zu kämpfen, um einen glatten, raffinierten Look zu kreieren, knautsche ich mein Haar jeden Tag und spiele meine Stärken aus, was zu einem zerzausten

Strandlook führt, für den andere Frauen im Salon ein Vermögen bezahlen.

„Ben?" Mein Wohnblock war alt und klein. Sechs winzige Wohnungen, zusammengepfercht auf der Grundfläche eines einzigen Hauses. Meine Wohnung befand sich im ersten Stock, und da sie am Ende des Gebäudes lag, war sie der Außentreppe am nächsten. Großartig an schönen sonnigen Tagen. Ziemlich übel bei schlechtem Wetter.

Ich stand am oberen Ende der Treppe. Ich hatte erwartet, dass Ben hier sitzen und warten würde. Aber da ich länger gebraucht hatte, konnte ich es ihm nicht wirklich verübeln, dass er ohne mich losgezogen war. Und wenn er geklopft oder gerufen hätte, hätte ich ihn wegen des Föhns nicht gehört. Ich eilte die Treppe hinunter, stand auf dem Gehweg und schaute erst nach links, dann nach rechts.

„Endlich", rief Ben von hinten und ich zuckte überrascht zusammen. Mit der Hand auf der Brust drehte ich mich zu ihm um.

„Mensch, erschreck mich doch nicht halb zu Tode!", murrte ich. Er sah immer noch schrecklich aus, als hätte er überhaupt keine Farbe. Ich sah wieder auf die Straße. „Wo ist dein Auto?"

„Ja, das habe ich mich auch schon gefragt." Er stand neben mir und fuhr sich mit der Hand über den Nacken.

„Was? Glaubst du, jemand hat es gestohlen?"

„Vielleicht. Ich kann mich an die Einzelheiten der

letzten Nacht nicht mehr erinnern. Vielleicht bin ich nicht hierher gefahren. Aber ich kann mich nicht daran erinnern, dass ich etwas getrunken habe. Abgesehen von den zwei Bieren mit dir."

„Daran erinnerst du dich also? Woran noch? Wann hast du das *Crown & Anchor* verlassen? Du sagtest, du hättest noch zu tun. Warst du mit jemandem verabredet?"

„Ich weiß es nicht."

Jemand hatte ihm definitiv etwas in den Drink gegeben. Eine andere Erklärung fiel mir nicht ein. Die Frage war, warum? War es ein Idiot, der wahllos etwas in die Getränke der Leute getan hatte? Oder etwas viel Schlimmeres? Ich musterte Ben eingehend, um nach Anzeichen von Verletzungen zu suchen, aber er sah gut aus. Nur einfach blass. Selbst dem blauen Jeansstoff schien die Farbe zu fehlen. Seltsam.

„Morgen, Audrey." Juliette, meine Nachbarin von unten, tauchte in ihrer Arbeitskleidung auf. Sie war Kassiererin bei der Wells-Fargo-Bank und hatte es nach eigenen Angaben weit gebracht. Vermutlich sparte sie wie ich Geld, indem sie in unseren Müllcontainerwohnungen lebte. „Führst du Selbstgespräche?"

„Wie bitte?", schnaubte ich. „Nein. Ich spreche mit Ben." Ich streckte den Arm aus und deutete auf den etwa ein Meter achtzig großen Mann neben mir.

Juliette schaute mich kurz an, bevor sie ihre Schlüssel auf die blaue Heckklappe vor dem Haus richtete und ein Alarmton piepte. „Oh, du hast so ein Bluetooth-Kopfhörer-Ding? Entschuldigung, mein Fehler. Es sah so aus, als würdest du mit dir selbst reden. Grüß Ben von mir." Sie stieg in ihr Auto, und ich starrte sie mit offenem Mund an, bis sie wegfuhr. Noch mehr Seltsamkeiten.

„Also komm schon." Ich schob Juliettes bizarres Verhalten beiseite und lief los. „Wir fahren mit dem Bus in die Stadt, holen mein Auto und dann bringe ich dich ins Krankenhaus, um dich untersuchen zu lassen."

„Ins Krankenhaus?" Er schnaubte. „Mir geht es gut. Ich muss nicht ins Krankenhaus gehen." Er passte sich meinem Schritt an und ging neben mir. Ich machte mir Sorgen um ihn. Vor einer halben Stunde wollte er noch dorthin gehen, jetzt nicht mehr.

„Ben, du kannst dich an nichts erinnern, was nach sechs Uhr gestern Abend passiert ist. Das ist nicht normal."

Die nächsten Minuten schwiegen wir und gingen zur Bushaltestelle um die Ecke.

„Da ist noch etwas anderes", murmelte er.

„Okay."

„Es wird dir nicht gefallen."

Ich blieb stehen und sah ihn an, die Hände in die Hüften gestemmt. „Was denn?" Der Kater samt den Kopfschmerzen, von denen ich gedacht hatte, ich hätte sie besiegt, kehrten langsam zurück, zogen an den Schläfen und verursachten Spannungen auf der Stirn.

„Lass uns weitergehen. Und dann sag mir, was du siehst."

Ich stieß einen Atemzug aus, lief aber wieder los. „Vielleicht hattest du eine Art Gehirn-Aneurysma", sagte ich, mehr zu mir selbst als zu ihm.

„Was siehst du, Audrey?"

Ich sah mich um. „Ich sehe die Straße. Autos. Bäume. Häuser."

„Nein. Näher. Unmittelbar vor dir. Was siehst du?"

„Den Fußweg?"

„Was ist auf dem Fußweg?"

„Kannst du es mir nicht einfach sagen? Denn ich weiß wirklich nicht, was du von mir hören willst!", platzte ich heraus, verwirrt von dem, was er mir damit sagen wollte.

Er blieb stehen, also tat ich es auch. Ich schaute dorthin, wo er hinschaute. Auf unsere Schatten. Aber … es gab nur einen Schatten. Meinen.

„Was zum Teufel geht hier vor sich?", rief ich, blinzelte schnell und rieb mir dann mit den Fäusten die Augen, als wollte ich meine Sicht klären. Ich tanzte in einer Art verrücktem Tanz herum, und mein Schatten folgte mir wie erwartet.

„Siehst du es – oder besser gesagt, siehst du es nicht?", fragte Ben, dessen Stimme so unglaublich ruhig klang. Wie konnte er keinen Schatten haben? Mein Gehirn tat weh, während ich versuchte, das herauszufinden.

„Wo ist dein Schatten? Was ist hier los?" Ich hörte

den Hauch von Hysterie in meiner Stimme und holte tief Luft, während mein Puls in die Höhe schoss. Ben begann auf und ab zu gehen – ohne seinen Schatten. Dann hielt er inne und neigte den Kopf in meine Richtung, eine Augenbraue hochgezogen.

„Du ... du ..." Ich schluckte. Er hinterließ keine Fußspuren. Er ging, bewegte sich, gab aber keinen Laut von sich. Ich schluckte, hob einen zitternden Finger und zeigte auf ihn. „Bist du ... du kannst nicht ..."

Er trat bis an meinen Finger heran, ohne ihn ganz zu berühren.

„Tot? Ein Geist?", fügte er hinzu und klang dabei immer noch unverschämt ruhig. „Ich glaube, dass ich genau das sein könnte." Und dann trat er vor und mein Finger, meine Hand und mein Unterarm gingen durch ihn hindurch, und wo sein Körper hätte sein sollen, war nichts als eisige Kälte. Ich riss den Arm zurück und taumelte nach hinten, wobei ich mir die Hand an die Brust presste. Ich sah zu, wie mein bester Freund – ich korrigiere, der Geist meines besten Freundes – mich feierlich anstarrte.

„Deshalb kann ich mich nicht erinnern, was gestern Abend passiert ist. Ich bin gestorben."

Meine Augen rollten in meinen Hinterkopf und meine Beine gaben nach. Als die Dunkelheit hereinbrach, dachte ich nur, dass Ben kein Geist sein konnte. Und wenn er es wirklich war, warum zum Teufel verfolgte er mich dann?

*I*ch wachte ruckartig auf, mein Herz klopfte, mein Kopf dröhnte. Meine Wange lag auf dem kalten, harten, steinigen Boden. Als ich ein Auge öffnete, stellte ich fest, dass ich mich auf dem Fußweg befand und hob mein Gesicht schnell von der ekelhaft schmutzigen Oberfläche. Igitt.

„Bist du okay?" Es war Ben, der vor mir hockte. Ich ging auf Hände und Knie und schaute mich um. Niemand war in der Nähe, niemand hatte gesehen, wie ich in Ohnmacht gefallen war. Niemand hatte mich mit einem Geist sprechen sehen. Außer Juliette. Jetzt ergab das, was sie gesagt hatte, einen Sinn. Sie dachte, ich hätte mit Ben über Bluetooth telefoniert. Weil sie ihn nicht sehen konnte. Weil er ein Geist war. Ein Geist.

„Wie lange war ich weg?", fragte ich und rappelte mich wieder auf. Mir war schwindelig und meine Beine zitterten. Ben streckte eine Hand aus, um mich zu beruhigen, dann ließ er sie fallen und ein reumütiges Grinsen huschte über sein Gesicht.

„Nicht lange. Ein paar Sekunden."

Ich nickte und holte mehrmals tief Luft. Mein Herzschlag normalisierte sich wieder. Ich wischte mir die Hände ab, nahm meine Tasche und setzte meinen Weg fort. Ben passte sich meinem Schritt an und ging neben mir. „Wohin gehen wir?", fragte er.

„Nun, ich muss immer noch mein Auto holen", erklärte ich und gab mir Mühe, nicht hysterisch zu klingen. „Und dann fahre ich zu dir nach Hause, um herauszufinden, was zum Teufel passiert ist." Ich wusste nicht, was ich sonst tun sollte. Wen rief man an, um zu sagen: „Ich glaube, mein bester Freund ist tot, denn sein Geist ist jetzt hier bei mir"?

„Guter Plan." Er nickte.

Ich schnaubte und ignorierte ihn, während ich den Bürgersteig entlang stapfte, die Wut aufkeimte und sich Bahn brach. Wut darüber, dass Ben gestorben war. Wut darüber, dass er nicht gewusst hatte, dass er gestorben war. Und Wut auf mich selbst, weil ich nicht gemerkt hatte, dass ich den ganzen Morgen mit einem Toten gesprochen hatte!

„Audrey?"

„Nicht jetzt", murmelte ich. „Ich durchlebe gerade einige Emotionen, Benjamin Delaney, und ich möchte, dass du still bist, während ich das verarbeite."

Zwei Personen, die an der Bushaltestelle warteten, drehten ihre Köpfe in meine Richtung, als ich mich näherte. Richtig, ich führte ja wieder Selbstgespräche. Er tat so, als würde er die Lippen mit einem Reißverschluss schließen, und meine Lippen zuckten als Antwort.

Der Bus war voll, die Leute, die von neun bis fünf Uhr arbeiteten, gingen ihrem Alltag nach. Nach einer fünfzehnminütigen Fahrt, bei der ich mein Gesicht in die unangenehme Achselhöhle eines Mannes in Baukleidung gepresst hatte, sprang ich an der Main Street hinaus und eilte zu der Stelle, an der ich mein

Auto abgestellt hatte. Ich schloss die Tür auf und setzte mich hinter das Lenkrad.

Ben stand auf der Beifahrerseite, beugte sich vor, um durch das Fenster zu mir herüberzuschauen, und sagte: „Sieh dir das an!" Ich stieß einen erschrockenen Schrei aus, als er durch die Tür trat und sich auf den Beifahrersitz setzte.

„Cool, was?" Er grinste und nickte mit dem Kopf, offenbar sehr zufrieden mit sich selbst für diese geisterhafte Leistung.

„Ich frage mich, warum du ein Geist bist", kommentierte ich, drehte den Schlüssel im Zündschloss, schloss den Sicherheitsgurt und legte den Rückwärtsgang ein.

„Keine Ahnung. Unerledigte Geschäfte, nehme ich an?"

„Und ... deine ... äh ... Leiche? Ist sie bei dir zu Hause?" Ich war mir nicht sicher, ob ich sehen wollte, was mit Ben passiert war. Ein Teil von mir war besorgt, dass er für immer verschwinden könnte, wenn ich seinen Geist wieder mit seinem Körper vereinigte, und ich hatte mich noch nicht mit all dem abgefunden. Als ich das Ende der Elm Street erreichte, setzte ich den Blinker, um links in die Washington Street abzubiegen. Ben wohnte in einem schöneren Stadtteil als ich. In einem schönen Haus mit vier Schlafzimmern in einer ruhigen Gegend, direkt am Waldrand.

Seine Jahre bei der Polizei hatten sich ausgezahlt, und er hatte sein Geld angelegt, sobald er alt genug dafür war. Und da er ein Einzelkind war, hatten seine Eltern ihm mit einer Anzahlung geholfen, eine eigene Wohnung zu kaufen. Ich fragte mich, was jetzt mit ihr geschehen würde. Hatte er ein Testament? Ich sah ihn aus den Augenwinkeln heraus an. Er starrte geradeaus, ein Muskel in seinem Kiefer zuckte.

„Ben?", hakte ich nach.

„Ja", antwortete er schließlich. „Ich weiß es nicht. Es war kein Scherz, als ich sagte, dass ich mich an nichts erinnere. Ich weiß es wirklich nicht."

„Ich frage mich, ob du vielleicht einen Herzinfarkt hattest." Selbst ich war überrascht, dass ich ein solches Gespräch mit ihm führen konnte.

Er gluckste und legte eine große Hand auf seine Brust. „Das würde mich überraschen. Ich wurde jedes Jahr ärztlich untersucht, und es wurde nie ein mögliches Herzproblem festgestellt."

„Oh."

„Hey, kein Grund, so enttäuscht zu klingen!", protestierte er.

Ich warf ihm einen Blick zu, bevor ich meine Aufmerksamkeit wieder auf die Straße richtete. „Es ist nur so, dass … ein Herzinfarkt die am wenigsten eklige Art zu sterben ist. Wenn du die Treppe runtergefallen bist und dir das Genick gebrochen hast und dein Kopf auf dem Rücken liegt, werde ich dir das nie verzeihen!" Das war eine berechtigte Sorge. Je näher wir Bens Haus kamen, desto unruhiger wurde ich.

„Ich gehe als Erster rein", meinte Ben und tätschelte

mein Knie. Nur konnte ich seine Berührung natürlich nicht spüren, nur einen kalten Luftzug, der mir eine Gänsehaut bescherte. „Wenn es … schlimm ist, komme ich zu dir und wir denken uns einen Plan aus."

„Einen Plan?"

„Nun, du wirst die Polizei anrufen und ihnen erklären müssen, wie du mich gefunden hast. Irgendwann werden Sie mich also tatsächlich finden müssen. Richtig?"

„Oh, richtig." Natürlich. In Bens Haus zu kommen war einfach – ich hatte einen Schlüssel. Er hing an meinem Schlüsselbund, der am Zündschloss des Autos baumelte. Ben hatte auch einen Schlüssel zu meiner Wohnung. Deshalb war ich auch nicht überrascht, ihn heute Morgen schlafend auf meinem Sofa vorzufinden. Ich berührte den Schlüssel und seufzte. „Ich wünschte nur …"

„Ich weiß." Er hatte schon immer gewusst, was ich dachte, er hatte ein Händchen dafür. Es schien, als hätte er diese Fähigkeit auch nach seinem Tod nicht verloren.

Als ich in die Einfahrt fuhr, schaltete ich in den Parkmodus und stellte den Motor ab. Bens Auto stand nicht in der Auffahrt, aber das bedeutete nicht, dass es nicht in der Garage stand. Ich stieg aus, schlug die Tür zu, verriegelte sie und starrte auf das Haus, das Ben sein Zuhause nannte. Es war wunderschön, in einem sanften Grau gestrichen, mit weißer Zierleiste, einem hohen Dach mit drei Dachgauben, die Licht in die oberen Räume ließen. An der Vorderseite befand sich eine breite Veranda mit weißen Pfosten, auf denen stolz die amerikanische Flagge wehte. Er hielt das Haus in einem tadellosen Zustand. Der geschwungene, gepflasterte Weg, der zur Haustür führte, war von Unrat befreit, das Blumenbeet zwischen Weg und Haus blühte in allen Farben, und auf der anderen Seite des Weges lag ein breiter, grüner, gepflegter Rasen.

Langsam näherte ich mich der Eingangstür. Ein unauffälliges Türschild auf der rechten Seite kündigte *Delaney Investigations* an, und unter dem Schild befand sich eine Glocke. Ich schätzte, Ben hatte jetzt einen neuen Fall: herauszufinden, wie er gestorben war.

KAPITEL 4

❧

Kurz nachdem er durch die Vordertür gegangen war, rief Ben: „Alles okay, du kannst reinkommen. Ich bin nicht da."

„Was ist mit …" Ich zögerte.

„Thor? Warum hast du solche Angst vor ihm? Er liebt dich", antwortete Ben lachend.

„Thor ist ein pelziger Mistkerl, der meinen Untergang plant", widersprach ich ihm.

Thor war Bens Kater, ein großes graues Biest, das wie ein Teddybär aussah, nur dass er mörderische Neigungen hatte. Jedes Mal, wenn ich bei ihm übernachtete, wachte ich auf und wurde von diesem Gesichtsknuddler erdrückt. Ich war mir sicher, dass er das absichtlich machte, nur um mich zu erschrecken.

„Wie auch immer, er ist nicht hier. Wahrscheinlich hat er ein sonniges Plätzchen im Garten gefunden."

Ich schaute mich um, um mich zu vergewissern,

dass seine Nachbarin, Mrs Hill, mich nicht beobachtete. Dann schloss ich die Tür auf und trat ein, wobei ich die Tür leise hinter mir schloss.

„Warum … schleichst du?", fragte Ben, den Kopf zur Seite geneigt.

Ich zuckte mit den Schultern. „Das Letzte, was wir brauchen, ist, dass deine Nachbarin ihre Nase hier hineinsteckt." Mrs Hill war eine reizende Dame in den Siebzigern und genau das, was Ben „ein bisschen extra" nannte: eine blumenkleidtragende, perlenkettenumklammerte, tagtäglich Lockenwickler tragende Wichtigtuerin.

„Du hast dir dutzende Male Zutritt zu meinem Haus verschafft. Das hier ist nichts anderes."

„Äh, doch, ist es." Meine Stimme triefte vor Sarkasmus. „Du bist tot, schon vergessen?"

„Aber ich bin immer noch hier, und damit können wir arbeiten." Die Eingangstür gab den Weg frei in eine Diele mit einer Treppe in der Mitte und einem großen quadratischen Türbogen auf der rechten Seite, der zum offenen Wohn- und Küchenbereich führte. Links ging es zu Bens Büro, einem Badezimmer und einem Gästezimmer, in dem ich schon so manche Nacht nach einem feuchtfröhlichen Barbecue verbracht hatte. Ich schüttelte die melancholische Erinnerung ab.

„Und jetzt?", fragte ich, da ich keine Ahnung hatte, was wir als Nächstes tun sollten.

„Suchen wir nach Beweisen. Mein Auto steht in der Garage. Also bin ich gestern Abend nach Hause gekommen. Jemand ist hier gewesen. Wir müssen es nur beweisen."

Ben ging in sein Büro und ich folgte ihm. „Sagen dir deine Geistersinne, dass jemand hier gewesen ist?", wollte ich wissen. Ich war neugierig darauf, welche neuen Kräfte er nun hatte.

„Nein", sagte er düster, „ich kann es riechen. Kannst du das nicht? Das Bleichmittel?"

Ich schnupperte, dann folgte ich meiner Nase. Er hatte recht. Ich konnte Bleiche riechen, und als ich weiter schnüffelte, führte mich meine Nase in die Küche. Ich wollte gerade meine Tasche auf die Kochinsel werfen, als Ben rief: „Stopp!" Ich erstarrte, drückte meine Tasche an die Brust und schaute mich ängstlich um. War derjenige noch hier, der den Ort mit Bleichmittel übergossen hatte? War ich in Gefahr?

„Fass nichts an. Ich will nicht, dass deine Fingerabdrücke den Tatort kontaminieren." Er eilte davon, kehrte aber zwei Sekunden später zurück und bedeutete mir mit einer Geste, ihm zu folgen. „Komm schon, ich kann die verdammten Dinger nicht aufheben."

Ich folgte ihm zurück ins Büro und fragte: „Was aufheben?"

„Handschuhe. Zieh dir die Latexhandschuhe an, und steck dir vielleicht auch noch die Haare hoch, damit du sie nicht überall verlierst."

„Warum? Ich war schon oft hier, meine Fingerabdrücke sind wahrscheinlich überall."

„Du warst aber in letzter Zeit nicht mehr hier. Ich will nur nicht, dass du den Tatort verunreinigst. Der Rest des Hauses ist mir egal."

„Gut." Ich kramte in meiner Tasche, fand einen Haargummi und band mein Haar zu einem Pferdeschwanz zusammen. Es war gerade lang genug, und einige Strähnen lösten sich und streiften meinen Hals. Die ganze Mühe des Föhnens war umsonst gewesen.

Ben stand ungeduldig neben seinem Schreibtisch und deutete auf die zweite Schublade. Ich verdrehte die Augen, ging zu ihm und scheuchte ihn mit den Händen weg. Er öffnete den Mund, um etwas zu sagen, aber ich hielt meine Hand hoch, um ihn zum Schweigen zu bringen. „Ich schaffe das." Ich streckte den Saum meines T-Shirts aus, griff durch den Stoff den Schubladenknopf und zog ihn auf.

„Clever." Ben nickte zustimmend.

„Ich bin nicht nur wegen meines guten Aussehens hier." In der Schublade befand sich eine offene Schachtel mit Latexhandschuhen. Ich nahm zwei heraus und zog sie über. „Ich habe das Gefühl, dass ich an dieser Stelle einen unpassenden Witz machen sollte", meinte ich grinsend. Doch Ben ignorierte mich und machte sich auf den Weg. Also streckte ich seinem Rücken die Zunge heraus.

„Das habe ich gesehen."

Ich legte den Kopf schief und fragte mich, ob

Geister die Fähigkeit hatten, durch ihren Hinterkopf zu sehen.

Er lachte. „Du bist zu berechenbar, Fitz."

„Wie kannst du es wagen?" Ich keuchte in gespielter Empörung auf und folgte ihm zurück in die Küche. Meine Nase hatte sich schon an den Geruch von Bleichmittel gewöhnt, aber es gab keinen Zweifel, dass jemand es vor Kurzem großzügig verwendet hatte. Kein Wunder, dass Thor sich rar gemacht hatte. Für seine empfindliche Nase musste der Ort furchtbar stinken.

„Das warst nicht du gewesen, oder?", fragte ich und ging zu seinem Hauswirtschaftsraum.

„Was meinst du?"

„In einer Art Putzwahn? Ich meine, du hältst diesen Ort so sauber wie ein Musterhaus. Er ist tadellos!"

„Daran ist nichts auszusetzen." Er schnaufte und klang verärgert. „Aber nein. Ich benutze kein Bleichmittel. Ich verwende umweltfreundliche Produkte."

„Ja, das tust du." Ich beäugte die Putzmittel, die er in der Putzkammer aufbewahrte. Neben einer Flasche Eco-Me-Allzweckreiniger stand eine Flasche Aunt-Fannie's-Bodenreiniger. Eukalyptus. Sein Haus roch jetzt sicher nicht mehr nach Eukalyptus.

„Also." Ich trat aus der Kammer und sah mich in der Küche um, die Hände in die Hüften gestemmt. „Wo hat jemand das Bleichmittel verwendet? Und warum?"

„Muss ich auf das Offensichtliche hinweisen?"

„Tja, ich schätze schon, Mr Ich-war-einmal-Polizist-und-jetzt-bin-ich-Privatdetektiv. Schließlich ist nichts davon für mich selbstverständlich. Wenn ich eine Tabelle vor mir habe, bin ich sofort Feuer und Flamme, aber das hier?" Ich deutete auf seine Küche. „Keine Ahnung. Also sag mir, Sherlock, wonach soll ich hier suchen?"

Er sah mich zerknirscht an. „Tut mir leid, du hast recht. Mein Fehler. Du suchst nach Blut. Ich vermute, dass ich hier umgebracht wurde und jemand die Schweinerei mit Bleichmittel beseitigt hat. Wir müssen hoffen, dass er oder sie einen kleinen Tropfen übersehen hat. Er wird klein sein – winzig – und leicht zu übersehen."

Ich erstarrte. Sein Blut. Ich meine, es war ganz offensichtlich, nur für mich war es das nicht. Was hatte ich mir dabei gedacht, mit Latexhandschuhen in seiner Küche zu stehen und Detektiv zu spielen? Ich musste die Polizei rufen, damit sie sich der Sache annahmen. Als er meine panische Angst sah, trat er so nah an mich heran, dass mich ein kalter Schauer überlief.

„Atme tief durch." Seine Stimme war fest und ruhig. Ich schloss die Augen und sog einen Atemzug durch die Nase ein, spürte, wie sich meine Lungen ausdehnten, und hielt ihn einige Sekunden lang an, bevor ich ihn langsam durch den Mund wieder ausstieß. „Gutes Mädchen. Du schaffst das. Du bist klug – und du bist nicht allein. Ich bin bei dir."

Ich öffnete die Augen, blinzelte und sammelte mich.

„Richtig. Bleib zurück, Sherlock, du machst mir eine Gänsehaut." Ich winkte ihn weg und er ging gehorsam einige Schritte zurück. „Wo soll ich denn deiner Meinung nach suchen? Von hier aus sehe ich nämlich nichts."

„Hol dein Handy. Du hast doch eine Taschenlampen-App, oder?" Ich nickte. „Dann geh auf Hände und Knie. Schau entlang der Fußleisten und unter dem Rand der Schränke. Wegen der Bleiche würde ich nicht erwarten, dass wir auf dem Boden etwas Brauchbares finden. Aber Blut neigt dazu, herumzuspritzen."

Ich hatte meine Handtasche in seinem Büro vergessen, also eilte ich zurück, um mein Telefon zu holen, und verbrachte dann die nächsten zehn Minuten damit, auf dem Küchenboden herumzukriechen und … fand nichts. Ich lehnte mich auf die Fersen zurück, ließ das Blut aus meinem Kopf fließen und meinen Blick zu Thors Futter- und Wassernäpfen schweifen. Irgendetwas stimmte nicht mit ihnen. Ich legte den Kopf schief.

„Was ist?", fragte Ben und folgte meinem Blick. „Ah! Gutes Auge!" Er grinste und eilte zu den Schüsseln. „Sie wurden bewegt. Wasser kommt auf die linke Seite, Futter auf die rechte. Und sieh mal an, Krümel auf dem Boden. Thor liebt sein Futter, er würde niemals Krümel auf dem Boden zurücklassen."

Ich kaute auf der Lippe und ging zu ihm. „Jemand hat die Näpfe also in aller Eile umgestellt, sodass ein

Teil des Futters verschüttet wurde. Und sieh mal, der Krümel hier ist pampig. Das Wasser ist auch ausgelaufen."

„Heb sie hoch und schau drunter", drängte Ben. Vorsichtig hob ich den Wassernapf hoch und stellte ihn zur Seite. Nichts als ein paar weitere matschige Futterkrümel. Aber als ich den Futternapf hochnahm, keuchte ich auf. Ein kleiner, winziger Blutstropfen. Getrocknet und braun. Leicht zu übersehen und auf den ersten Blick leicht zu verwechseln mit Trockenfutter.

„Huuuuhuuuu!" Eine schrille Frauenstimme kam von der hinteren Schiebetür, gefolgt von einem Klopfen an der Scheibe. Mit einem Aufschrei ließ ich den Futternapf fallen und verdeckte eilig den Blutstropfen.

„Was will sie hier?", zischte ich und versuchte, den Mund nicht zu bewegen, als ich in die Augen von Bens Nachbarin Ethel Hill blickte. Verdammt, ich dachte, ich hätte es geschafft, unter dem Radar zu bleiben und nicht entdeckt zu werden. Ich hätte es besser wissen müssen.

„Sei nicht so streng mit ihr." Ben legte mir eine Hand auf die Schulter und ich wich seinem eiskalten Griff aus. „Sie ist Witwe. Und einsam."

Seufzend stand ich auf und zog auf dem Weg zur Tür die Latexhandschuhe aus und steckte sie in meine Gesäßtasche. Ich drehte den Schlüssel um und schob sie auf, blockierte aber mit meinem Körper den

Durchgang. „Mrs Hill", begrüßte ich sie. „Was kann ich für Sie tun?"

„Guten Morgen, Audrey, wie wunderbar und entspannt Sie aussehen." Sie musterte mich von oben bis unten und fand meine Jeans und mein T-Shirt eindeutig unpassend. „Ich würde gern mit Ben sprechen."

„Er ist nicht hier." Ich verschränkte die Arme, um ihr zu zeigen, dass ich es ernst meinte, weil es so aussah, als wolle sie sich mit Gewalt Zutritt verschaffen. Wir konnten es uns nicht leisten, dass sie den Tatort kontaminierte.

„Wo ist er denn?", fragte sie und schaute an mir vorbei, als würde sie erwarten, mich bei einer Lüge zu ertappen und Ben am Tisch sitzen zu sehen.

Ich zuckte mit den Schultern und wusste nicht, was ich darauf antworten sollte. Die Wahrheit war, dass ich nicht wusste, wo er war. Jedenfalls nicht sein physischer Körper.

„Was machen Sie denn in seinem Haus, wenn er nicht da ist?", wollte sie wissen. „Das ist Hausfriedensbruch!"

Oh. Mein. Gott. Mrs Hill bestärkte mich in meiner Meinung, dass sie eine verrückte alte Frau war. Sie hatte mich schon hundert Mal gesehen, wie ich Ben besuchte, seitdem er hier eingezogen war. Hausfriedensbruch, von wegen.

„Mein Gott", stöhnte Ben und schüttelte den Kopf. „Fertige sie irgendwie ab, okay?", flehte er. „Sag ihr, dass du hier bist, um die Katze zu füttern. Das würde auch erklären, was du gemacht hast, als sie klopfte."

„Gute Idee", erwiderte ich, woraufhin Mrs Hill die Augen verdrehte.

„Was denn?" Sie drehte die Perlen um ihren Hals.

„Ich sagte, ich bin hier, um Thor zu füttern. Ben bat mich, vorbeizuschauen und dafür zu sorgen, dass Thor genug Fressen und Wasser hat. Er ist an einem Fall dran und wird vielleicht eine Weile weg sein."

„Oh." Ihre Hände flatterten und sie schloss sie zusammen. „Nun, dann ist ja gut. Aber er sollte mir wirklich sagen, wenn fremde Leute in sein Haus gehen. Ich dachte, Sie wären ein Eindringling."

„Ich bin wohl kaum eine Fremde oder ein Eindringling, Mrs Hill. Sie haben mich schon dutzende Male kommen und gehen sehen. Und sie kennen mein Auto", sagte ich.

„Sie sollten wirklich auf der Straße parken." Sie strich mit den Handflächen über die Vorderseite ihres rosa geblümten Kleides. „Ben wird verdammt viel zu tun haben, um die Ölflecken zu entfernen. Das ist ziemlich rücksichtslos von Ihnen. Sie schaden mit Ihrem Auto das Ansehen der ganzen Nachbarschaft."

Es war eine herkulische Anstrengung, nicht die Augen zu verdrehen und mir stattdessen auf die Zunge zu beißen. In der Ferne hörte ich einen Hund bellen und stürzte mich sofort auf die willkommene Unterbrechung.

„Ist das Percy?" fragte ich.

„Percival. Sein Name ist Percival." Sie schnaubte und blickte in Richtung ihres Gartens.

„Sicher." Ich nannte ihn nur Percy, um sie zu ärgern – als kleine Revanche für ihre hinterhältigen Beleidigungen und kaum verhüllte Kritik. Sie war der Meinung, dass die Sonne aus Bens Hintern schien und ich da einfach nicht mithalten konnte. Weder in der Abteilung Freundschaft noch sonst wo.

„Sie sollten nach ihm sehen, Mrs H.", drängte ich, trat hinaus und schob die Glastür hinter mir zu. „Sie wissen doch, dass ein bellender Hund wie dieser als Belästigung angesehen werden kann."

Sie schnappte nach Luft und hielt sich die Hand an die Kehle. „Mein Percival ein Ärgernis? Oh, das glaube ich nicht, obwohl, Sie könnten nicht ganz unrecht haben. Er ist in letzter Zeit viel unterwegs."

Ich legte den Arm auf ihre Schulter und führte sie über den Rasen zurück zum Tor, das die beiden Hinterhöfe miteinander verband. Sie blieb stehen und stützte sich mit der Hand auf der alten Holztür ab. Ich besah mir das Tor genauer und wettete, dass dies Percys Fluchtweg war. Es sah alt und wackelig aus, als ob ein starker Wind es aus den Angeln heben könnte. Auf einem der Bretter gab es einen merkwürdigen Brandfleck, doch als ich mich nach vorne beugte, um ihn mir genauer anzusehen, legte Mrs Hill ihre Hand auf die Stelle.

„Ich hoffe, Ben geht es gut", sagte sie. „Gestern

Abend gab es bei ihm zu Hause einen kleinen Aufstand und ich hätte fast die Polizei gerufen."

Ich erstarrte. „Oh?", quietschte ich. Ich warf einen Blick zurück auf das Haus. Ben war drinnen geblieben, während ich Mrs Hill nach Hause begleitete.

„Ja", meinte sie nickend. „Eine Art Streit. Ich habe laute Stimmen gehört, und Sie kennen ja Ben. Er ist nicht der Typ, der schreit, also bin ich natürlich aufgestanden und habe aus dem Fenster geschaut, als ich den Krach hörte."

„Um wie viel Uhr war das?"

„Oh, ziemlich spät. Fast halb elf, glaube ich."

„Haben Sie etwas gesehen?"

„Als ich endlich meinen Morgenmantel übergezogen hatte, hatte das Geschrei schon aufgehört. Und als ich nachsah, konnte ich Ben in der Küche herumlaufen sehen."

„Haben Sie sonst noch jemanden gesehen?"

Mrs Hill sah mich an. „Nein, habe ich nicht. Ich habe noch ein bisschen zugeschaut, um zu sehen, wen Ben angeschrien hat, aber dann habe ich es aufgegeben und bin wieder ins Bett gegangen. Ich dachte, vielleicht war er wegen irgendetwas auf Thor sauer und hat die Katze angeschrien."

Wenn ich eines mit Sicherheit wusste, dann, dass Ben seine Katze niemals anschreien würde. Er und Thor waren beste Freunde. Nein, wenn Ben jemanden angeschrien hatte, dann seinen Mörder.

KAPITEL 5

⚜

„Jemand war hier! Gestern Abend!", rief ich, als ich ins Haus zurück stürmte, und runzelte die Stirn, als ich Ben auf Händen und Knien erwischte. „Was machst du da?"

„Ich versuche, Thors Schüssel zu verschieben", brummte er und streckte konzentriert die Zunge heraus, während er seine Finger sanft gegen den Rand der Schüssel legte und drückte, nur um seine Hände bis zu den Knöcheln verschwinden zu lassen.

„Verdammt", fluchte er, lehnte sich zurück und stützte die Fäuste auf die Oberschenkel. „Warte, was hast du gesagt?"

„Ich sagte, dass Mrs Hill letzte Nacht Schreie gehört hat – aus deinem Haus. Gegen halb elf."

„Hat sie irgendetwas gesehen?"

Ich schüttelte den Kopf. „Nein. Aber das gibt uns

einen Zeitrahmen, richtig? Wir wissen also, dass du hier … verletzt wurdest. Gegen halb elf. Wer auch immer es getan hat, musste" – ich hustete und räusperte mich – „deine Leiche entsorgen. Und dann aufräumen."

„Und du hast behauptet, du wärst nicht gut darin", sagte er und stand auf.

„Sie sagte, sie habe nach dem Geschrei jemanden in der Küche herumlaufen sehen. Sie dachte, du wärst es."

„Nur das ich es nicht war. Ich könnte mir vorstellen, dass das Geschrei aufhörte, als ich getötet wurde. Derjenige, den sie gesehen hat, war also der Mörder."

„Dann muss es ein Mann gewesen sein. Sie dachte ja, du wärst es."

„Aber ist sie eine zuverlässige Zeugin?" Er ging jetzt auf und ab, und ich hatte den Eindruck, dass er mehr mit sich selbst als mit mir sprach. „Sie ist eine alte Dame."

„So alt nun auch wieder nicht", betonte ich. „Sie ist Mitte siebzig, was heutzutage kein Alter ist."

„Wie gut konnte sie aus der Entfernung sehen? Und es war dunkel. Wie zuverlässig ist ihre Aussage?"

„Das kann ich nicht sagen. Es war zwar dunkel, aber das Licht in deiner Küche war eingeschaltet. Es ist unmöglich, dass jemand ohne Licht aufgeräumt hat."

„Richtig." Er nickte. „Ich habe mein Auto überprüft, während du mit Mrs H. gesprochen hast. Kein Blut."

„Wer auch immer dich weggebracht hat, hat also

sein eigenes Fahrzeug benutzt." Riskant. Wenn ich es gewesen wäre, hätte ich Bens Fahrzeug benutzt und es dann in Brand gesteckt, um die Beweise zu vernichten. Nicht, dass ich jemals in Erwägung gezogen hätte, jemanden zu ermorden, aber man sieht so etwas ja ständig in Filmen. Entsorgen Sie die Leiche und verbrennen Sie das Auto. Noch besser wäre es, wenn man es so aussehen lassen könnte, als ob das Opfer zu diesem Zeitpunkt am Steuer gesessen hätte.

„Ich glaube nicht, dass er ein Fahrzeug benutzt hat", riss Ben mich aus meinen Gedanken.

„Wieso nicht?"

„Mrs H. sagte, es habe Geschrei gegeben, also war der Mörder bereits besorgt, unangemessene Aufmerksamkeit zu erregen. Neugierige Nachbarn und so weiter. Es wäre ein großes Risiko gewesen, meine Leiche durch die Vordertür hinauszuschleifen."

„Gutes Argument", räumte ich ein. Mrs H. hatte Ausschau gehalten. Sie hätte gesehen, wenn sich vor Bens Haus etwas ereignet hätte, das auch nur im Entferntesten so aussah, als ob eine Leiche in einem Auto versteckt worden wäre. „Aber … wo bist du dann?" Ein Schauder durchlief mich. „Du bist nicht … hier … oder doch? Im Keller versteckt? Und was ist mit Thor? Wir dachten, er wäre draußen und würde in der Sonne dösen, aber was, wenn der Mörder …?" Ich konnte den Gedanken nicht ertragen, dass jemand eine unschuldige Katze töten würde.

„Thor mag keine Fremden. Er hätte sich versteckt.

Vor allem, wenn geschrien wurde. Und der Gestank des Bleichmittels hat ihn wahrscheinlich ferngehalten. Entspann dich, Fitz, ich bin sicher, es geht ihm gut." Er lächelte breit. „Obwohl deine Sorge rührend ist."

„Halt die Klappe", brummte ich. Ich fuchtelte mit der Hand herum. „Kannst du wenigstens nachsehen, ob du nicht irgendwo in einem Schrank oder einer Vitrine steckst? Bitte!"

„Okay." Er verschwand. Entweder bewegte er sich blitzschnell, jetzt, da er ein Geist war, oder er war mit der Kraft der Teleportation ausgestattet, denn so schnell, wie er verschwunden war, kehrte er auch wieder zurück.

„Nichts. Meine Leiche ist nicht in diesem Haus."

Ich war in der Zwischenzeit zur hinteren Schiebetür gegangen und schaute hinaus, um nach dem grauen Fellfleck zu suchen, und war überrascht, wie besorgt ich über Bens verflixte Katze war. Bens Haus lag am Ende der Straße, Mrs Hill auf der einen Seite, der Wald auf der anderen. Vielleicht hatte Thor einen Lieblingsschlafplatz im Wald. Während ich über die unzähligen Verstecke nachdachte, die eine Katze haben könnte, schlich sich ein weiterer Gedanke in meinen Kopf. Es wäre vermutlich für jemanden ein Leichtes gewesen, Bens Leiche in den Wald zu tragen und dort zu entsorgen.

„Ich glaube …", flüsterte ich und drehte mich zu Ben um, „dass deine Leiche vielleicht im Wald liegt."

Bens braune Augen funkelten und ich blinzelte überrascht.

„Du wusstest es!" Ich ärgerte mich darüber, dass er es herausgefunden und kein Wort gesagt hatte.

Er zuckte mit den Schultern. „Ich glaube, uns ist der Gedanke zur gleichen Zeit gekommen. Du hast durch die Hintertür in Richtung Wald gestarrt und ich konnte sehen, wie sich die Rädchen in deinem Gehirn drehen."

Ich schnappte nach Luft. „Ist das so ein Geisterding? Du kannst mein … Gehirn sehen?" Wie ekelhaft.

Er verdrehte die Augen. „Bildlich gesprochen." Er zeigte auf Thors Futternäpfe. „Ich habe über das Blut nachgedacht, das wir gefunden haben. Es ist hier drüben. Weg von der Küche. Und die Schalen sind verstellt, aber wer auch immer es war, hat sie in Windeseile wieder gerichtet."

„Du denkst also", fuhr ich an seiner Stelle fort, „dass der Mann dich durch die Hintertür hinausgezogen hat. Du bist im Vorbeigehen gegen die Schalen gestoßen und hast diesen einen kleinen Blutstropfen hinterlassen, was der Mörder in seiner Eile, dich wegzuschaffen, nicht gesehen hat."

„Du bist ein Naturtalent. Ich wusste es." Ben trat durch die Glastür und ging über die große Rasenfläche in Richtung Wald. Ich öffnete schnell die Tür und folgte ihm.

„Ruf nach Thor", sagte Ben.

„Warum?"

„Weil Mrs Hill wahrscheinlich zusieht und ich möchte, dass du eine gute Ausrede hast, warum du in den Wald gegangen bist."

„Oh." Gute Idee. „Thor!", brüllte ich und hielt mir die Hände vor den Mund: „Hierher, Junge! Braver Junge! Komm her, Thor!" Wir überquerten Bens Grundstücksgrenze und gingen in den Wald hinein. Der üppige Rasen wich hartem Boden, gepflegte Sträucher wurden zu hohen Bäumen, die das Licht filterten.

Nach ein paar Metern war es, als hätten wir eine andere – verwunschene – Welt betreten. Sogar die Geräusche waren anders. Das heißt, es gab keine. Keine Vögel. Kein Rascheln von kleinen Tieren im Unterholz.

„Hier ist es irgendwie gespenstisch." Ich erschauderte und stieß einen Schrei aus, weil ich nicht bemerkt hatte, dass Ben stehen geblieben war und ich direkt durch ihn hindurch lief, wobei mich der eisige Windstoß bis auf die Knochen frösteln ließ. Ich sprang zur Seite und rieb mir mit den Händen über die Arme. „Tut mir leid", murmelte ich, aber Ben beachtete mich gar nicht. Sein Blick war auf den Boden gerichtet, wo zwei flache Mulden zu sehen waren.

„Schleifspuren?", flüsterte ich.

Er nickte. „Schleifspuren."

Am Ende war es relativ einfach, seine Leiche zu

finden. Wir folgten einfach den Spuren tief in den Wald hinein, und da lag er auf dem Rücken in einer kleinen Lichtung, die Augen geschlossen. Thor saß auf seiner Brust. Bei diesem Anblick traten mir die Tränen in die Augen.

„Thor?", krächzte ich, und der große graue Kater drehte seinen Kopf und fixierte mich mit seinen orangefarbenen Augen.

„Wird auch Zeit, dass du kommst", sagte er mit breitem britischen Akzent.

Zum zweiten Mal an diesem Tag fielen mir die Augen in den Hinterkopf, und die Erde drehte sich, als sie über mir zusammenbrach.

„Sie wacht auf. Thor, lass ihr etwas Freiraum."

Ich blinzelte, dann blinzelte ich noch einmal. Ich lag auf dem Boden. Bens Kater Thor saß einen Meter entfernt und beobachtete mich interessiert. Hinter Thor lag Bens Leiche.

„Bist du okay, Fitz?", fragte Ben, der neben mir hockte. „Du hattest heute eine Menge Schocks. Das ist das zweite Mal, dass du ohnmächtig geworden bist. Vielleicht solltest du dich untersuchen lassen?"

Ich setzte mich auf und untersuchte meinen stechenden Ellbogen.

„Du hast ein paar Schrammen abbekommen", erklärte Ben mir. „Ich habe versucht, dich aufzufangen, aber …" Er hielt die Hände hoch und zuckte mit den Schultern. Er war ein Geist und konnte nichts anfassen, auch mich nicht.

„Ich könnte die Stelle für dich putzen", bot Thor an und lenkte meine Aufmerksamkeit auf die sprechende Katze.

Meine Stimme zitterte, als ich schließlich herausplatzte: „Du kannst reden."

„Nein", korrigierte Thor. „Du kannst mich verstehen."

„Was sagst du da? Dass ich katzisch spreche?"

„Nun, ich spreche nicht menschlich, das ist mal sicher." Thor stand auf und wölbte seinen Rücken, wobei er seine Vorderpfoten vor sich ausstreckte. „Aber ich glaube, die dringendere Angelegenheit ist im Moment mein Mensch." Thor drehte den Kopf und starrte auf Bens Leiche.

Ich kam mühsam auf die Beine und taumelte zu Bens toter Gestalt hinüber. Sein Hemd war blutgetränkt.

„Ich würde sagen, eine Stichwunde im Unterleib." Geister-Ben beugte sich vor und schielte auf den Riss in seinem Hemd. „Möglicherweise zwei Messerstiche. Ich war vermutlich nicht sofort tot. Wahrscheinlich bin ich hier verblutet."

Ich schluckte und sah auf die Blutlache unter seiner Leiche.

„Sieht so aus", stimmte ich mit einem Krächzen zu. Es war eine Menge Blut, und jetzt, wo ich näher dran war, konnte ich den kupfernen Geruch riechen, der in der Luft lag. Ich holte mein Handy aus der Gesäßtasche und rief die Polizei an.

„Mein Freund ist tot", sagte ich ins Telefon. Bens Kopf wirbelte zu mir herum. Ich starrte ihn an. Was? Wir mussten das tun, die Polizei musste eingeschaltet werden, jemand hatte ihn verdammt noch mal ermordet. Nachdem ich ihnen Bens Adresse gegeben hatte, sagte ich ihnen, dass ich sie am Waldrand treffen würde.

„Okay." Ben seufzte und bestätigte, dass ich recht hatte. „Hoffen wir, dass sie jemand Anständigen schicken. Und vergiss in der Zwischenzeit nicht, was du Mrs Hill gesagt hast. Dass ich dich gebeten habe, heute Morgen vorbeizukommen und Thor zu füttern. Denk daran, dass sie höchstwahrscheinlich meine Telefondaten überprüfen werden, sag also nicht, dass ich dich angerufen oder dir eine SMS geschickt habe. Sag, dass ich dich persönlich darum gebeten habe, als ich gestern Abend das *Crown & Anchor* verließ. Sag, dass Thor nicht gekommen ist, als du ihn gerufen hast, weshalb du ihn gesucht hast und dabei über die Spuren im Boden gestolpert bist. Und erzähl ihnen nichts von den Fällen, an denen ich gearbeitet habe."

Ich schnaubte. „Das ist einfach. Denn ich weiß nichts über deine Fälle. Als ich dich auf der Straße getroffen habe, hast du einen Geschäftstermin erwähnt. Aber das ist alles, was du gesagt hast."

„Gut. Ich will nicht, dass du lügen musst, Audrey, aber …"

„Ich weiß." Ich brachte ein schwaches Lächeln zustande. „Ich erwähne lieber nicht, dass ich deinen Geist sehen und mit deiner Katze sprechen kann."

„Ja." Er nickte.

Thor kam auf mich zu und rieb sich an meinen Knöcheln. „Um deiner Geschichte Glaubwürdigkeit zu verleihen, solltest du mich vielleicht im Arm halten, wenn die Plod eintrifft."

„Die Plod?"

„Die Polizei", erklärte er.

„Du bist also wirklich … Brite?" Ich hatte noch nie darüber nachgedacht, dass Katzen Nationalitäten hatten.

„Ich bin ein Britisch Kurzhaar." Er schnupperte. „Was sollte ich sonst sein?"

„Für eine Katze sprichst du sehr gut", murmelte ich und beugte mich hinunter, um ihn auf den Arm zu nehmen. Gott, war der schwer.

„Ich bleibe hier", bot Ben an. „Dann wirst du nicht so leicht abgelenkt."

„Okay." Ich folgte dem Weg zurück zum Waldrand und zu Bens Garten. In dem Moment, in dem ich aus der Baumreihe heraustrat, kamen zwei Polizisten um das Haus herum. Ich biss mir auf die Lippe und schwieg, während ich darauf wartete, dass Sergeant Dwight Clements und Officer Ian Mills zu mir kamen. Bekleidet mit schwarzen Hosen und grauen Hemden, auf denen links über der Tasche das Wappen der Polizei von Firefly Bay aufgenäht war, stapften sie auf mich zu.

Ich konnte mein Pech nicht fassen. Die beiden waren meine unbeliebtesten Mitglieder der Polizei von Firefly Bay. Bens Ex-Kollegen und – meiner Meinung nach – völlig nutzlos.

Ian war Anfang fünfzig, hatte aber nie den Rang eines Offiziers erreicht, was keine Überraschung war. Er war ein inkompetenter Trottel, und der Sergeant, dem er zugeteilt worden war, war nicht besser, obwohl er jünger war als er.

„Audrey", dröhnte Dwight. „Was ist das für ein Unsinn mit einer Leiche?"

„Das ist kein Unsinn." Ich wurde stutzig. Thor hatte sich in meinen Armen versteift, sobald Dwight gesprochen hatte, und seine übermäßig laute Stimme war für die Ohren der Katze zweifellos anstößig.

„Es ist alles in Ordnung", beruhigte ich Thor und strich ihm beruhigend über das Fell. „Es ist Ben. Er ist tot."

Ian verdrehte die Augen. Er verdrehte tatsächlich die Augen, als wäre ich eine überspannte Frau, die wegen etwas überreagierte, das sie im Wald gesehen hatte.

Thor musste meine Empörung gespürt haben, denn

er bohrte seine Krallen in meine Schulter. „Ganz ruhig." Er miaute mir ins Ohr.

„Wahrscheinlich ist es ein Reh", sagte Ian zu Dwight. Dwights Augen verengten sich, als er mich anschaute. „Was ist mit Ihrem Arm passiert?", fragte er.

„Ich wurde ohnmächtig. Bin mit dem Ellbogen auf dem Boden aufgeschlagen." Es brannte immer noch und ich wusste, dass es noch viel schlimmer brennen würde, wenn ich es reinigen würde. Kein Zweifel, da war Dreck drin.

„In Ohnmacht gefallen", wiederholte er.

„Ja", schnauzte ich. „Das bedeutet, dass ich das Bewusstsein verloren habe."

„Warum sind Sie in Ohnmacht gefallen? Sind Sie krank?", fragte Ian.

Nun war es an mir, die Augen zu verdrehen. „Ich bin in Ohnmacht gefallen, weil ich gerade die Leiche meines besten Freundes entdeckt habe." Mit einem Arm drückte ich Thor in einer unbeholfenen Umarmung an mich und zeigte mit dem anderen in Richtung Wald. „Da hinten. Auf dem Boden. Eine Menge Blut."

Ian seufzte, als ob das, was ich ihm gerade gesagt hatte, unmöglich wahr sein konnte.

„Sie glauben mir nicht? Kommen Sie mit, ich zeige es Ihnen!" Ich machte auf dem Absatz kehrt und lief neben den Schleifspuren her, die direkt zu Bens Leiche führten.

„Sehen Sie?" Ich trat zur Seite, damit sie sich selbst

ein Bild machen konnten. „Ben Delaney. Tot. Kein Reh und auch nicht meine überspannte Fantasie."

„Lassen Sie die Katze runter!", forderte Ian plötzlich und ließ mich zusammenzucken. Thor grub seine Krallen in meine Haut und stürzte aus meinen Armen, ebenso erschrocken über Ians plötzlichen Befehl. „Sie sind verhaftet."

KAPITEL 6

❦

„Was soll das?" Detective Kade Galloway trat auf die Lichtung und sah mich stirnrunzelnd an. „Warum ist sie in Handschellen?"

Es stimmte. Die beiden Idioten hatten mir die Hände hinter dem Rücken gefesselt und mich wegen Mord verhaftet. Ich war mir nicht sicher, ob ich erleichtert sein sollte, dass Galloway vor Ort war, oder ob ich mir Sorgen machen sollte, dass noch mehr Inkompetenz aufkommen würde.

„Wir haben sie verhaftet." Dwight nickte mit aufgeblähter Brust, als wäre er sehr stolz auf sein Handeln. Ich biss mir auf die Lippe, um nichts zu sagen. Ian hatte bereits seinen Schlagstock gezückt und mir damit gedroht, falls ich noch ein Wort sagen würde. Ich hatte lediglich meine Unschuld beteuert, aber nachdem er die Waffe so geschwungen hatte, als ob er nur nach einem Vorwand suchte, um sie gegen

71

mein Bein zu schlagen, hatte ich den Mund gehalten. So hatte uns Galloway zehn Minuten später gefunden. Ich, mit dem Rücken an einen Baum gelehnt, und Ian, der bedrohlich über mir hing.

„Warum?", fragte Galloway, die Hände in die Hüften gestemmt. Er schenkte uns nicht seine volle Aufmerksamkeit, sein Blick blieb vielmehr auf Bens Leiche haften, bevor er sich auf der kleinen Lichtung umschaute, auf der wir standen.

„Na ja ... wegen Mord", stotterte Dwight, als ob es offensichtlich wäre.

„Und wie kommen Sie darauf, dass sie ihn getötet hat?"

„Sie wusste, wo er war. Also seine Leiche. Sie hat uns direkt hierher geführt! Und sie hat Blut an sich", erklärte Ian. Ich konnte mir ein Augenrollen nicht verkneifen. Meine Augen wurden heute wirklich strapaziert.

„Korrigieren Sie mich, wenn ich falsch liege ..." Galloways Stimme triefte vor Sarkasmus. „Aber hat Miss Fitzgerald das nicht gemeldet? Dass sie ihren Freund so gefunden hat" – er winkte mit der Hand in Richtung der Leiche auf dem Boden – „und uns dann sofort angerufen hat. Und das Blut an ihr scheint ihr eigenes zu sein – von der übel aussehenden Schramme an ihrem Arm. Klingt das für Sie, als wäre sie eine Mörderin?"

„Sie könnte ihre Spuren verwischt haben!", protestierte Dwight. „Sie hat ihn getötet und uns dann angerufen, um uns auf die falsche Fährte zu locken."

„Audrey", wandte sich Galloway an mich, „haben Sie die Leiche angefasst?"

Ich schüttelte den Kopf.

„Haben Sie hier irgendetwas angefasst?"

Ich schüttelte erneut den Kopf.

„Und was hat Sie heute Morgen in den Wald geführt?"

„Ich habe nach Thor gesucht. Bens Katze."

„Warum?"

„Ben hatte mich gebeten, vorbeizukommen, um sie zu füttern." Es war nur eine kleine Lüge, und ich hatte bereits ein kleines Gebet gesprochen und um Vergebung gebeten. Und darum, dass sie mir glauben würden. „Ich habe ihn nicht umgebracht. Warum sollte ich? Er ist mein bester Freund." Meine Stimme brach und meine Sicht verschwamm. Bitte lass mich jetzt nicht losheulen, fügte ich meinem Gebet hinzu. Meine Hände waren auf dem Rücken gefesselt, und am Ende würde mir der Rotz übers Gesicht laufen.

„Nehmt ihr die Handschellen ab", befahl Galloway. Mürrisch packte Dwight mich am Arm und schob mich vorwärts.

„Vorsichtig!", bellte Galloway. Dwight drehte mich um, und ich verrenkte den Hals, um Galloway über die Schulter anzusehen. Seine Augen waren auf Dwight gerichtet, und ich konnte einen Funken Wut in ihnen sehen.

„Gut", sagte Ben neben mir und ließ mich zusammenzucken. „Endlich ist jemand mit zwei Gehirnzellen hier. Es tut mir leid, dass du das durchmachen musstest, Fitz."

Ich konnte ihn nicht ansehen, also richtete ich meine Aufmerksamkeit auf die Rinde des Baumes, dem ich gegenüberstand, während Dwight sich unheimlich viel Zeit nahm, um meine Handgelenke zu befreien. Schließlich war es geschafft, und ich rieb die Haut an den Stellen, an denen das Metall gescheuert hatte.

„Du könntest sie wegen unrechtmäßiger Verhaftung verklagen", sagte Ben leise. „Diese Mistkerle."

Ich starrte ihn an, als wollte ich sagen, *hör auf zu reden.* Denn jedes Mal, wenn er sprach, wollte ich antworten, und es kostete mich all meine Kräfte, es nicht zu tun.

„Ihr zwei wartet draußen auf die Gerichtsmedizinerin. Zeigt ihr den Weg, wenn sie ankommt", befahl Galloway den beiden ungeschickten Beamten. Nachdem sie die Lichtung verlassen hatten, kam er zu mir herüber. „Sind Sie okay?"

Ich nickte. Nein, in Wirklichkeit war ich ein bisschen durcheinander.

„Das mit Ben tut mir leid. Er war ein guter Mann", fuhr Galloway fort. Meine Augen liefen über und Tränen rannen über meine Wangen. Galloways Blick ruhte auf mir. „Was ist da passiert?", fragte er, hob eine

Hand und strich mit dem Daumen sanft über die Haut direkt unter der Schramme.

„Ohnmächtig", stammelte ich, während ich versuchte, mich zusammenzureißen.

Er sah mich einen Moment lang an. „Gehen Sie zurück und warten Sie im Haus", sagte er schließlich. „Ich komme zu Ihnen, sobald ich hier fertig bin."

„Du musst ihm sagen, dass du glaubst, dass ich im Haus getötet wurde", mischte Ben sich ein. „Er muss wissen, dass es einen zweiten Tatort gibt."

Ich räusperte mich und wischte mir die Nase mit dem Handrücken ab. „Sie sollten sich vielleicht mal in Bens Küche umschauen", schniefte ich. „Als ich im Haus ankam, roch es stark nach Bleichmittel. Das mag für Sie keine große Sache sein, aber Ben benutzt kein Bleichmittel. Ich bezweifle sogar, dass er überhaupt welches besitzt. Er ist eine Art Ökofritze. War", korrigierte ich mich. „Ich fand das seltsam. Und ich dachte mir, dass das der Grund sein könnte, warum Thor nicht drinnen war, wegen des starken Geruchs. Also habe ich nach ihm gesucht, aber ich kenne seine Verstecke nicht, aber wenn ich eine Katze wäre, wäre ich bestimmt gerne im Wald. Und dann sah ich die Spuren und ..."

Galloway nickte. „Ich werde das überprüfen. Die Polizisten sind jetzt im Haus. Sie können reingehen – aber fassen Sie nichts an, okay?"

„Klar." Ich wollte gerade gehen, als ich mich an das erinnerte, was Mrs Hill mir erzählt hatte. „Sie sollten vielleicht auch mit der Nachbarin reden. Sie hat mir erzählt, dass sie gestern Abend Schreie aus Bens Haus gehört hat."

„Sie haben mit der Nachbarin gesprochen?" Galloway hielt inne und sah mich überrascht an.

„Glauben Sie mir, ich hätte es vermieden, wenn ich gekonnt hätte. Sie gehört zur neugierigen Sorte. Sie klopfte an Bens Hintertür, kaum dass ich angekommen war, und sagte, sie müsse Ben sprechen. Es überrascht mich, dass sie jetzt nicht hier ist und ihre Nase hineinsteckt."

„Okay. Danke, Audrey. Gehen Sie schon mal vor, ich komme gleich nach."

Ich nickte und ging zum Haus zurück. Auf dem Rückweg hörte ich Galloway telefonieren. Ben begleitete mich mit seligem Schweigen und als ich mich der Rückseite des Hauses näherte, öffnete sich die Glasschiebetür und Sarah Jacobs trat heraus. Sie hatte gerade erst ihre Ausbildung abgeschlossen und war neu im Firefly Bay Police Department. Als sie hergekommen war, war ein großer Artikel über sie in der Zeitung erschienen.

„Audrey Fitzgerald?", fragte sie und legte die Hand auf ihren Gürtel, an dem alle ihre polizeilichen Utensilien befestigt waren.

„Ja."

„Detective Galloway hat gerade angerufen und gesagt, dass Sie zum Haus kommen." Ihr Lächeln war freundlich, und ich sackte vor Erleichterung fast zusammen. Mit Dwight und Ian hatte ich so ziemlich meine Grenzen erreicht. Ich stieg die zwei Stufen zur Terrasse hinauf und näherte mich ihr, wobei mir ihre großen braunen Augen nicht entgingen, die auf meinen Arm zielten. „Sie sind verletzt."

„Selbstverschuldet." Ich zuckte mit den Schultern. „Ich wurde ohnmächtig, als ich Ben fand."

Sie nickte verständnisvoll, streckte einen Arm aus und legte eine Hand auf meinen Rücken. „Dann sollten wir die Wunde mal reinigen." Als wir über die Schwelle traten, war ich überrascht, dass ein Beamter bereits in der Küche war und nach Fingerabdrücken suchte. Galloway hatte gesagt, dass sie hier sein würden, aber aus irgendeinem Grund hatte ich nicht wirklich damit gerechnet, dass sie etwas tun würden. Also irgendetwas Nützliches. Sarah bemerkte meinen Blick und hielt inne.

„Haben Sie hier etwas angefasst?", fragte sie.

Ich schüttelte den Kopf. „Ich glaube nicht. Die Tür." Ich erzählte ihr nichts von den Latexhandschuhen, die in meiner Gesäßtasche steckten.

Sie nickte. „Wir müssen Ihre Fingerabdrücke nehmen, um Sie ausschließen zu können."

„Das ist das Standardverfahren", flüsterte Ben mir ins Ohr, was mich zusammenzucken ließ. Ich warf ihm einen bösen Blick zu, und er tat so, als würde er seine Lippen mit einem Reißverschluss verschließen. Er verschwand, um den Beamten in der Küche zu beobachten, und ich entspannte mich ein wenig. Nicht mit ihm zu sprechen, war schwieriger, als ich gedacht hatte.

„Hier gibt es eine Toilette." Sarah lenkte meine Aufmerksamkeit wieder auf sich. „Die können wir benutzen."

„Das Gästebad", meinte ich und nickte zustimmend.

„Richtig, Ben war Ihr Freund."

„Mein bester Freund", stimmte ich zu.

„Sie waren also schon oft hier." Sie lächelte, aber ich wusste, was sie vorhatte. Sie wollte Informationen aus mir herausquetschen. Und ich spielte gerne mit. Für den Moment.

„Klar. Ich habe auch oft hier übernachtet."

„Über Nacht? Waren sie beide …?"

Ich gluckste. „Nein, nicht so. So unbegreiflich es auch erscheinen mag, Ben und ich waren Freunde. Mehr nicht. Wir hatten nie eine romantische Beziehung gehabt. Ich übernachtete immer im Gästezimmer." Ich nickte in Richtung der geschlossenen Tür am Ende des Flurs. „Bens Zimmer ist im oberen Stockwerk. Das Hauptschlafzimmer. Er hat dort oben sein eigenes Bad und ich benutzte immer dieses hier."

„War Ben schwul?", fragte sie und gab mir ein Zeichen, ihr ins Bad zu folgen.

Ich schnaubte. „Nein. Nur weil er eine weibliche beste Freundin hat, macht ihn das nicht zu einem schwulen Mann."

„Sorry." Sie lächelte wieder. Smiley Sarah. „Ich muss zugeben, das ist ungewöhnlich."

„Klar." Ich zuckte mit den Schultern.

„Setzen Sie sich." Sarah zeigte auf die Badewanne, und ich setzte mich auf den Rand und sah zu, wie sie einen Waschlappen nahm und ihn unter den Wasserhahn hielt.

„Das kann jetzt brennen", warnte sie mich und drückte das feuchte Tuch auf meinen Ellbogen. Ich atmete zischend ein und zog die Schultern zurück.

„Sie sollten das im Krankenhaus richtig reinigen lassen", murmelte sie, ihr Gesicht beunruhigend nahe an meinem, während sie die Schramme betrachtete. „Sieht aus, als hätten Sie eine Menge Dreck abbekommen."

„Wahrscheinlich."

„Können Sie mir sagen, was heute passiert ist?"

Ich erzählte alle Ereignisse des Vormittags, wobei ich den Teil ausließ, in dem Ben als Geist auftauchte und sein Kater sprechen konnte. Oder besaß ich plötzlich die Fähigkeit, ihn zu verstehen? Wie auch immer, es klang nicht gut für meine geistige Gesundheit, also beschloss ich, dass es völlig in Ordnung war, diese Details wegzulassen.

Als wir im Bad fertig waren, pochte mein Ellbogen und Sarah gab zu, dass sie die ganze Sache vielleicht eher verschlimmert als verbessert hatte. Fantastisch. Der Tag entwickelte sich zu einem Spitzentag. Sie führte mich zum Sofa im Wohnzimmer, und ich ließ mich in die Tiefen des Plüschs sinken. Von hier aus konnte ich die Küche, das Esszimmer und den Garten sehen. Sarah nahm mir gegenüber Platz, holte ihr Handy heraus und tippte hektisch darauf herum. Ich beobachtete sie einen Moment und dachte mir dann, dass sie wahrscheinlich meine Aussage notierte. Also wandte ich meine Aufmerksamkeit dem Beamten in der Küche zu, der sehr gründlich arbeitete. Ben schwebte direkt neben ihm und bewertete kritisch jede seiner Bewegungen.

Sarahs Telefon piepte, sie sprang auf und verschwand, um kurz darauf mit einem Becher dampfenden … Irgendwas wieder aufzutauchen. Sie hielt ihn mir hin und ich nahm ihn automatisch an.

„Danke. Was ist das?" Ich schnüffelte. Es roch nach Kräutern.

„Die Nachbarin hat das gemacht. Dachte, Sie könnten es gebrauchen, wegen des Schocks."

Mrs Hill. Natürlich. Wahrscheinlich war sie draußen, um so viel Klatsch und Tratsch wie möglich zu sammeln. Thor sprang neben mir auf das Sofa und erschreckte mich.

„Thor, da bist du ja!" Ich hatte ihn im Wald aus den Augen verloren, als sie mich verhaftet hatten.

„An deiner Stelle würde ich das nicht trinken", sagte er mit seinem starken britischen Akzent. Er war wirklich bezaubernd.

„Oh?"

„Sie ist eine Hexe." Er leckte sich die Pfote ab und rieb sie dann über sein Gesicht.

„Mrs Hill?", fragte ich nach.

„Genau." Er putzte sich weiter.

„Ja, Mrs Hill", antwortete Sarah, und mir wurde klar, dass ich laut mit Thor gesprochen hatte. Ups.

Ich lehnte mich vor und stelle den Becher auf den Couchtisch. Ich würde mich auf Thors Wort verlassen. Obwohl Hexe nicht das Wort war, mit dem ich Mrs Hill beschreiben würde. Meines begann mit einem N.

Als die Gerichtsmedizinerin eintraf, herrschte plötzlich reges Treiben. Sarah wurde weggerufen, und ich saß auf dem Sofa und beobachtete das Geschehen, bis mir die Augen zufielen und ich schließlich eindöste, wobei die Wärme von Thor, der sich an meinen Oberschenkel schmiegte, eine beruhigende Präsenz war.

„Ich bin überrascht, dass Sie in dieser Situation schlafen können."

Ich schreckte auf und sah Sergeant Dwight Clements, der auf mich hinunter starrte.

„Na und?", murrte ich.

„Clements!" Galloways Stimme ertönte vom anderen Ende des Raumes. „Sind Sie mit der Befragung auf der Straße fertig?"

Eine Flut von roten Flecken kletterte Dwights Hals hinauf und in sein Gesicht. Ich nahm an, dass dies bedeutete, dass er es nicht war.

„Aber, Sir ...", stöhnte er, und seine Stimme nahm einen weinerlichen Ton an.

„Soll ich dem Bericht über Ihre unrechtmäßige Verhaftung, den ich über Sie schreiben werde, noch Zeugenbelästigung hinzufügen, Sergeant?", schnappte Galloway, während er auf uns zukam. Er war stinksauer. Das zeigte sich in der Art, wie er seine Schultern hielt, ganz zu schweigen von seinen zu Fäusten geballten Händen.

„Nein, Sir."

„Dann machen Sie sich an die Arbeit."

Dwight drehte sich auf dem Absatz um und stürmte aus dem Haus, die Haustür knallte hinter ihm zu. Ich dachte, ich hätte Galloway das Wort „Idiot" murmeln hören, war mir aber nicht ganz sicher.

Dann schaute Galloway mich an und dann noch einmal genauer. „Mein Gott!", rief er. „Sehen Sie sich Ihren Arm an!"

KAPITEL 7

⚜

Dadurch, dass Sarah an der Schürfwunde an meinem Ellbogen herumgeschrubbt hatte, hatte sie zu bluten begonnen und das Blut war langsam meinen Arm hinuntergekrochen und in mein T-Shirt und meine Jeans gesickert. Nun sah ich ebenfalls wie ein Mordopfer aus.

Galloway drängte mich mit einem um den Ellbogen gewickelten Geschirrtuch aus dem Haus und in sein Auto, wobei er die ganze Zeit vor sich her murmelte, von hirnlosen Idioten umgeben zu sein, und sich fragte, warum niemand sehen könne, dass ich medizinische Hilfe brauche. Er hielt mir die Beifahrertür seines Wagens auf und vergewisserte sich, dass ich sicher angeschnallt war, bevor er sich hinter das Lenkrad setzte. Dann klemmte er sein Handy in die Freisprecheinrichtung und fuhr so schnell los, dass ich gegen den Sitz geschleudert wurde.

„Ich bringe Sie ins Krankenhaus", war alles, was er sagte, bevor er einen Knopf am Lenkrad drückte und ein paar Befehle bellte. Ich muss zu meiner Schande gestehen, dass ich ein paar Minuten brauchte, um zu erkennen, dass er das Telefon über Bluetooth verbunden hatte und tatsächlich mit den Polizisten sprach, die er in Bens Haus zurückgelassen hatte, und nicht mit mir.

„Das ist wirklich nicht nötig", sagte ich ihm zwischen zwei Anrufen. „Ich komme schon klar. Ben hat nicht übertrieben, als er sagte, ich sei anfällig für Unfälle."

„Die Wunde muss gereinigt und verbunden werden. Als ich Officer Jacobs sagte, sie solle sich um Sie kümmern, hatte ich nicht gemeint, dass sie Sie dort sitzen und alles vollbluten lassen sollte."

„Sie hat sie für mich gereinigt", fühlte ich mich gezwungen, ihm zu erklären.

„Nun, sie hat einen schlechten Job gemacht", knurrte er.

Wir schwiegen eine Weile, bevor er mich ansah und ein kleines Grinsen aufsetzte, wobei das Grübchen in seiner Wange zum Vorschein kam. „Ben hat mir erzählt, dass Sie seit Ihrer Kindheit befreundet sind."

„Wann hat er Ihnen das gesagt?", fragte ich mit einem Hauch von Abwehrhaltung in meinem Ton. Ich hatte Galloway gestern zum ersten Mal getroffen, als Ben sich von ihm verabschiedet hatte, um mit mir in den Pub zu gehen.

Galloways Grübchen verschwand. „Wir haben gestern Abend miteinander gesprochen."

„Worüber?"

Er schnaubte. „Sie sind ziemlich neugierig."

„Hat Ben Ihnen das auch gesagt?"

„Das war nicht nötig. Aber dieses eine Mal lasse ich Ihnen das durchgehen. Der Tag heute war eine Tortur für Sie."

„Heißt das, Sie werden mir erzählen, worüber Sie gestern mit ihm gesprochen haben?"

Er warf mir einen kurzen Blick zu, bevor er sich wieder auf die Fahrbahn konzentrierte. „Ich arbeite an etwas und konnte Bens Fachwissen gebrauchen."

„Sie haben zusammen an einem Fall gearbeitet?" Ich war schockiert. Es überraschte mich, dass Ben mit einem Polizisten zusammenarbeiten sollte. „Welcher Fall?"

„Sorry. Verschlusssache."

Ich verschränkte die Arme vor der Brust und sah den Detective neben mir stirnrunzelnd an. Ich wusste nicht, ob ich diesem Mann trauen konnte oder nicht – nach allem, was ich wusste, könnte er Ben getötet haben. Und da war ich nun und fuhr bereitwillig mit ihm mit. Oh mein Gott! Was, wenn ich die Nächste wäre? Was, wenn seine Besorgnis ein Trick war, um mich allein zu erwischen und zu töten?

„Audrey? Sind Sie okay?"

„Mir geht es gut", quietschte ich und versuchte,

meinen beschleunigten Herzschlag zu kontrollieren, der mir in den Ohren dröhnte. „Warum fragen Sie?"

„Weil wir da sind?" Er stützte eine Hand auf das Lenkrad und drehte sich in seinem Sitz, um mich anzusehen.

Ich sah mich schockiert um. Er hatte recht. Wir standen auf dem Parkplatz des Krankenhauses. Das Auto war still. Ich war so in meiner eigenen Panik gefangen gewesen, dass ich es nicht bemerkt hatte. Ich hatte es nicht bemerkt, weil ich mir Sorgen machte, dass ich gerade einen kolossalen Fehler gemacht hatte – aber was ich bemerkt hatte, war, dass Ben sich nicht zu uns gesellt hatte. War er noch immer in seinem Haus? Oder war er ... weg? War er ins Licht gegangen, bevor ich die Chance hatte, mich zu verabschieden? Bei diesem Gedanken traten mir Tränen in die Augen.

„Ein schwerer Tag, was?", meinte Galloway.

Ich schniefte und nickte. Er kannte nicht einmal die halbe Geschichte. Ohne ein Wort zu sagen, öffnete er seine Tür und stieg aus. Ich fummelte an meinem Sicherheitsgurt herum und versuchte, dasselbe zu tun, aber der verflixte Verschluss ließ sich natürlich nicht lösen, und je stärker ich zog, desto mehr klemmte er.

„Warten Sie." Galloway beugte sich über mich und drückte auf den Entriegelungsknopf, woraufhin sich der Gurt öffnete. Ich hatte nicht einmal gehört, dass er meine Tür geöffnet hatte, und quietschte ein wenig überrascht auf. Ich räusperte mich, murmelte ein kurzes „Danke" und glitt hinaus, wobei ich mit den Handflächen über meine Jeans strich.

Wenn man mit einem Detective in die Notaufnahme kommt, wird man offenbar bevorzugt behandelt. Wir wurden in einen Behandlungsraum geführt, ohne dass wir das Wartezimmer betreten mussten. Ich schaute ihn mit einer hochgezogenen Augenbraue an. Er zuckte mit den Schultern, und ich konnte mir das Grinsen nicht verkneifen, das mir entwich. Er wusste, was ich mit der hochgezogenen Augenbraue meinte. Genau wie Ben es gewusst hätte. Der Gedanke an meinen lieben, toten, vermissten Freund ließ mich erschauern. Wo war er? Ich schaute mich um, in der Hoffnung, ihn irgendwo in der Nähe lauern zu sehen, damit er mich nicht völlig im Stich ließ, aber ich fand nichts.

Galloway lehnte sich mit verschränkten Armen zurück, während eine Krankenschwester die Wunde an meinem Ellbogen säuberte und anschließend verband.

„Es ist nur eine Schramme", sagte sie beruhigend zu mir, als sie fertig war. „Kein Grund zur Sorge."

„Ich habe mir keine Sorgen gemacht", erwiderte ich. Sie gaben mir das Gefühl, dass ich mich deswegen wie eine große Heulsuse verhalten würde. Wenn ich allein gewesen wäre, hätte ich geduscht, um sie zu reinigen, und mir dann selbst einen Verband angelegt. Ich war nicht völlig nutzlos.

Sie ignorierte mich, als ob ich nichts gesagt hätte. „Wechseln Sie den Verband jeden Tag. Ich werde Ihnen

Verbandsmaterial mitgeben. Und achten Sie auf Anzeichen einer Infektion. Falls Sie welche bemerken, gehen Sie zu Ihrem Arzt." Sie reichte mir ein halbes Dutzend großer, quadratischer Pflaster aus dem Wagen neben der Liege. „Wie ist das überhaupt passiert?"

„Ich wurde ohnmächtig", murmelte ich, wobei es mir nicht gefiel, das zugeben zu müssen.

„Ohnmächtig?" Sie hielt inne und starrte mich eindringlich an. „Fallen Sie öfters in Ohnmacht?" Sie nahm die Blutdruckmanschette vom Ständer und wickelte sie um meinen Oberarm.

„Ich hatte gerade meinen besten Freund gefunden. Tot. Das war ein ziemlicher Schock."

Die Krankenschwester blickte zu Galloway hinüber, der das Geschehen mit ausdruckslosem Gesicht beobachtete und nichts verriet.

„Oh." Sie schloss die Messung meines Blutdrucks ab. „Alles gut. Sie sehen wirklich blass aus. Wie geht es Ihnen? Fühlen Sie sich wackelig? Ist Ihnen schwindelig?"

„In Wirklichkeit habe ich einen ziemlichen Kater", gab ich reumütig zu.

„Ohhhh." Ein Hauch von Lächeln huschte über ihr Gesicht. „In diesem Fall sollten Sie viel Wasser trinken, Ibuprofen gegen die Kopfschmerzen nehmen, die Sie sicher im Haus haben, und etwas essen. Und zwar bald."

„Alles klar."

Es stand uns frei zu gehen. Galloway begleitete

mich zurück zu seinem Auto, und ich fragte mich, warum er sich die Mühe machte, sich mit mir zu beschäftigen. Warum stellte er dafür nicht einen seiner Beamten ab? Noch überraschter war ich, als er am Drive-in-Schalter eines Fast-Food-Restaurants anhielt und für uns beide Burger und Pommes bestellte.

„Anweisung der Krankenschwester." Er nahm einen Burger und eine Schachtel Pommes für sich und reichte mir dann die Tüte. Ich nahm sie dankend an, wobei ich nicht wusste, was ich von diesem Mann halten sollte.

KAPITEL 8

*„W*o bist du gewesen?" Meine Stimme klang hoch und weinerlich. Ich räusperte mich und versuchte, sie um ein oder zwei Oktaven zu senken.

Detective Kade Galloway hatte mich zu Hause abgesetzt und gesagt, er werde dafür sorgen, dass ich mein Auto zurückbekommen würde und dass ich mich ausruhen solle. Er würde sich bezüglich einer formellen Aussage bei mir melden. Das war vor zwölf Stunden gewesen und bis zu dieser Sekunde gab es kein Zeichen von Ben.

„Sorry." Es war eine dieser Entschuldigungen, bei denen man wusste, dass es demjenigen, der sie aussprach, nicht im Geringsten leidtat – das Wort war nichts weiter als eine automatische Reaktion darauf, dass einem das Ohr abgekaut wurde.

„Und?", drängte ich.

Ben ließ sich seufzend neben mir auf das Sofa sinken. „Ich habe den Tatort überwacht."

„Und? Haben sie noch etwas anderes gefunden? Sie haben doch das Blut entdeckt, oder?"

Er nickte. „Das haben sie. Sie haben Abstriche genommen und sind wirklich sehr gründlich gewesen."

„Du klingst überrascht."

„Wenn man bedenkt, dass Clements und Mills die ersten Beamten am Tatort waren, ja. Aber Galloway weiß, was er tut, und nach dem, was ich gesehen habe, arbeitet er hart daran, Veränderungen in der Truppe herbeizuführen. Ich beneide ihn nicht um diesen Job."

„Ihr zwei seid Freunde?" Ich konnte mir die Überraschung nicht verkneifen, aber Ben schüttelte bereits den Kopf.

„Nein. Wir haben uns erst vor Kurzem kennengelernt."

„Ahhh, der Fall." Ich nickte. Galloway hatte erwähnt, dass er Bens Hilfe bei einer Sache benötigte.

„Er hat es dir gesagt?" Bens Kopf wirbelte herum und starrte mich eindringlich an.

Ich hob die Schultern. „Ganz und gar nicht. Er sagte, das sei Verschlusssache, aber er habe dich um Hilfe gebeten."

Ben ließ sich auf das Sofa fallen, warf den Kopf in den Nacken und starrte an die Decke. „Nun, jetzt ist es dein Fall."

„Was meinst du damit, dass es jetzt mein Fall ist?" Während er nicht entspannter sein konnte, saß ich kerzengerade da, jeder Muskel in meinem Körper angespannt. Nach dem gestrigen Tag hatte ich bereits beschlossen, dass ich nicht für das Privatdetektivgeschäft geeignet war. Leichen zu finden war anstrengend.

„Du musst herausfinden, was mit mir passiert ist, Fitz." Der flehende Blick in Bens Augen wurde mir zum Verhängnis. Ich öffnete den Mund, um zu antworten, wurde aber von einer großen grauen Katze unterbrochen.

„Wo ist die Katzentoilette?", wollte Thor vom Fußende meines Bettes wissen.

„Oh, du bist endlich wach." Man hatte mir am Vorabend mein Auto zurückgebracht, zusammen mit einer sich lautstark beschwerenden Katze.

„Hey", protestierte Thor und streckte sich, „ich bin eine Katze. Das ist unser Job. Und was ist jetzt mit der Katzentoilette? Ich kann auch in einen deiner Schuhe pinkeln. Deine Entscheidung."

Ich sah Ben panisch an. Ich besaß keine Katzenausstattung. Keine Katzentoilette. Kein Katzenfutter. Ich hatte ihm bei seiner Ankunft eine Schale mit Wasser hingestellt, aber er hatte sie nicht angerührt.

Ben sah von mir zu Thor und wieder zurück, sein Gesicht erhellte sich mit einem breiten Grinsen. „Das ist perfekt", sagte er.

„Wohl kaum!", riefen Thor und ich unisono und sahen uns dann gegenseitig an.

Ben schüttelte den Kopf. „Nein, ihr versteht das nicht. Audrey, wir müssen dich zurück ins Haus bringen – und Thor ist eine brillante Tarnung."

„Oh, richtig." Endlich verstand ich. Moment, nein, das tat ich nicht. „Warum muss ich wieder in dein Haus zurück?"

„Um auf meine Dateien zuzugreifen. Mein Tod muss mit einem meiner Fälle zusammenhängen."

Ich räusperte mich. „Ja, ich bin mir sicher, dass die Polizei auch diesen Punkt untersucht", sagte ich. „Sie werden nicht erfreut sein, wenn ich meine Nase da hineinstecke."

„Ich habe dir doch schon gesagt, dass du ein Naturtalent bist. Du hast einen klaren, wissbegierigen Verstand."

„Und einen ungeschickten, katastrophenanfälligen Körper", fühlte ich mich gezwungen, zu erwähnen. „Kaum die perfekte Ausgangslage für eine Privatdetektivin."

„Und muss ich ihre Vorliebe für Ohnmachtsanfälle erwähnen?", mischte Thor sich ein.

„Meine was?"

„Ignorier ihn." Ben lenkte meine Aufmerksamkeit wieder auf sich. „Für eine Katze benutzt er gerne große Worte." Ben sah Thor mit zusammengekniffenen Augen an. „Sie bekommt einen Freibrief für die Ohnmacht. Sie hatte gestern zwei sehr große Schocks erlitten. In all der Zeit, in der ich sie kenne, ist sie noch nie in Ohnmacht gefallen. Das ist also kein Thema."

Thor reckte die Nase in die Luft. „Wenn du es sagst." Er sprang vom Bett und schnupperte an einem Paar roter Turnschuhe. „Ich habe nicht gescherzt, als ich sagte, dass ich pinkeln muss", brummte Thor und sein Schwanz zuckte.

„Oh nein, das tust du nicht!" Ich hob das graue Fellbündel auf und sah Ben flehend an. Ich hatte noch nie ein Haustier besessen. Ich war ratlos.

Ben lachte. „Mach einfach die Tür auf und lass ihn raus. Thor, lauf nicht weg, okay? Du kennst dich in dieser Gegend nicht aus, und ja, bevor du protestierst, ich weiß, dass du über erstaunliche katzenartige Fähigkeiten verfügst, aber ich bitte dich, mir das nachzusehen. Erledige dein Geschäft und komm dann sofort zurück. Wir lassen die Tür offen."

„Nun gut. Wenn du darauf bestehst", grummelte Thor neben meinem Ohr. Ich öffnete die Tür, setzte ihn ab und sah zu, wie er nach draußen trottete und die Treppe hinunter verschwand.

„Wird er klarkommen?" Ich kaute auf der Lippe und drehte den Kopf, um Ben anzusehen, dann wieder dorthin, wo der Kater verschwunden war, weil ich Angst hatte, dass ihm etwas zustoßen könnte. Was, wenn ein Hund vorbeikäme und ihn jagen würde? Oder wenn er abgelenkt war und von einem Auto angefahren wurde? Oder jemand dachte, er sei ein Streuner und ihn mitnahm? So viele Möglichkeiten, und keine war eine Gute.

„Entspann dich, er wird schon klarkommen", versicherte mir Ben.

„Konntest du ihn schon immer verstehen?", fragte ich.

Ben schüttelte den Kopf. „Nein. Das ist auch für mich neu, aber ich denke, es hat etwas mit meiner Geistersituation zu tun." Ein kalter Schauer lief mir über den Rücken, bevor Ben mir ins Ohr flüsterte. „Oh, sieh mal einer an, wie du dich um dein Haustier kümmerst."

„Halt die Klappe."

Mein Telefon klingelte und ich verließ widerwillig meinen Platz an der Tür, um das Gespräch anzunehmen.

„Audrey Fitzgerald."

„Miss Fitzgerald, mein Name ist Athena. Ich rufe von der Anwaltskanzlei McConnell an."

„Riiiiichtig …" Ich runzelte die Stirn und fragte mich, was in aller Welt sie wollen könnte.

„Um einen Termin für ein Treffen mit einem unserer Anwälte, John Zampa, zu vereinbaren", fuhr sie fort.

„Einen Termin? Warum?"

„Ich glaube, es geht um den Nachlass von Mr Benjamin Delaney."

Ich verfiel in Schweigen.

„Wer ist dran?", formte Ben wortlos mit dem Mund.

Ich legte die Hand auf den Hörer und murmelte: „Ist John Zampa dein Anwalt?"

Ihm dämmerte etwas und seine Lippen formten ein perfektes O.

„Hallo? Miss Fitzgerald? Sind Sie noch dran?"

Ich räusperte mich und nahm die Hand wieder weg. „Ja, Entschuldigung, ich bin noch dran."

„Oh gut, ich dachte schon, Sie hätten aufgelegt."

„Ich bin noch dran", wiederholte ich.

„Wie ich bereits sagte, würden wir gerne einen Termin für ein Treffen mit Mr Zampa vereinbaren."

„Um Bens Testament zu besprechen?"

„Ja. Würde heute Nachmittag passen? Um zwei Uhr?"

„Wow. Das ist schnell." Da ich arbeitslos war, hatte ich eigentlich keine Ausrede, um nicht zu kommen. Aber der Besuch machte Bens Tod noch realer. Realer als ich es wollte. Realer, als ich es ertragen konnte, obwohl sein Geist nun mit einem besorgten Gesichtsausdruck vor mir schwebte.

„Was ist los?", flüsterte er.

„Sie wollen mit mir über dein Testament sprechen", flüsterte ich zurück.

„Wie bitte?" Athena sprach in mein Ohr, und mir fiel zu spät ein, dass sie noch in der Leitung war.

„Zwei Uhr passt. Bis später." Ich beendete das Gespräch und schaute Ben an. „Möchtest du mir vielleicht sagen, warum ich mich heute Nachmittag mit deinem Anwalt treffe, um über dein Testament zu sprechen?"

Ben hatte wenigstens den Anstand, verlegen zu

schauen. „Ja, das wollte ich dir schon lange sagen, aber ich hätte nie gedacht, dass das ein Thema sein würde."

„Was?"

Bevor er antworten konnte, kehrte Thor zurück und verkündete, dass er für das Frühstück bereit sei. Da ich wusste, dass ich nichts im Haus hatte, was auch nur im Entferntesten für eine Katze geeignet war, schnappte ich mir meine Autoschlüssel. „Gut, dann können wir es auch gleich hinter uns bringen. Kommst du mit, Thor, oder willst du hier warten?" Ich kam mir dumm vor, eine Katze zu fragen, was sie tun wollte, aber unter den gegebenen Umständen hielt ich es für das Beste, was ich tun konnte.

„Ich komme mit dir. Du kannst nicht schlechter fahren als dieser Mensch von gestern." Er bezog sich auf den Polizisten, der mein Auto für mich nach Hause gefahren und Thor abgeliefert hatte. Dafür hatte er einen blutenden Kratzer auf dem Handrücken davongetragen.

Auf der Fahrt zu Bens Haus herrschte völlige Stille, jeder von uns war in seine eigenen Gedanken versunken. Kaum war ich in die Einfahrt gebogen war und hatte die Tür geöffnet, als Thor bereits über mich gesprungen und an der Seite seines Zuhauses entlanggelaufen war, vermutlich zur Katzentür auf der Rückseite.

„Ich schätze, er hat wirklich Hunger", murmelte ich, schlug die Tür zu und verriegelte sie. Langsam näherte ich mich dem Haus. Gelbes und schwarzes Tatortband versperrte die Eingangstür.

„Und jetzt?"

„Wir ignorieren es", sagte Ben.

„Was? Auf keinen Fall. Ich habe keine Lust, verhaftet zu werden, weil ich mich an einem Tatort herumgetrieben habe. Du hast doch gesehen, wie gern mich die beiden Idioten gestern verhaftet haben", protestierte ich und stellte mir vor, wie ich ins Gefängnis verfrachtet werden würde.

Ben seufzte. „Da hast du recht." Während er darüber nachdachte, wie wir weiter vorgehen sollten, holte ich mein Telefon heraus und wählte.

„Galloway", bellte die Stimme am anderen Ende.

„Detective Galloway, hier spricht Audrey Fitzgerald."

Es gab eine kurze Pause. „Audrey, wie kann ich Ihnen helfen?"

„Ich bin gerade vor Bens Haus – und ja, ich weiß, es ist ein Tatort … ich kann das Klebeband sehen. Aber die Sache ist die: Ich kümmere mich um Bens Katze und brauche ihre Sachen."

„Können Sie die Sachen nicht kaufen, was sie braucht?", fragte er. Eine absolut vernünftige Antwort, verdammt noch mal.

„Ich wurde diese Woche gefeuert." Das war keine Lüge. „Ich würde es vorziehen, kein Geld auszugeben, wenn ich es nicht unbedingt muss." Wieder keine Lüge, zumindest nicht ganz. In Wahrheit konnte ich es mir durchaus leisten, Thor alles zu kaufen, was er brauchte. Mein Sparkonto war voll. Aber ich musste ins Haus, und das schien mir die beste Lösung zu sein.

„Warten Sie kurz." Ich hörte das Rascheln am anderen Ende der Leitung, dann etwas, das sich anhörte, als würde jemand auf einer Tastatur tippen. „Ich habe die Sache für Sie beschleunigt." Galloway war wieder am Telefon.

„Was beschleunigt?"

„Der Tatort wurde freigegeben. Wir haben bereits alle Beweise gesammelt, die wir auf dem Grundstück finden konnten, sodass Sie dorthin zurückkehren können", erklärte er. „Ziehen Sie das Band einfach herunter."

„Oh, okay. Das ging schnell, danke." Ich beendete das Gespräch und schaute Ben an, der mich grinsend ansah.

„Was?"

„Tatorte werden normalerweise nicht so schnell freigegeben. Normalerweise dauert das Tage oder sogar Wochen."

„Oh. Und was heißt das?"

„Das heißt, dass Galloway dich mag. Er hat ein paar Fäden gezogen."

„Oder es heißt ganz einfach, dass es stimmt, was er gesagt hat – sie haben dein Haus tatsächlich bereits gründlich durchsucht und es gibt keinen Grund, mich vor der Tür stehen zu lassen." Ich wollte nicht glauben, dass Kade Galloway mir einen Gefallen tat, denn wenn jemand einem einen Gefallen tat, bedeutete das, dass man ihm etwas schuldete, und ich wollte der Polizei nichts schulden. Niemals. Obwohl Ben sich scheinbar gut mit dem Detective verstanden hatte, konnte ich seine schreckliche Behandlung während seiner Zeit bei der Polizei nicht so schnell vergessen.

„Komm ihm nicht zu nahe, Audrey", sagte Ben, der meine Gedanken zu lesen schien.

„Das tue ich schon nicht", fauchte ich, riss das Klebeband von der Tür und ballte es in meiner Faust zu einer Kugel. „Nur weil du den Kerl magst, muss ich ihn noch lange nicht mögen", sagte ich, steckte meinen Schlüssel ins Schloss und drehte ihn um. „Außerdem habe ich ihn erst vor zwei Tagen kennengelernt. Vertrauen muss man sich erst verdienen."

Als ich in Bens Foyer trat, schaute ich mich mit großen Augen nach dem Anblick um, der mich begrüßte. „Verdammt."

Ben schob sich an mir vorbei und zog eine eisige Spur hinter sich her. „Ja, eine Sache mit den Cops ist, dass sie … nachher nicht aufräumen." Fingerabdruckstaub verunreinigte mehrere Oberflächen. Türen und Schubladen standen offen, der Inhalt war entweder grob wieder hineingeschoben oder auf dem Boden verstreut worden.

„Ich nehme nicht an, dass du irgendwelche magischen Fähigkeiten hast, um das alles zu beheben?", fragte ich, die Hände in die Hüften gestemmt, während ich das Katastrophengebiet überblickte.

„Nicht, dass ich wüsste." Obwohl er, Gott sei Dank, mit ausgestreckten Händen dastand und anscheinend versuchte, eine Art Zauber zu sprechen. Ich kicherte und meine Schultern bebten vor Vergnügen.

„Hey!" Thor trabte auf uns zu. „Meine Futternäpfe sind weg!"

Ben und ich drehten uns um und schauten zu dem Platz in der Nähe der Glasschiebetüren, wo Thors Schüsseln immer standen. Er hatte recht, sie waren weg.

„Beweise." Ben nickte.

„Ist schon gut, ich hole dir einen aus dem Schrank." Thor folgte mir dicht auf den Fersen, während ich in der Küche nach einer Schüssel kramte und sie mit Futter für ihn füllte. Ben stöhnte, als ich sie auf den Boden stellte.

„Was?"

„Es ist nur … das ist eine Müslischale." Er runzelte die Stirn und sah unbehaglich aus.

„Musst du … du weißt schon?" Ich zeigte mit dem Kopf in Richtung Badezimmer.

„Was?" Er brummte, offensichtlich unzufrieden über irgendetwas.

„Du weißt schon. Pinkeln gehen? Oder Groß machen? Oder pupsen?"

Er seufzte kopfschüttelnd. „Ich bin ein Geist, Audrey. Ich kann nichts von alledem mehr tun."

„Warum siehst du dann so aus, als würdest du an Verstopfung leiden?", wollte ich wissen.

„Weil Katzen nicht aus Schüsseln für Menschen fressen sollten", erklärte er.

Ahhh. Ich hatte vergessen, dass Ben ein bisschen pingelig war, nicht nur was die Sauberkeit seines Hauses anging, sondern auch, wenn es darum ging, Haustieren zu erlauben, von menschlichem Geschirr zu fressen.

So sehr es auch Spaß machen würde, ihn zu ärgern, dachte ich mir, dass jetzt nicht der richtige Zeitpunkt dafür war. Schließlich war er erst vor Kurzem gestorben. „Wir müssen das tun, nur dieses eine Mal", sagte ich. „Thor muss etwas fressen und seine Näpfe sind nun mal Beweismittel. Wegen der Fingerabdrücke."

„Ja. Wir wissen, dass die Schalen bewegt wurden. Es könnte auch Blut daran sein."

Um Ben davon abzulenken, dass es ihm unangenehm war, seiner Katze beim Fressen aus einer Müslischale zuzusehen, fragte ich: „Und wo sind nun diese Dateien?"

„Auf dem Computer, im Büro."

Ich wischte mir die Hände an der Jeans ab und straffte die Schultern. „Also komm schon. Sehen wir uns an, woran du gearbeitet hast und was dich umgebracht hat."

KAPITEL 9

$\mathcal{P}$hilip Drake war der Geschäftsführer des Firefly Bay Hotels, ein Fünfsternehotel, das an der Uferpromenade über der Bucht thronte und sich neben luxuriösen Unterkünften auf erlesene Speisen, Nachmittagstees und eine Kochschule spezialisiert hatte. Philip hatte Ben damit beauftragt, den neuen Freund seiner Tochter zu überprüfen.

„Ernsthaft?", fragte ich mehr mich selbst als Ben, der hinter mir stand und über meine Schulter sah. „Er wollte, dass du den Freund seiner Tochter unter die Lupe nimmst? Was soll das denn?"

„Er ist ein überfürsorglicher Vater. Sophies Mutter starb, als sie noch ein Kleinkind war, und seitdem gibt es nur noch die beiden."

„Aber eine Hintergrundüberprüfung?", spottete ich. „Das ist zu viel des Guten, meinst du nicht auch?"

Ich klickte mich durch die Dateien auf Bens

Computer. „Oh." Ich hielt inne, beugte mich vor und schielte auf den Bildschirm. „Sie überschreiten ein wenig die Grenzen Ihres Auftrags, meinen Sie nicht auch, Delaney?" Auf dem Bildschirm war ein Diagramm zu sehen, das Philip und seine Tochter Sophie, Sophies Freund Logan Crane und zwei von Philips Mitarbeitern, Brett Baxter und Steven Armstrong, miteinander verband. Ich tippte auf die Namen von Brett und Steven. „Warum stehen die hier?"

Als Ben nicht antwortete, drehte ich mich in meinem Stuhl um und sah, wie er sich nachdenklich mit der Hand über das Kinn fuhr. „Weißt du …" Er hielt inne und seine Stimme erstarb, während seine Gedanken umherwirbelten.

Nach sechzig Sekunden des Schweigens fragte ich schließlich: „Was?"

„Was?" Er schüttelte den Kopf und löste sich aus seiner Benommenheit.

„Der Drake-Fall?", hakte ich nach. „Warum tauchen diese beiden Personen in deiner Datei auf?"

„Ich weiß es nicht." Er zuckte mit den Schultern, und in dem Moment wusste ich, dass heute ein Tag mit Koffeinkonsum der Stufe fünf sein würde.

„Das heißt, du erinnerst dich nicht?" Ich seufzte, die schwere Last der Wahrheit legte sich wie eine nasse Decke über mich. Es sah so aus, als ob Ben sich nicht mehr an die Einzelheiten seiner Fälle erinnern konnte. Wie praktisch.

Er legte mir eine Hand auf die Schulter, wodurch ich quasi sofort erfror. „Sorry."

Ich wusste, dass er es ernst meinte. Es musste verdammt frustrierend für ihn sein, nicht mehr zu wissen, was passiert war und woran er gearbeitet hatte. Ganz zu schweigen davon, dass er tot war. Ich stellte mir vor, dass ich in dieser Situation auch ziemlich ätzend sein würde.

Ich schüttelte seine eisige Hand ab und grinste. „Macht nichts. Sieht so aus, als hättest du hier schon einiges an Arbeit geleistet." Ich öffnete eine weitere Datei und las sie laut vor. „Du hast Logan gründlich überprüft, seine Finanz- und Kreditgeschichte, seinen sozialen Hintergrund und sein Strafregister. Für mich sieht es so aus, als ob der Auftrag erledigt wäre."

„Aber ich habe den Fall nicht abgeschlossen." Ben zeigte auf die grüne Registerkarte, was bedeutete, dass er die Datei in seinem System noch nicht geschlossen hatte. „Ich war noch nicht fertig."

„Oder du hast Drake deine Ergebnisse noch nicht geliefert."

„Was verwunderlich wäre. Sieh dir das Datum an."

Tatsächlich, der Eintrag stammte von vor fünf Tagen. Ben hätte seinen Klienten nicht länger als nötig warten lassen. Warum also hatte er den Abschlussbericht nicht abgeliefert und den Fall abgeschlossen? Ganz zu schweigen von der Bezahlung.

„Philip Drake hat sich zu Recht Sorgen gemacht – sieh dir an, was du gefunden hast. Logan Crane ist drogenabhängig, möglicherweise auch ein Dealer und wegen Autodiebstahl und E&D vorbestraft ... Was ist E&D?"

„Einbruch und Diebstahl."

„Richtig. Logan Crane ist also ein mieser Typ. Warum hältst du diese Informationen zurück?"

„Es muss etwas mit den beiden da zu tun haben." Ben zeigte auf die beiden Angestellten auf dem Bildschirm.

„Du hast nicht viel über sie zusammengetragen. Steven Armstrong ist fünfunddreißig und Gästemanager. Kaum ein Verbrechen", murmelte ich, bevor ich weiterlas: „Und Brett Baxter, siebenundzwanzig, Eventplaner." Ich schaute Ben wieder an, in der Hoffnung, dass etwas – irgendetwas – seinem Gedächtnis auf die Sprünge helfen würde. Nichts. Ich seufzte, schloss die Drake-Datei und öffnete die nächste in Bens Datenbank.

„Tonya Armstrong. Sie hat dich für die Überwachung ihres Ehemannes engagiert."

„Das heißt, sie dachte, ihr Mann würde sie betrügen."

„Und hat er das getan?"

Ben begann, auf und ab zu gehen. „Keine Ahnung. Ich weiß es nicht mehr. Was steht in der Akte?"

Stirnrunzelnd beobachtete ich ihn, bemerkte die angespannte Linie seiner Schultern, den zusammengebissenen Kiefer. Das war für ihn genauso frustrierend wie für mich. Wenn er doch nur etwas

Nützliches tun könnte, während ich die Akten durchsah, zum Beispiel Kaffee kochen.

„Ooohhhh." Ich wandte meine Aufmerksamkeit wieder dem Monitor zu und beugte mich vor, wobei meine Augen von einer Seite zur anderen wanderten, während ich Bens Notizen überprüfte. „Das hat er! Du hast ihn überwacht, aber hör sich das einmal einer an – sie wollte weitere Beweise. Warum? Mal sehen, was du ihr gegeben hast." Ich klickte auf die Anhänge der Datei und ein Dutzend Bilder öffnete sich auf dem Bildschirm.

„Moment." Ich lehnte mich näher heran, meine Nase berührte fast den Monitor. „Ist das nicht der Typ aus dem Drake-Fall?"

Das erregte Bens Aufmerksamkeit. Er stürmte so schnell vorwärts, dass er sich im Inneren des Tisches materialisierte. Ich zog mich überrascht zurück, aber meine Rückwärtsbewegung war zu schnell. Die Räder des Bürostuhls verhakten sich auf dem Teppich, und ehe ich mich versah, lag ich auf dem Rücken und starrte an die Decke.

„Verdammt!", fluchte Ben und trat vom Schreibtisch zurück. „Bist du okay?"

Ich rollte mich auf die Seite, rappelte mich hoch und stellte den Stuhl auf. „Ja, mir geht es gut. Ich hatte nur nicht erwartet, dass du im Schreibtisch auftauchst, das ist alles." Ich schob mich in den Sessel zurück und widmete meine Aufmerksamkeit wieder den Inhalten auf dem Bildschirm. „Das" – ich zeigte den Mann – „muss Tonyas Ehemann sein, richtig?"

„Das würde ich annehmen, wenn ich Überwachungsaufnahmen von ihm gemacht habe."

„Tonya Armstrong … verheiratet mit Steven Armstrong. Wie Steven Armstrong, der Gästemanager des Hotels?" Ich ging die Details auf dem Bildschirm noch einmal durch. „Bingo!", rief ich und reckte die Faust in die Luft. „Das ist deine Verbindung! Du hast den Drake-Fall nicht abgeschlossen, weil er mit dem Fall deines fremdgehenden Mistkerls von einem Ehemann zusammenhängt."

„Das wäre für mich kein Grund, einen Fall nicht abzuschließen. Es ist eine Verbindung, ja, aber die Tatsache, dass einer von Drakes Mitarbeitern eine Affäre hat, ist nicht relevant."

„Nicht relevant? Sicherlich würde Drake es wissen wollen, wenn die Moral eines seiner Angestellten … fragwürdig ist", widersprach ich.

„Aber dafür hat er mich nicht engagiert. Er hat mich mit der Überprüfung des Freundes seiner Tochter beauftragt. Dieser Fall hat nichts mit dem Hotel zu tun."

„Willst du mir damit sagen, dass du ihm nicht sagen würdest, was du über Armstrong herausgefunden hast?" Ben schüttelte den Kopf. Mit hängenden Schultern betrachtete ich noch einmal die Bilder auf dem Bildschirm. Sie zeigten Steven Armstrong, der eine blonde Frau küsste. „Weißt du, wer die Frau ist?"

„Ich musste die Aufnahmen so machen, dass sein Gesicht zu sehen ist, um zu beweisen, dass er es ist, was bedeutete, dass sie mit dem Rücken zur Kamera stand."

„Das heißt also Nein."

„Nicht unbedingt. Überprüf die Notizen. Und vielleicht gibt es noch mehr Fotos auf meiner Kamera, die wir durchgehen können. Ich habe mit Sicherheit Hunderte von Fotos gemacht. Ich liefere immer nur die ab, die den unbestreitbaren Beweis bringen, nach dem mein Klient sucht."

Ich überprüfte die Notizen, aber es gab keinen Hinweis darauf, wer die Frau war. „Hier steht, dass Tonya weitere Beweise wollte …"

Ben zuckte mit den Schultern. „Manche Klienten wollen die Wahrheit nicht glauben, selbst wenn man ihnen die Beweise vorlegt."

„Aber was meint sie mit weiteren Beweisen?"

„Ich kann mich nicht mehr an die Details erinnern, aber normalerweise wollen sie in solchen Fällen eine Videoaufnahme von ihrem Ehepartner, die ihn in flagranti zeigt."

Ich schnappte nach Luft. „Sie wollte, dass du ihn beim Sex filmst?"

Er zuckte wieder mit den Schultern. „Möglicherweise. Aber sieh dir die Fahne an." Er zeigte auf die untere rechte Ecke des Bildschirms, wo ein orangefarbener Reiter anzeigte, dass der Fall abgeschlossen werden konnte.

„Du wolltest den Fall abschließen?" Doch es war

sinnlos, Ben das zu fragen. Die Antwort war, dass er sich nicht erinnern konnte. Ich hatte gehofft, dass die Durchsicht seiner Akten seinem Gedächtnis auf die Sprünge helfen würde, aber bis jetzt hatten wir nichts erreicht.

„Ich mache keine Sexfilme", sagte er und wanderte durch den Raum.

„In Ordnung. Du hast also den Fall Armstrong als abgeschlossen markiert. Du hattest dich bereits mit deiner Mandantin getroffen und ihr die Beweise vorgelegt, die du bis dato gesammelt hattest. Wie ich sehe, hat sie dir einen Vorschuss gezahlt, aber du hast noch keine Abschlussrechnung erstellt." Ich nahm einen Stift zur Hand und notierte mir, die Akte abzuschließen und die Rechnung zu schicken.

„Dritter und letzter Fall." Ich klickte auf die eine verbleibende grüne Registerkarte und blinzelte ungläubig. „Okay, das ist einfach nur seltsam. Dein dritter Fall war Brett Baxter. Ich nehme an, dass es sich dabei um denselben Brett Baxter handelt, der Eventplaner im Hotel ist. Das ist ein zu großer Zufall, Ben. Alle deine Fälle stehen miteinander in Verbindung. Und der gemeinsame Nenner ist Philip Drake."

„Ich würde sagen, der gemeinsame Nenner ist das Firefly Bay Hotel", widersprach er.

„Aber das Hotel hat dich nicht angeheuert – nicht für diese Ermittlungen. Drake hat dich persönlich engagiert. Tonya Armstrong hat dich persönlich engagiert. Das Gleiche gilt auch für Brett. Wozu hat er dich überhaupt engagiert?" Ich wandte meine Aufmerksamkeit wieder dem Bildschirm zu und schnaubte. „Eine Hexenjagd? Er wollte, dass du beweist, dass es Hexen wirklich gibt? Was zum …? Das ist einfach lächerlich!" So unglaublich ich es auch fand, etwas nagte an meinem Hinterkopf: „Aber du hast den Fall angenommen … Warum solltest du einen solchen Fall annehmen? Ein Eiferer, der an Magie und Hexerei glaubt? Das passt nicht zu dir."

„Du hast recht. Tut es nicht. Die Frage lautet also: Warum habe ich den Fall angenommen?"

„Vielleicht weil er sich mit den anderen beiden überschneidet?"

Er schüttelte den Kopf. „Überprüf die Daten, an denen ich die anderen Fälle erstellt habe. Damals konnte ich noch nichts von den Überschneidungen gewusst haben. Vielleicht ist die Überschneidung reiner Zufall."

„Du glaubst nicht an Zufälle." Das stimmte. Das tat er nicht. Es war ein langwieriger Streit zwischen uns gewesen, und ausnahmsweise stimmte ich Ben zu. Es war ein zu großer Zufall, dass seine drei Fälle zusammenhingen – vor allem jetzt, da er tot war. Irgendetwas in einer dieser Akten hatte jemanden dazu gebracht, ihn zu töten.

„Du hast nicht viel über Brett. Vielleicht hast du noch gar nicht mit den Ermittlungen begonnen."

„Was seltsam wäre." Er schaute mir wieder über die

Schulter, und seine Nähe brachte arktische Bedingungen mit sich. Zitternd wollte ich ihn wegschieben, nur um meine Hand tief in seinem Handgelenk verschwinden zu lassen. Mit einem Aufschrei riss ich die Hand weg und sprang auf. Ben sah mich zerknirscht an. „Tut mir leid", sagte er.

„Warum entschuldigst du dich? Ich bin diejenige, die gerade die Hand in dich gesteckt hat!" Ich musterte ihn, den Kopf zur Seite geneigt. „Kannst du es fühlen, wenn das passiert?" Was ich eigentlich fragen wollte, war, ob es wehtat, wenn jemand durch ihn hindurchging.

Er sah mich einen Moment lang schweigend an, bevor sich langsam ein Grinsen auf seinem Gesicht ausbreitete. „Es tut nicht weh, Fitz. Ich kann es nicht fühlen, ich kann nichts fühlen."

„Wenn ich dich berühre, wird mir kalt. Eiskalt."

Er nickte. „Aha, das erklärt, warum du ständig zitterst."

KAPITEL 10

❧

„Er hat was?" Ich konnte nicht glauben, was ich da hörte. Aus dem Augenwinkel sah ich Ben an, der neben mir vor John Zampas riesigem Mahagonischreibtisch saß und dessen Plüschsessel sich in einer seltsam beruhigenden Umarmung um mich legte.

„Er hat Ihnen sein gesamtes Vermögen hinterlassen", wiederholte der Anwalt. „Mit einigen Bedingungen", fügte er hinzu.

Ich holte tief Luft, um mich zu fangen. Das hatte ich nicht erwartet. Ja, ich hatte damit gerechnet, das Sorgerecht für Bens Katze zu erhalten, aber nicht mit diesem Ausmaß meiner Beteiligung an seinem Nachlass. Wie sehr ich mich geirrt hatte …

„Welche sind das?" Es schien nur logisch, dass ich das fragen sollte. Ben tätschelte mein Knie, was mir einen eisigen Schauer über den Rücken jagte und mich zusammenzucken ließ. Der Anwalt sah mich an und dachte wahrscheinlich, ich würde einen Anfall bekommen, weil ich immer wieder zusammenzuckte, denn Ben tätschelte mir ständig das Bein, um mich zu beruhigen.

„Sie sind die neue Eigentümerin seines Unternehmens, Delaney Investigations. Und sobald der Papierkram erledigt ist, werden Sie die Vollmacht für seinen Vater erhalten, William Delaney."

Tränen stiegen mir in die Augen und trübten meine Sicht. Ich hatte Bens Vater bei all dem vergessen. Ben war das einzige Kind von Beryl und William Delaney. Seine Mutter war vor zehn Jahren an Krebs gestorben, und sein Vater war an Alzheimer erkrankt und lebte seit drei Jahren in einem Pflegeheim.

Der Anwalt fuhr fort: „Die Kanzlei McConnell als Testamentsvollstrecker wird Ihnen Zugang zu einem Treuhandfonds gewähren, den Mr Delaney eingerichtet hat, um die Kosten seines Vaters zu decken. Alle verbleibenden Vermögenswerte – Haus, Fahrzeug, Bankkonten – werden auf Sie übertragen. Ich glaube, Sie sind bereits im Besitz von Mr Delaneys Katze?"

„Ja", krächzte ich mit tränennassen Wangen und Rotz, der mir aus der Nase tropfte. Eine Schachtel mit Taschentüchern wurde mir zugeschoben, und ich griff nach einer Handvoll und drückte sie an mein Gesicht. Ich hätte nie gedacht, dass Ben mir alles hinterlassen würde. Es fiel mir schwer, das zu begreifen.

Nachdem ich einen Haufen Papierkram unterschrieben hatte, konnte ich gehen. Ich stand auf, schüttelte die Hand des Anwalts, warf mir meine Handtasche über die Schulter und stieß prompt die Schachtel mit den Taschentüchern von seinem Schreibtisch.

„Ups. Sorry." Ich hob sie schnell vom Boden auf und legte sie vorsichtig zurück auf den Schreibtisch.

„Überhaupt kein Problem, Miss Fitzgerald." Obwohl ich ihm gesagt hatte, er solle mich Audrey nennen, hatte er während des gesamten Verfahrens darauf bestanden, mich Miss Fitzgerald zu nennen.

„Bist du okay?", fragte Ben, als wir die Büros der Anwaltskanzlei McConnell verließen und zu meinem Auto gingen, das vor dem Haus geparkt war.

„Ich glaube, ich stehe unter Schock", flüsterte ich, wohl wissend, dass es für die Zuschauer so aussah, als würde ich mit mir selbst reden. Ich ließ mich hinter das Lenkrad gleiten, umklammerte es mit beiden Händen und saß einen Moment still da, um meine Gedanken zu sammeln.

„Warum hast du mir das nicht gesagt?", fragte ich schließlich, ließ den Motor an und sortierte sich in den fließenden Verkehr ein.

„Was? Dass ich ein Testament gemacht habe?"

„Nein, dass du mir in diesem Testament alles hinterlassen hast!"

„Schon gut, ich bin sicher, die Polizei verdächtig

dich jetzt nicht, mich wegen des Erbes gebracht zu haben."

Ich erstarrte. „Daran habe ich gar nicht gedacht!" Aber jetzt, wo er es erwähnte, dämmerte mir, dass ich in den Augen der Polizisten ein Motiv hatte. „Ben." Ich warf ihm einen Blick zu, bevor ich meine Aufmerksamkeit wieder auf die Straße richtete. „Ich habe nicht einmal ein Testament. Es war ein großer Schock, dass du mich zu deiner einzigen Begünstigten gemacht hast."

„Du solltest wirklich ein Testament machen, Audrey. Sollte dir etwas zustoßen, würde der Staat einen großen Teil deines Vermögens an sich reißen, weil du ohne eins gestorben bist."

„Man muss ein Vermögen haben, damit das ein Problem ist", sagte ich.

„Nun" – er klang fast fröhlich darüber – „jetzt hast du eins!"

Richtig. Jetzt hatte ich ein Haus mit vier Schlafzimmern in einer schönen Gegend, einen Nissan Rogue, eine Katze und anscheinend auch ein Detektivbüro. Oh, und ich war für alle Entscheidungen, die seinen Vater betrafen, verantwortlich. Nicht, dass das ein Problem gewesen wäre. Ich würde mich gern um Mr Delaneys Wohlbefinden kümmern. Bevor er krank wurde, war er ein absolut liebenswerter Mann gewesen. Aber wie sollte ich ihm sagen, dass sein Sohn gestorben war? Kein Elternteil sollte seine eigenen Kinder beerdigen müssen. Es war herzzerreißend.

„Wegen deines Dads …"

„Sag es ihm nicht", sagte Ben. „Er erinnert sich nicht an mich und weiß seit über einem Jahr nicht mehr, wer ich bin. Es gibt keinen Grund, ihn wegen so etwas aufzuregen."

„Wegen so etwas?", protestierte ich. „Ben, er ist dein Vater. Er muss es wissen."

„Muss er das? Audrey, er lebt in einer Welt, in der er weder eine Frau noch einen Sohn hat – er glaubt, er sei sechzehn Jahre alt! Sieh mal, es wird dich nur mehr aufregen als ihn. Die Anwälte informieren das Pflegeheim über die Änderungen und stellen die neuen Vollmachtsdokumente zur Verfügung. Das ist alles, was passieren muss."

Ich war zwar nicht überzeugt, dass das die richtige Vorgehensweise war, aber Ben hatte recht. Ich konnte es mir leisten zu warten, zumindest eine Weile.

„Ich werde deine Beerdigung organisieren müssen, nicht wahr?" Es war nicht so, dass das ein Problem für mich wäre. Ich bin die geborene Organisatorin. Es war einfach eine weitere greifbare Wahrheit. Ben war tot.

„Ich fürchte ja", grinste er ohne jede Reue.

Ich schnaubte, lenkte den Wagen auf die Esplanade und richtete meinen Blick auf das Firefly Bay Hotel, das oberhalb der Baumgrenze zu sehen war.

„Wohin fährst du?", fragte Ben mit dem Hauch einer Ahnung in der Stimme.

Ich grinste. „Ich werde sehen, was – oder wen – ich im Hotel auftreiben kann."

„Audrey", warnte Ben.

„Komm mir nicht mit ‚Audrey'", brummte ich. „Ich bin jetzt offiziell Inhaberin von Delaney Investigations, und dies ist mein erster Fall. Daher muss ich deine offenen Fälle erneut prüfen. Du hast es selbst gesagt."

„Ja, nun …" Er räusperte sich. „Als ich das Testament geschrieben habe, habe ich nicht damit gerechnet, dass ich so bald sterben würde."

„Nun, das bist du aber. Es ist echt scheiße, du zu sein", stichelte ich und zwinkerte ihm zu. „Ich müsste das alles nicht tun, wenn du dich nur daran erinnern könntest, was passiert ist. Oder an etwas anderes Nützliches, wie an die Details deiner offenen Fälle. Ich verstehe nicht, warum du dich nicht daran erinnerst." Ich hatte mich von der Neckerei zum Nörgeln hinreißen lassen und war mehr als frustriert darüber, dass Ben sich nicht mehr daran erinnern konnte, woran er gerade arbeitete. „Oh!" Ein weiterer Gedanke kam mir. „Du hast mit Detective Galloway an etwas gearbeitet. Aber darüber gab es auf deinem Computer keine Aufzeichnungen. Was bedeutet das?"

„Schwarzarbeit", sagte er düster und zog die Stirn in Falten.

„Du hast schwarzgearbeitet, und das auch noch für einen Detective?" Meine Stimme hatte sich vor Empörung um eine Oktave erhöht. „Benjamin Delaney, wie konntest du nur?"

„Was?", protestierte er. „Ich habe auch schon früher schwarzgearbeitet."

„Das meine ich nicht. Ich meinte die Zusammenarbeit mit dem Polizisten. Nach dem, wie sie dich behandelt haben?"

Er seufzte. „Audrey, du musst das endlich loslassen. Ich habe das getan. Ich habe es hinter mir gelassen. Es ist sinnlos, sich damit aufzuhalten."

„Ben, sie haben dich aus dem Polizeidienst gedrängt – einem Job, den du geliebt hast. Sie haben gelogen. Sie haben dich wie einen bösen Bullen aussehen lassen, obwohl wir alle wissen, dass du es nicht warst. Das war total mies."

„Ich weiß, ich weiß, aber es ist vorbei."

„Korruption im Polizeidienst ist nie vorbei." Ich hatte gerade erst angefangen und meine Empörung wurde immer größer. „Sieh doch nur, wie Clements und Mills mich behandelt haben, als sie mich auf der Stelle verhafteten. Das nennt man Einschüchterung." Ich schüttelte den Kopf, mein Haar wirbelte herum und schlug mir in die Augen. „Aua." Ich nahm eine Hand vom Lenkrad, rieb mir den brennenden Augapfel und strich mir die Haare hinters Ohr, um besser sehen zu können.

„Audrey!", schrie Ben. Eine Autohupe ertönte, und ich schaute gerade noch rechtzeitig auf, um einen Geländewagen auf uns zukommen zu sehen.

„Verdammt!" Mit einem Ruck am Lenkrad brachte ich mich wieder auf die richtige Straßenseite und warf einen kurzen Blick auf Ben. „Bist du okay?"

„Es ist ja nicht so, dass ich noch einmal sterben kann", murmelte er. „Aber ich würde es vorziehen, wenn du mir das nicht nachmachst. Also einfach … beide Hände ans Steuer, Fitz, okay? Bitte."

„Okay, okay, alles gut." Ich gab trotzdem nach und schloss die Finger fest um das Lenkrad, aber nur weil Ben aussah, als würde er sich gleich in die Hose machen, und ich das Ergebnis nicht kannte. Geisterhafter Schleim? Wer wusste das schon? Aber ich war auf keinen Fall bereit, das Risiko einzugehen. Obwohl … ich hatte jetzt Zugriff auf Bens Auto. Sein schöner, neuer Nissan Rogue, mit Ledersitzen und Automatik, in tollem Metallic-Grau, ohne jegliche Kratzer, Dellen oder Rostflecken. Ein Auto, das er mich nie hatte fahren lassen.

„Woran denkst du?", unterbrach Ben mich in meinen Gedanken. „Ich mag dieses Grinsen nicht. Das ist böse."

Ich schlug mir in gespielter Empörung eine Hand vor die Brust, erinnerte mich daran, dass ich versprochen hatte, beide Hände am Lenkrad zu lassen, legte sie also schnell wieder auf das Lenkrad und keuchte: „Ich? Böse? Wie kannst du es wagen? Wenn du es unbedingt wissen musst, ich habe an dein Auto gedacht. Es gehört jetzt mir." Mein Lächeln wurde noch breiter, als sich seine Augen zu perfekt runden Kugeln weiteten.

„Ups. Wir sind da!" Ich hätte das Hotel fast übersehen. Ich trat mit dem Fuß fest auf die Bremse und riss das Lenkrad herum. Die Hinterachse quietschte unter Protest, als sie über den Asphalt glitt und ich mit geübter Präzision in die Parklücke glitt.

Ben schüttelte den Kopf und hielt sich mit einer Geisterhand an der Armlehne fest. „Daran werde ich mich nie gewöhnen."

„Ach komm schon, du liebst es." Ich grinste. „Außerdem hatte ich noch eine brillante Idee."

„Noch eine?", stichelte er, als ob ich noch nicht eine einzige brillante Idee gehabt hätte.

„Du hast Glück, dass du körperlos bist und ich dich nicht schlagen kann, Klugscheißer. Aber ja, ich weiß, wie wir kommunizieren können, ohne dass die anderen mich für verrückt halten."

„Schieß los."

„Mein Handy. Ich werde so tun, als würde ich telefonieren, während ich mit dir spreche. Brillant, nicht wahr?"

Er lächelte, seine Zähne leuchteten weiß – eigentlich waren sie ein wenig zu weiß, und ich fragte mich, ob das Leben nach dem Tod noch etwas Geisterhaftes hinzugefügt hatte. „Eigentlich ist das keine schlechte Idee, Fitz."

„Ich weiß." Zufrieden mit mir selbst schnallte ich mich ab und kletterte halb aus dem Auto, halb fiel ich hinaus. Ich richtete mich auf, schloss ab, holte mein Handy aus der Tasche, winkte Ben zu, der mit einer hochgezogenen Augenbraue zusah, und warf mir die Tasche über die Schulter, bis sie gegen die Autoscheibe prallte und auf mich zurückgeschleudert wurde, sodass ich das Gleichgewicht verlor. Ich ignorierte Bens Schnauben und versuchte es erneut, nur diesmal mit weniger Enthusiasmus. Mit einem zufriedenen Grinsen und einem Seitenblick überquerte ich die Straße und machte mich auf den Weg zum Firefly Bay Hotel.

Als wir das Foyer zur Rezeption durchquerten, stupste mich Ben mit einem eisigen Stoß seines Ellbogens an: „Fitz?"

„Hm?" Ich war auf meine Aufgabe konzentriert. Die Rothaarige hinter dem Tresen. Sie war jung – sie sah aus wie zwölf –, aber ihr Make-up hätte auch mit einer Kelle aufgetragen sein können, so dick war es. Sie sähe viel hübscher aus, wenn sie ein bisschen – oder sehr viel – weniger aufgetragen hätte.

„Dein Telefon? Ich kann es nicht klingeln lassen, weißt du. Wenn du so tun willst, als ob du mit mir sprichst, solltest du es zumindest an dein Ohr halten", forderte er mich auf. Natürlich hatte er recht. Wie immer. Verärgert hob ich das Handy ans Ohr und hielt inne, als hätte ich gerade einen Anruf entgegengenommen – denn Miss Zwölf-Jahre-alt-mit-mehr-Make-up-im-Gesicht-als-eine-Drag-Queen hatte mich kommen hören und erwartete mich mit einem Plastiklächeln.

„Bist du jetzt zufrieden?", fragte ich nach.

„Ich bin begeistert." Er grinste. Und als ich mir sein lächelndes Gesicht ansah, sah er in diesem Moment entspannt, glücklich und lebendig aus. Nur dass er das nicht war, und mein antwortendes Lächeln entglitt mir und meine Augen wurden ein wenig glasig. Ich vermisste ihn. Ich vermisste ihn als lebendigen Menschen.

Er sah die Veränderung. „Fitz?", fragte er besorgt.

Ich schniefte. „Ist schon gut", beruhigte ich ihn, „nur ein sentimentaler Moment."

Der Blick des Unbehagens war unübersehbar. Die typische Reaktion eines Mannes, wenn eine Frau sagt, dass sie gerade sentimental wird. Gefühle ... Oh, mein Gott.

Ich straffte die Schultern, schniefte – ein unglaublich unweibliches Schniefen – und ging weiter zur Rezeption.

„Guten Tag, Ma'am", begrüßte mich Miss Zwölf-Jahre-alt-mit-mehr-Make-up-im-Gesicht-als-eine-Drag-Queen. „Wie kann ich Ihnen helfen?"

Mein Blick fiel auf das Namensschild, das an ihrem Revers hing. Ich hielt meine Hand über das Telefon, damit die fiktive Person am anderen Ende nichts hören konnte, und sagte: „Hey, Barbie." Barbie? Echt jetzt? „Ich hatte gehofft, mit dem Manager Philip Drake sprechen zu können."

„Haben Sie einen Termin?" Sie tippte etwas in den Computer, die Augen auf den Monitor gerichtet. Ich nahm an, dass sie seinen Terminkalender aufgerufen hatte, oder was auch immer es war, mit dem sie solche Dinge verwalteten.

„Nein, habe ich nicht."

„Oh!" Sie warf mir einen Blick zu. „Mr Drake empfängt normalerweise niemanden ohne Termin. Er ist sehr beschäftigt."

„Das ist er ganz bestimmt", schoss ich zurück. „Aber wenn Sie ihm sagen, dass Audrey Fitzgerald von Delaney Investigations hier ist, wird er sich sicher Zeit für mich nehmen."

„Sehr schön." Ben nickte zustimmend und ich antwortete automatisch: „Richtig?"

„Das Telefon", flüsterte er und erinnerte mich daran, es zu benutzen. Ich räusperte mich, nahm die Hand vom Hörer und wiederholte: „Richtig?", dann sagte ich zu Barbie: „Entschuldigung ... ein wichtiger Anruf." Sie nickte verständnisvoll, nahm den Hörer ihres Festnetzanschlusses in die Hand und drückte eine Taste.

„Ich werde wohl ein paar Visitenkarten brauchen", sagte ich ins Telefon und beobachtete, wie Barbie mit jemandem am anderen Ende der Leitung sprach. Ich hoffte, es war Philip Drake.

„Ich glaube, du fängst wirklich an, Spaß an der Sache zu finden", sagte Ben. „Ich habe vielleicht ein Monster erschaffen."

„Du sagtest, ich sei ein Naturtalent!", protestierte ich.

Er lachte. „Das bist du auch. Das war ein Scherz.

Wenn du Drake sprechen willst, wirst du das Gespräch beenden müssen. Ich werde dir Bescheid sagen, wenn du etwas fragen musst, das du übersehen hast, aber ansonsten werde ich mich von dir fernhalten und mein Bestes tun, um dich nicht abzulenken."

„Richtig." Ich nickte, und eine Welle von Schmetterlingen machte sich in meinem Magen breit. Ich war im Begriff, mich mit einem Mann zu treffen, der möglicherweise ein Mörder sein könnte.

„Du fängst an, durchzudrehen." Ben seufzte. „Ich wusste, dass du das tun würdest."

„Das tue ich nicht", protestierte ich. Doch ich tat es.

„Die beste Taktik ist, dich an die Wahrheit zu halten. Sonst stolperst du nur über deine Lügen."

„Die Wahrheit?" Ich war fassungslos. Ich konnte Drake nicht sagen, dass Ben ein Geist war.

Ben stieß den größten Seufzer aus, den ein Mensch je gehört hatte, und verdrehte die Augen. „Sag ihm, was mit mir passiert ist. Nur der Teil mit dem Sterben, lass den Teil mit dem Mord aus. Erklär ihm, dass du das Detektivbüro geerbt hast und dass du die Sachen ordnen willst und daher die offenen Fälle wieder aufgreifst. Bitte ihn, dir den Stand der Ermittlungen mitzuteilen. Denk nicht zu viel darüber nach. Du schaffst das." Er klopfte mir auf den Rücken und ein eiskalter Strom schoss durch mich hindurch. „Sorry." Er zuckte zusammen, als er sich eine Sekunde zu spät daran erinnerte, was passieren würde, wenn er mich berührte.

„Miss Fitzgerald?" Ich wirbelte herum und sah mich einem Mann gegenüber, der tadellos in einen grauen Nadelstreifenanzug mit Weste gekleidet war und auf mich zukam. Sein Lächeln reichte nicht bis zu seinen Augen. „Ich bin Philip Drake. Ich glaube, Sie wollten mich sprechen?"

„Jetzt geht's los", flüsterte Ben.

Ich schob das Handy in die Tasche, setzte mein eigenes falsches Lächeln auf und streckte die Hand aus. „Audrey Fitzgerald, Delaney Investigations."

KAPITEL 11

Ich folgte Philip Drake in sein Büro. Es war ein sehr schönes Arbeitszimmer. Nicht so schön wie das von Mr Zampa, aber fast. Sehr opulent. Ich ließ mich in den Plüschsessel gegenüber seinem sehr breiten Schreibtisch sinken und beobachtete und wartete, während er mit Stiften und Papieren herumhantierte, bis sie perfekt ausgerichtet waren. Schließlich war er zufrieden. Er verschränkte die Finger unter dem Kinn und sah mir in die Augen.

„Ich wusste nicht, dass Ben eine Partnerin hat", sagte er.

„Hatte er nicht."

Philips Kopf ruckte ein wenig, die kleinste Bewegung, die seine Überraschung verriet. „Aber Sie sagten doch gerade, Sie seien von Delaney Investigations." Seine Miene verfinsterte sich. „Sind Sie unter falschem Vorwand hier? Denn ich kann Ihnen versichern, Miss Fitzgerald, dass ich das nicht dulden werde." Er griff bereits nach dem Telefon auf seinem Schreibtisch. Um den Sicherheitsdienst zu rufen und mich rauszuwerfen? Die Sache lief sehr schnell sehr schlecht, und dabei waren wir noch nicht einmal über die Vorstellungsrunde hinausgekommen.

„Bitte." Ich hob eine Hand. „Lassen Sie es mich erklären."

„Ich hoffe, dass Sie das können." Er hielt mit der Hand auf dem Telefon inne, wobei die Drohung implizierte, dass er meinen Hintern hier rausschleppen lassen würde, wenn ihm nicht gefiel, was ich zu sagen hatte.

Ich holte tief Luft und sprach mit meiner professionellsten Stimme. „Es tut mir leid, Ihnen mitteilen zu müssen, dass Ben ... gestorben ist." Ein Klumpen von der Größe eines Golfballs steckte in meiner Kehle. Das war schwerer, als ich erwartet hatte. Philips schockierter Gesichtsausdruck wäre mir fast zum Verhängnis geworden. Ich räusperte mich. „Ich habe Bens Fälle übernommen und besuche seine Kunden persönlich, um sie über die Situation zu informieren und ihnen zu versichern, dass weiterhin alles wie gewohnt ablaufen wird."

Na also. Ich hatte es über die Lippen gebracht, ohne wie ein Baby zu heulen. Philip lehnte sich kopfschüttelnd in seinem Stuhl zurück. „Ich weiß nicht, was ich sagen soll", murmelte er, sichtlich schockiert über die Nachricht. „Was ist passiert?"

„Ich kann nicht viel sagen, da die Ermittlungen noch laufen, was ich Ihnen aber sagen kann, ist, dass Ben ermordet wurde." Eine Sekunde zu spät erinnerte ich mich daran, dass Ben mir gesagt hatte, ich solle dieses kleine Detail nicht erwähnen.

Er blinzelte, seine blassgrauen Augen verrieten keine Regung.

„Er steht unter Schock", flüsterte Ben mir ins Ohr. Ich fuhr vor Überraschung zusammen. Er hatte mir versprochen, aus meinem Blickfeld zu bleiben und die Klappe zu halten. Jetzt zuckte ich zusammen wie ein tollwütiges Eichhörnchen, und das war nicht der Eindruck, den ich meinem neuen Kunden vermitteln wollte. Schauen Sie mich an, ganz professionell und so. Aber Ben hatte recht, Philip hatte diesen benommenen Blick.

„Es tut mir leid. Ich weiß, dass sehr viel zu bedenken ist." Ich nickte zustimmend. „Meine Zeit ist begrenzt, und ich bin mir sicher, dass Sie ein sehr beschäftigter Mann sind, aber ich hatte gehofft, dass wir die Details des Falles, an dem Ben für Sie gearbeitet hat, durchgehen könnten."

Philip räusperte sich, richtete seine Krawatte und nahm sich sichtlich zusammen. „Er hatte unseren Fall bereits abgeschlossen."

„Hat er das? Aus seinen Unterlagen geht das nicht hervor. Und Ihre Schlussrechnung wurde weder ausgestellt noch bezahlt", antwortete ich. „Ben hat eine Hintergrundüberprüfung des Freundes Ihrer

Tochter Sophie durchgeführt, richtig?", hakte ich nach.

„Pst", murmelte Ben hinter mir. „Er soll es dir doch erzählen, erinnerst du dich?"

„Ach ja", murmelte ich.

„Wie bitte?" Philip runzelte die Stirn.

„Wie bitte?" Ich runzelte ebenfalls die Stirn.

„Ich dachte, Sie hätten etwas gesagt", meinte er.

Ich schüttelte den Kopf. „Nein. Fahren Sie fort." Ich nickte, hielt mein Handy bereit, um Notizen einzutippen … sofern ich meinen Bildschirm durch die Kratzer deutlich sehen könnte. Ich fragte mich, wo Bens Telefon war. Ich könnte es gut gebrauchen. Ich nahm an, dass die Polizei es als Beweismittel sichergestellt hatte. Ob ich es zurückbekommen würde, wenn ich Detective Galloway danach fragte? Wenn sie alle Daten erst einmal heruntergeladen hatten, brauchten sie das Telefon an sich doch nicht mehr, oder?

„Audrey, pass auf!", schnappte Ben. Ich zuckte wieder zusammen und bemerkte, dass Philip redete. Ich stieg mitten im Satz ein. „ … so lange waren es nur Soph und ich und sie war immer so ein gutes Mädchen. Aber ich glaube, sie hat sich mit den falschen Leuten eingelassen, verstehen Sie?" Er fuhr fort, ohne eine Antwort abzuwarten. „Sie schleicht sich heimlich raus, erzählt Lügen und stiehlt Geld. Und das alles, seitdem sie sich mit diesem neuen Jungen trifft, Logan Crane. Aber Sie wissen ja, wie Teenager sind, immer so dramatisch. Jedes Mal, wenn ich sie nach ihm fragte, stürmte sie davon und weigerte sich, sich mit mir zu unterhalten. Also habe ich Ben beauftragt, ihn zu überprüfen, und er hat mir letzte Woche erzählt, dass Logan vorbestraft ist – wegen Diebstahl. Und dass er drogenabhängig ist. Das ist nicht die Art von Mensch, mit der ich meine Tochter zusammensehen möchte."

„Und Ben hat den Beweis dafür geliefert?"

„Hmm." Philip zögerte, und ich schaute vom Telefon auf, auf dem ich mir notierte, was er mir gesagt hatte. Bislang stimmte es mit dem überein, was in seiner Akte stand.

„Nein?" Seltsam. Ich traute mich nicht, Ben zur Bestätigung anzusehen, zumal er irgendwo hinter mir schwebte und ich wie eine Idiotin aussehen würde, wenn ich mich plötzlich umdrehte, um die Wand anzustarren.

„Vielleicht hat er das? Ich kann mich einfach nicht mehr erinnern …"

Meine Augenbrauen schossen in die Höhe. Philip Drake machte auf mich den Eindruck eines sehr organisierten, sehr akribischen Mannes. Möglicherweise litt er unter einer Zwangsstörung, weil er seinen Schreibtisch so ordentlich hielt. Wenn Ben die Beweise dafür geliefert hätte, dass Logan ein Krimineller und Drogensüchtiger war, hätte Philip sie sofort verwenden können. Was mich zu der Annahme brachte, dass Ben diesen Beweis nicht geliefert hatte.

Weil er keinen hatte? Aber warum sollte er dann seinem Klienten erzählen, dass er einen hätte?

„War das ein mündlicher Bericht?"; fragte ich.

Philip schnippte mit den Fingern und zeigte auf mich. „Ja! Richtig! Ich wusste, dass er es mir gesagt hatte, aber ich konnte mich nicht erinnern, ob es in einer E-Mail oder während eines Telefonats war. Jetzt erinnere ich mich. Es war ein Telefonanruf."

Ich nickte und notierte mir, dass ich Bens Telefondaten überprüfen sollte. „Wissen Sie noch, welcher Tag das war?", fragte ich.

„Ähm. Dienstag? Vielleicht. Ich kann mich nicht wirklich erinnern."

„Würden Sie ihn auf Ihrem Handy wiederfinden? Den letzten Anruf, den Sie von Ben erhalten haben?"

Philips Kopf drehte sich zu dem Mobiltelefon, das fein säuberlich am Rand seines Schreibtischkalenders lag. „Ja, ich denke, das würde ich." Er machte eine Bewegung, um nach dem Handy zu greifen, dann hielt er inne, die Hand schwebte einige Zentimeter über dem Gerät. „Ich glaube, er hat mich auf meinem Festnetzanschluss angerufen." Er deutete auf den Apparat zu seiner Rechten. Der, auf dem seine Hand gelegen hatte, als er gedroht hatte, den Sicherheitsdienst zu rufen. „Ist das wichtig? Zu wissen, an welchem Tag er angerufen hat?"

„Nein, nein", antwortete ich höflich lächelnd. „Es hilft mir bei der zeitlichen Einordnung der

Angelegenheiten, mit denen Ben zu tun hatte, das ist alles."

„Sind Sie eine Verwandte von Ben?", fragte er.

Ich schüttelte den Kopf. „Nein."

„Oh. Ich dachte, sie wären verwandt. Obwohl sie sich gar nicht ähnlich sehen, wenn ich so darüber nachdenke."

Ich runzelte verwirrt die Stirn. „Wieso dachten Sie, ich wäre mit Ben verwandt?"

„Nun, weil Sie hier sind und seinen Fall übernehmen. Ich dachte, Sie gehören vielleicht zur Familie."

„Er versucht, dich abzulenken, und es funktioniert", flüsterte Ben mir ins Ohr und jagte mir einen weiteren Schauer über den Rücken.

„Nein, wir sind nicht verwandt", versicherte ich ihm. „Wenn wir nun zu Ihrem Fall zurückkehren könnten, wenn Sie nichts dagegen haben …"

„Eigentlich muss ich dieses Gespräch kurz halten." Philip stand auf, und ich blinzelte überrascht. „Mir ist gerade ein Termin eingefallen." Er kam um den Schreibtisch herum und reichte mir die Hand. Ich erhob mich langsam, schüttelte sie und ließ mich von ihm zur Tür führen.

„Es tut mir sehr leid, das von Ben zu hören. Das ist eine schreckliche Nachricht, aber in Anbetracht der Umstände halte ich es für das Beste, wenn wir diese Geschäftsbeziehung beenden." Seine Stimme hatte einen professionellen Schliff angenommen, den ich wiedererkannte. Ich hatte ihn selbst Dutzende Male benutzt. Mein innerer Schwachsinnsalarm ging los.

„Ben hatte mir mündlich bestätigt, was ich über Logan vermutete. Ich habe alles, was ich brauche. Aber schicken Sie mir bitte die Rechnung. Ich werde natürlich alles bezahlen."

„Sie wollen nicht, dass ich Ihnen irgendwelche Beweise schicke?", fragte ich.

Er schüttelte den Kopf. „Bitte bemühen Sie sich nicht. Das wird nicht nötig sein."

„Nun … gut. Vielen Dank, dass Sie sich Zeit für mich genommen haben, Mr Drake. Und viel Glück mit Ihrer Tochter." Während ich wegging, zog ich mein Handy heraus und hielt es an mein Ohr. „Hallo!" Ich tat, als würde ich einen Anruf entgegennehmen.

„Das war … seltsam", sagte Ben neben mir.

Ich hielt den Blick geradeaus und nickte. „Das war es definitiv."

„Er beobachtet dich." Ich wünschte wirklich, Ben hätte mir das nicht gesagt, denn jetzt fühlte ich mich unsicher. Und immer, wenn ich mich unsicher fühlte … Ich stolperte über eine nicht vorhandene Welle im Teppich, geriet ins Straucheln und stieß gegen die Wand, bevor ich mich wieder fing. Sehr professionell, Audrey. Ben bemerkte es kaum – es ist ja nicht so, als hätte er mich nicht schon eine Million Mal herumstolpern sehen – und war damit beschäftigt, Drake zu beobachten. „Er telefoniert."

„Sein Telefon lag auf seinem Schreibtisch", sagte ich.

„Nun, er hat es aufgehoben, um es zu benutzen."

Bens Sarkasmus war mir nicht entgangen. Ich warf ihm einen wütenden Blick zu. „Okay, Mr Superschlau", sagte ich, „du hast gesagt, er beobachtet mich. Tut er das immer noch?" Ben nickte. „Das heißt, er ist zu seinem Schreibtisch zurückgekehrt, um das Telefon zu holen, und steht jetzt in der Tür, nehme ich an, und telefoniert und beobachtet mich."

Bens Grinsen war wieder da. „Du bist so gut darin. Du hättest mit mir zur Polizei gehen sollen, Audrey. Ich sage dir doch schon die ganze Zeit, dass du ein Naturtalent bist."

„Halt den Mund", brummte ich, beleidigt darüber, dass er so etwas sagte.

„Wann kommst du endlich darüber hinweg?" Er seufzte dramatisch.

„Wenn sie sich öffentlich entschuldigen. Schriftlich. Am besten auf der Titelseite der Firefly Bay Times", schoss ich zurück.

„Das wird nie passieren."

„Genau." Schließlich erreichten wir das Ende des längsten Ganges der Welt und bogen um die Ecke, außer Sichtweite von Philip Drake. „Ich frage mich, wen er wohl angerufen hat."

„Und warum", fügte Ben hinzu.

„Glaubst du, dass er etwas mit deinem Tod zu tun hat?" Wir hatten beide Bens Notizen durchgesehen. Es schien ein ziemlich einfacher Fall gewesen zu sein. Herausfinden, was es mit Sophie Drakes Freund auf sich hatte. Das war nicht schwierig gewesen, aber Ben hatte den Fall nicht abgeschlossen und den schriftlichen Bericht offenbar auch nicht an Drake weitergeleitet. Die Frage war, warum? Drake hatte gesagt, Ben habe ihm mündlich über seine Ergebnisse berichtet.

„Würdest du das normalerweise tun?", fragte ich.

„Was?"

„Deinen Bericht telefonisch übermitteln."

„Sicher, ich würde meine Kunden regelmäßig informieren – schließlich bezahlen sie mich ja. Aber am Ende würde ich den Fall zumindest mit einer schriftlichen Zusammenfassung abschließen."

Ich winkte Barbie zum Abschied zu, als wir das Foyer durchquerten.

„Wohin jetzt?", fragte Ben.

Ich kramte in meiner Tasche nach den Namen, die ich auf die Rückseite eines Umschlags gekritzelt hatte. „Tonya Armstrong."

„Ah. Die betrogene Ehefrau."

„Deren Ehemann, also der Betrüger, für einen Philip Drake arbeitet." Meine Spionagesinne kribbelten. Die beiden Fälle standen bestimmt miteinander in Verbindung – das mussten sie einfach. Das wäre ein zu großer Zufall.

„Zeig mir den Weg." Ben materialisierte sich auf dem Beifahrersitz meines Wagens, während ich den konventionellen Weg wählte und die Tür aufschloss, bevor ich hineinschlüpfte.

Tonya Armstrong lebte mit ihrem Mann in der Wohnung 2/78, Oakridge Circle. Ein nettes, mittelgroßes Stadtviertel. „Ich frage mich, ob ich mit ihrem Mann Steven hätte sprechen sollen, als ich im Hotel war", sagte ich und achtete kaum auf den Straßenverkehr.

„Sprich zuerst mit dem Kunden", knirschte Ben, die Hände umklammerten seinen Sitz, die Knöchel waren weiß.

„Was denn? Du hast es doch bereits gesagt – du kannst nicht noch einmal sterben", neckte ich ihn und bahnte mir einen Weg durch die belebteste Straße der Stadt, bevor ich schließlich auf die Lexington abbog. Er entspannte sich sichtlich und ich lachte.

„Dein Fahrstil hat mir schon immer Herzklopfen bereitet, und anscheinend ist das jetzt, wo ich ein Geist bin, nicht anders", scherzte er.

„Ha ha."

Innerhalb weniger Minuten stand ich vor einem ganz normalen Haus in einer ganz normalen Vorstadtstraße. Ich parkte auf der Straße und verschonte die Armstrongs vor Ölflecken meines Autos auf ihrer sauber gepflasterten Einfahrt. Ein Vorhang bewegte sich, als ich mich auf den Weg zur Haustür machte.

„Es ist definitiv jemand zu Hause", sagte Ben. „Ich gehe voraus und überprüfe die Lage." Ich sah zu, wie er nach vorne schoss und direkt durch die Eingangstür hindurch ging. Ich schwöre bei Gott, dass ich mich daran nie gewöhnen werde. Während ich weiterging, zupfte ich an den Aufschlägen meiner Jacke, bis ich schließlich die Tür erreichte und anklopfte. Sie schwang fast sofort auf.

„Ja?" Eine Frau, die wie Mitte dreißig aussah, öffnete die Tür und trug eine Yogahose und ein zerknittertes T-Shirt.

„Tonya Armstrong?", fragte ich. Sie nickte. Ich begann mit meiner kurzen Ansprache, während sie sich an der Tür festhielt und zuhörte.

„Ich schlage vor, dass Sie besser reinkommen", sagte sie, wandte sich ab und ließ die Tür offen, damit ich ihr folgen konnte, was ich auch tat. Das Haus war innen tadellos, die Möbel ein wenig abgenutzt und veraltet.

„Kann ich Ihnen einen Kaffee anbieten?", fragte Tonya und ging in die Küche voraus. „Ich mache mir auch einen", fügte sie hinzu. Nur für den Fall, dass ich einen Anreiz brauchte.

„Das wäre schön, danke." Ben war nicht wieder aufgetaucht und ich konnte nur vermuten, dass er das Haus durchsuchte. Ich hatte keine Ahnung, warum, aber es war einfacher, mit Tonya zu reden, ohne dass er über meiner Schulter schwebte.

„Es tut mir leid, das mit Ben zu hören", sagte sie, während sie sich mit der Kaffeemaschine auf dem Tresen beschäftigte. „Er schien ein netter Kerl zu sein."

„Das war er." Ich nickte und spürte, wie sich ein Kloß in meinem Hals bildete. Ich räusperte mich. „Würden Sie bitte kurz Ihren Fall mit mir durchgehen?", fragte ich. „Nur, damit ich alles sortieren und in Ordnung bringen kann."

Sie atmete laut aus und zerrte am Saum ihres T-Shirts. „Sicher. Sie haben wahrscheinlich in meiner Akte gelesen, dass ich ihn angeheuert habe, um meinen Mann zu beschatten."

„Steven Armstrong", las ich von den Notizen auf meinem Handybildschirm ab.

„Ja. Ich glaube, er hat eine Affäre." Ihre Stimme brach und sie schluckte, bevor sie fortfuhr: „Ich glaube, er hat eine Affäre, also habe ich Ben beauftragt, das herauszufinden, so oder so."

„Und hat er das getan?"

Tonya warf mir einen Blick zu, den ich nicht deuten konnte. „Er hat mir Fotos gezeigt, auf denen Steven eine andere Frau küsst."

„Das heißt also Ja." Ich nickte. Das wusste ich natürlich schon. „Also … ist der Fall abgeschlossen?", fragte ich, wohl wissend, dass dies nicht der Fall war.

„Ich wollte mehr Beweise." Sie warf die Hände in die Luft, Tränen stiegen ihr in die Augen und sie blinzelte schnell, um sie zu vertreiben. „Ich meine, was bin ich für eine Närrin, dass ich noch mehr Beweise dafür haben will, dass mein Mann mich betrügt?", rief sie und wischte sich mit dem Ärmel die Nase ab. „Ich meine, der Beweis war da, auf den Fotos. Es war eindeutig. Steven, er hielt das Gesicht dieser Frau in seinen Händen so wie er vor langer Zeit auch mein Gesicht gehalten hat. Und es gab noch mehr

Aufnahmen. Sehr viele. Wie sie sich küssen. Leidenschaftlich." Ein Schluchzen entkam ihr, gefolgt von einem weiteren, bevor sie das Gesicht in den Händen vergrub und heulte. Ich hatte keine Ahnung, was ich tun sollte. Unbeholfen legte ich einen Arm um ihre Schultern und hoffte verzweifelt, dass Ben zurückkam und mir einen Rat gab. Natürlich tat er das nicht. Wahrscheinlich hatte er sie weinen gehört und sich absichtlich ferngehalten.

„Das mit Ihrem Mann tut mir leid", sagte ich schwach.

Sie zog sich zurück und schenkte mir ein schwaches Lächeln. „Oh Gott, es tut mir so leid, dass ich so dumm und emotional bin", entschuldigte sie sich, nahm ein Taschentuch aus der Schachtel auf dem Tresen und putzte sich die Nase.

„Das ist überhaupt nicht dumm", versicherte ich ihr. „Wenn sich die schlimmsten Befürchtungen bestätigen, ist das der perfekte Zeitpunkt, um emotional zu werden."

„Sie haben recht." Sie warf das Taschentuch in den Mülleimer, straffte die Schultern und kochte den Kaffee weiter. „Ich bin mir immer noch nicht sicher, was ich tun werde", sagte sie mit dem Rücken zu mir. „Steven weiß nicht, dass ich es weiß. Ich nehme an, er trifft sich immer noch mit ihr. Jedes Mal, wenn er zu spät nach Hause kommt, weiß ich, dass er bei ihr ist. Jedes Mal, wenn er das Haus verlässt, um etwas zu erledigen, nehme ich an, dass er zu ihr geht."

Ich verzog das Gesicht und wusste nicht, was ich sagen sollte. Ich an ihrer Stelle würde ihm den Laufpass geben. Aber ich war nicht sie. Ich war nicht verheiratet und hatte von der Ehe keine Ahnung.

„Wie lange sind Sie schon verheiratet?", fragte ich stattdessen und setzte mich an den Küchentisch.

„Sieben Jahre." Dann schnaubte sie. „Scheint wohl was dran zu sein am verflixten siebten Jahr, was?"

„Hm. Laut Bens Notizen haben Sie ihm nicht geglaubt, als er Ihnen erzählte, dass Steven eine Affäre hat." Ich las gerade die Notizen auf meinem Handy und fuhr regelrecht zusammen, als sie eine dampfende Tasse Kaffee vor mir abstellte. Ich hatte sie nicht kommen hören.

„Oh mein Gott. Ich war so furchtbar zu ihm." Sie setzte sich mir gegenüber und hielt ihre eigene Tasse in der Hand. „Ich fürchte, ich bin ein wenig hysterisch geworden. Habe ihn beschuldigt, sich alles ausgedacht zu haben." Die Röte ihrer Wangen bewies, dass sie sich wirklich schämte.

„Das hat er hier nicht erwähnt." Ich wedelte mit meinem Handy herum, um ihr zu versichern, dass er nicht geschrieben hatte, sie habe hormonbedingt überreagiert.

„Ich dachte, dass die Fotos gestellt wären, dass er Steven erzählt hätte, was ich von ihm verlangt hatte, und dass sie mir diesen Streich spielten, um sich dafür zu rächen, dass ich einen Privatdetektiv engagiert hatte."

„So etwas hätte Ben niemals getan", versicherte ich ihr.

Sie hatte wenigstens den Anstand, beschämt dreinzuschauen. „Ich weiß. Ich fürchte, das war ein Fall von ‚Töte den Überbringer der schlechten Nachricht'. Ich hatte ihn gebeten, meinen Mann zu beschatten, den ich verdächtigte, eine Affäre zu haben, und wenn ja, den Beweis dafür zu erbringen. Er hat genau das getan, und ich bin dafür auf ihn losgegangen."

Ich nahm einen Schluck Kaffee und wusste nicht, was ich sagen sollte. Tonya füllte die Stille. „Ich bin Krankenschwester, wissen Sie. Ich habe oft Nachtschichten. Manchmal sehen wir uns eine ganze Woche lang nicht. Ich glaube, er war es irgendwie leid, dass ich nicht da war, wenn er mich brauchte."

Ich wollte einwenden, dass das alles nicht ihre Schuld war, hielt aber den Mund. Ich war nicht als ihre Freundin hier, sondern als Ermittlerin. Und trotz ihrer Verzweiflung konnte ich nicht ausschließen, dass sie etwas mit Bens Tod zu tun hatte. Was wäre, wenn sie die Sache noch weiter getrieben hätte? Was, wenn sie Ben wirklich die Schuld an allem gab und ihn beschuldigt hatte, die Affäre ihres Mannes vorgetäuscht zu haben? Reichte das aus, um sie in den Wahnsinn zu treiben und ihn zu töten? Möglicherweise.

KAPITEL 12

„Hexen gibt es wirklich", erklärte Brett Baxter im Brustton der Überzeugung.

Ich saugte an meinen Lippen und ließ sie mit einem knallenden Geräusch wieder los. „In Ordnung. Sie haben das Recht zu glauben, was immer Sie glauben wollen", antwortete ich. Ich hielt mich inzwischen in Bretts Wohnung auf, nachdem ich das Treffen mit Tonya Armstrong beendet hatte. Ich hatte meinen Kaffee hinuntergekippt und versprochen, ihr in den nächsten Tagen die Rechnung zu schicken, um ihr klarzumachen, dass ihr Fall seitens Delaney Investigations abgeschlossen war. Sie hatte genickt und sich mit roter Nase für den Besuch bedankt. Danach ging es weiter zu unserem dritten und letzten Fall. Brett hatte Ben angeheuert, um die Existenz von Hexen zu beweisen.

„Sie glauben mir nicht", schimpfte Brett und verschränkte die Arme vor der Brust.

Ich schüttelte den Kopf. „Ganz und gar nicht. Es ist nur eine ziemlich allgemeine Aussage, und damit ein Privatdetektiv wirklich ermitteln kann, braucht er etwas Spezifischeres als eine allgemeine Aussage. Was genau sollte Delaney Investigations Ihrer Meinung nach tun?"

Bens Notizen waren aufreizend dürftig gewesen, denn er hatte nur ein einziges Wort notiert: Hexenjagd. Ich wusste nicht, was das bedeutete, und die Geisterversion von Ben offenbar auch nicht. Ich war überrascht, dass Ben überhaupt zugestimmt hatte, Brett als Klienten anzunehmen. Meiner Meinung nach musste es eine Verbindung zwischen dem Armstrong- und dem Drake-Fall geben, da Brett der Eventplaner des Firefly Bay Hotels war.

„Hexen gibt es wirklich, und sie müssen ausgerottet werden." Bretts Stimme war hoch und leidenschaftlich. Mein Blick schweifte durch seine Wohnung, vor allem über die Einrichtung. An den Wänden hingen Kreuze, an der Wand über dem Fernseher hing ein riesiges Gemälde von Jesus Christus. Wie schon in Tonyas Haus war Ben verschwunden, um zu sehen, was ich hinter den Wänden, vor denen ich gerade stand, nicht sehen konnte. Einen Geist auf meiner Seite zu haben, war wirklich sehr nützlich.

„Und wie kommen Sie darauf?", fragte ich, wobei ich meine Stimme professionell hielt. Es spielte keine

Rolle, was ich glaubte. Wichtig war nur, womit er Ben beauftragt hatte, und ob das zu Bens Tod geführt hatte.

„Hören Sie." Brett beugte sich vor, als wolle er ein großes Geheimnis verraten. „Ich bin Eventplaner im Firefly Bay Hotel." Ich nickte. Sag mir etwas, das ich nicht weiß, Brett. Freundlicherweise tat er das. „Ich höre also Dinge. Viele Dinge." Er tippte sich an die Nase.

„Was zum Beispiel?"; hakte ich nach.

„Geheimnisse", flüsterte er. Auf den ersten Blick wirkte er völlig normal, dabei war er in Wirklichkeit total verrückt. Heute hatte er frei, weshalb wir ihn zu Hause erwischt hatten. Er war leger gekleidet, trug eine blaue Jeans und ein graues T-Shirt, das ordentlich gebügelt war. Sein braunes Haar war an den Seiten kurz geschnitten und modisch frisiert, sein Bart ordentlich gestutzt. Er sah ungefähr so alt aus wie ich. Außerdem trug er ein tolles Aftershave, und ich musste mich zurückhalten, um mich nicht vorzubeugen und an ihm zu schnuppern.

„Ich brauche etwas … Handfesteres", drängte ich. „Sie sagten, Ben hätte Ihren Fall angenommen? Was genau hat er akzeptiert?", wollte ich wissen.

„Kaffee?", fragte Brett fröhlich, drehte sich auf dem Absatz um und ging drei Schritte in seine Küche. Seine Wohnung war etwas größer als meine, da sich sein Schlafzimmer nicht im Wohnzimmer befand und er offenbar einen Flur hatte. Ich hätte nie gedacht, dass ich mal neidisch auf Flure sein würde, aber ich war es tatsächlich.

„Gern." Warum nicht? Ein Vorteil des Jobs, den ich nicht erwartet hatte, war der kostenlose Kaffee. Wenn alle Klienten mich mit Koffein versorgen würden, hatte ich vielleicht das große Los gezogen.

„Also", sagte Brett mit dem Rücken zu mir, während er die Getränke vorbereitete, „ich organisiere Veranstaltungen. Sehr viele Veranstaltungen. Und um sicherzustellen, dass sie reibungslos ablaufen, nehme ich an jeder einzelnen teil. So habe ich sie entdeckt. Gesprächsfetzen, die ich im Vorbeigehen aufgeschnappt habe, aber mit der Zeit … nun, ich habe angefangen, Aufzeichnungen zu machen."

Ich verdrehte die Augen. Dieser Typ war ein durchgeknallter Stalker. Ich wünschte, Ben würde sich beeilen und zurückkommen.

„Ich bin mir ziemlich sicher, dass sie Besprechungen abhielten. Von ihrem Hexenzirkel."

„Ihrem Hexenzirkel", wiederholte ich.

„Ja. Hexen gehören zu Hexenzirkeln. Es war dieselbe Gruppe von Frauen, und ich hörte, wie sie sich über Hexensachen unterhielten."

„Über was zum Beispiel?"

„Über den Mond. Über Kristalle."

„Oh. Das ist kein Beweis dafür, dass sie Hexen sind", sagte ich.

Brett warf mir einen Blick über seine Schulter zu.

„Ich habe es Ihnen doch gesagt", schnauzte er. „Ich habe angefangen, Aufzeichnungen zu machen."

„Okay." Ich zuckte mit den Schultern.

„Hier." Brett drückte mir einen dampfenden Becher Kaffee in die Hand. „Ich hole sie Ihnen." Er rauschte aus dem Zimmer und kam ein paar Minuten später mit einem Arm voller Tagebücher zurück, die er auf den Tisch legte. „Schauen Sie sich das an. Dann werden Sie schon sehen."

Neugierig nahm ich eine Kladde in die Hand und blätterte sie durch. Oh mein Gott, es stimmte. Brett hatte fast Wort für Wort Gesprächsfetzen aufgeschrieben, die er bei Veranstaltungen mitgehört hatte. Ich war mir nicht einmal sicher, ob es ethisch vertretbar war, dass er als Eventplaner des Hotels die Gespräche seiner Gäste aufzeichnete. Na ja, irgendwie schon. Seite für Seite eine sehr saubere Handschrift.

„Das ist … beeindruckend." Ich legte das Tagebuch weg.

„Danke." Brett strahlte, erfreut über das, was er als Lob empfand.

„Und haben Sie Ben von diesen Tagebüchern erzählt?", fragte ich.

Brett schüttelte den Kopf. „Ich hatte noch keine Rücksprache mit Ben gehalten, sondern nur einmal mit ihm gesprochen, als ich ihn engagiert habe."

„Und er hat Ihren Fall angenommen? Er wollte beweisen, dass Hexen real sind?" Ich musste mir wirklich sicher sein, was Brett von Ben erwartet hatte.

„Ich wollte, dass er die Hexen erwischt", sagte Brett.

„Erwischt?"

„Auf frischer Tat. Wie sie zaubern und Blutopfer bringen, um ihre eigene Macht zu stärken." Sein Gesicht nahm den gleichen verrückten Ausdruck an wie vorhin.

„Richtig." Ich stellte meinen Kaffeebecher ab und wollte gerade den Mund öffnen, um ihm zu sagen, dass wir seinen Fall abgeben würden, als Ben durch die Küchenwand schlenderte. Ich zog eine Augenbraue hoch, und er tat so, als würde er mich anrufen.

„Oh, entschuldigen Sie mich. Mein Handy vibriert", sagte ich zu Brett, zückte mein Telefon, tat so, als würde ich über den Bildschirm wischen, und hielt es schnell an mein Ohr, bevor er sehen konnte, dass das Display nicht leuchtete. „Delaney Investigations", antwortete ich und schlenderte zum Wohnzimmerfenster hinüber, das den Blick auf einen Parkplatz freigab.

„Gib den Fall nicht ab", sagte Ben.

„Warum nicht?"

„Weil du recht hast. Ich glaube, es gibt einen Zusammenhang mit dem Firefly Bay Hotel. Deshalb möchte ich nicht, dass du ihn jetzt schon abgibst."

„Welche Art von Verbindung?" Ich senkte die Stimme. „Was hast du gefunden?"

„Abgesehen von all den religiösen Artefakten, die er im ganzen Haus verstreut hat, hat er alle Dienstpläne an die Wand geheftet, mit Stecknadeln versehen und mit Schnüren verbunden. Schade, dass ich kein Foto für dich machen kann."

„Ja, das wäre praktisch. Hast du eine Ahnung, warum?" Ben schüttelte den Kopf, und ich verfiel in Schweigen, während ich über das nachdachte, was er mir gesagt hatte. Was war Brett also? Jemand, der gegen seine eigenen Kollegen ermittelte? Und eine Verbindung hergestellt hatte? Ich musste mir die Wand selbst ansehen. Bens Vorschlag, ein Foto zu machen, war nicht dumm. Wenn ich mir Zugang verschaffen und ein Foto mit meinem Handy machen könnte, wäre das großartig.

„Du hast eine Idee." Ben grinste und schwebte vor mir.

Ich nickte. „Habe ich. Okay, danke für den Anruf." Ich beendete das vorgetäuschte Telefonat, drehte mich zu Brett um, der am Tisch saß und die Tagebücher ordnete. „Entschuldigung, aber dürfte ich vielleicht kurz Ihr Bad benutzen?" Das war keine Lüge. Bei all dem Kaffee musste ich zwar dringend zur Toilette, aber ich hatte keine Zeit, meiner Blase etwas Gutes zu tun. Ich musste in Bretts Schlafzimmer gehen, ein Foto machen und dann wieder herauskommen. Am besten, ohne dass er es bemerkte.

„Sicher. Die Tür auf der linken Seite." Er zeigte in Richtung des Flurs. Als ich mich umdrehte, flog meine Tasche – die ich immer noch über der Schulter trug – über den Tisch, stieß meine Tasse um, in der immer noch Kaffee war und verteilte den Inhalt großzügig.

„Neeeeeiiiiiin!", kreischte Brett und versuchte, seine Tagebücher aus der sich schnell ausbreitenden Kaffeelache zu ziehen. Für ein armes Buch, das bereits durchnässt war, kam jede Hilfe zu spät. Brett sprang auf, schnappte sich ein Geschirrtuch und begann, das Malheur aufzuwischen.

„Es tut mir so leid."

Er warf mir einen bösen Blick zu, während er verzweifelt versuchte, seine Tagebücher zu retten. „Gehen Sie einfach auf die Toilette", schnauzte er.

„Geh schon", drängte Ben. „Das wird ihn für ein paar Minuten ablenken. Er wird nicht bemerken, wie lange du weg bist. Genialer Plan."

„Das war keine Absicht", sagte ich laut.

„Das will ich auch hoffen." Brett schmollte und erinnerte mich daran, dass ich versehentlich laut mit Ben gesprochen hatte. Ich musste wirklich besser aufpassen. Diesmal entfernte ich mich vorsichtiger und achtete darauf, dass ich mit meiner Tasche nichts umstieß.

Ich ging ins Badezimmer, schloss die Tür und drehte den Kaltwasserhahn auf, bevor ich langsam die Tür öffnete und den Kopf hinaus steckte. Ich konnte Brett im Wohnzimmer hören, wie er irgendetwas murmelte und sich beschwerte, dass seiner Tagebücher nun ruiniert seien. Ich huschte auf Zehenspitzen zur Tür am Ende des Flurs, legte die Finger um den Knauf und drehte ihn langsam. Zum Glück hatte er keine quietschenden Türen. Ich huschte hinein.

Ben hatte recht. An einer Wand befanden sich anscheinend die Arbeitspläne der Mitarbeiter des Firefly Bay Hotels. Ich schoss ein Dutzend Fotos von der Wand und den Papierschnipseln, die er zwischen den roten Faden geklemmt hatte, der alles miteinander verband. Ich eilte zu seinem Schreibtisch, der ebenfalls mit Papieren übersät war, und machte so viele Bilder, wie ich mich traute, bevor Ben den Kopf durch die Tür steckte. „Er ist fertig. Verschwinde von hier."

Ich eilte zurück ins Bad, drehte den Wasserhahn zu, wobei ich ein schlechtes Gewissen hatte, weil ich Wasser verschwendet hatte. Dann öffnete und schloss ich geräuschvoll die Tür hinter mir und ging zu Brett ins Wohnzimmer, wo wieder Ordnung herrschte.

„Es tut mir so leid", meinte ich erneut.

Brett hatte sich anscheinend beruhigt. „Ist schon gut. Sie haben überlebt. Der Schaden ist minimal."

„Das ist gut." Ich wischte die Handflächen am Oberschenkel ab. „Ich möchte ehrlich zu Ihnen sein, Brett. Ich bin mir nicht sicher, ob Delaney Investigations Ihnen helfen kann. Aber" – ich hob meine Hand, als er den Mund zum Protest öffnete – „Sie haben bereits einen Vorschuss gezahlt, und daher werde ich die Tagebücher durchsehen und überprüfen, ob ich ein Muster entdecken kann. Dann reden wir weiter. In Ordnung?"

Brett lächelte. „Damit bin ich zufrieden. Wie lange werden Sie dafür wohl brauchen?" Er nickte in

Richtung der Tagebücher, das er auf dem Tisch gestapelt hatte.

„Wie lange ich brauchen werde, um sie zu lesen?" Ich legte den Kopf schief und beäugte den Stapel Lektüre, der vor mir lag. Ich fragte mich, ob Ben in der Lage sein würde, sie zu lesen … wenn er die Seiten umblättern könnte, meine ich.

„Ja." Brett warf die Hände in die Luft. „Ich brauche sie so schnell wie möglich zurück."

„Natürlich. Ich werde sie heute mitnehmen und mich nächste Woche bei Ihnen melden. Wie klingt das?"

Brett nickte. „Ja, gut. Damit kann ich leben."

Zurück im Auto warf ich die Tagebücher, die Brett in eine Plastiktüte gesteckt hatte, auf den Rücksitz. Ich fuhr los in Richtung Bens Haus. Ich hatte heute alle drei Klienten von Ben besucht und wusste immer noch nicht, wer ihn getötet hatte.

KAPITEL 13

᠅

Ich hielt hinter einem mir bekannten Geländewagen, der vor Bens Haus geparkt war, stieg aus und sah zu, wie Detective Kade Galloway dasselbe tat, um seinen Wagen herumging und vor dem Haus auf mich wartete.

„Detective." Ich nickte zur Begrüßung, wobei mir die schwarze Jeans und das blau-karierte Hemd nicht entgingen. Mein Herz machte bei diesem Anblick einen Sprung. Warum musste meine einzige Schwäche ausgerechnet ein Polizist sein? Das war so unfair.

„Miss Fitzgerald." Er nickte zur Begrüßung mit dem Kopf, und ich blinzelte und stellte ihn mir mit einem Cowboyhut vor. Ja, das war alles, was in meiner kleinen Fantasie noch fehlte.

„Nennen Sie mich Audrey", sagte ich. „Nur meine Chefs nennen mich Miss Fitzgerald, und das meistens dann, wenn sie mich feuern."

„Chefs? Im … Plural?"

Ich zuckte mit den Schultern und ging zum Haus. „Ich bin eine vorübergehende Mitarbeiterin. Deshalb habe ich viele vorübergehende Chefs."

„Es heißt, dass Sie jetzt die Inhaberin von Delaney Investigations sind." Er klopfte mit einem Fingerknöchel auf das Schild, das an der Wand neben der Eingangstür angebracht war.

„Heißt es das?", schnaubte ich. „Sie meinen, das Firefly Bay Police Department hat die Nachricht erhalten, dass Bens Testament verlesen wurde. Ich bin mir sicher, dass Sie eine Kopie davon haben und jetzt hier sind, um zu sehen, ob ich ein Motiv hatte, meinen besten Freund zu töten." Ich schob den Schlüssel ins Schloss, öffnete die Tür und ließ ihn eintreten, wobei mir der Hauch von Farbe in seinen Wangen nicht entging. Ja, genau deshalb war er hier.

„Fast, aber nicht ganz", sagte er, blieb breitbeinig im Wohnzimmer stehen und stemmte die Hände in die Hüften. Mein Blick wanderte an ihm hinauf, von den kräftigen Oberschenkeln über die wohlgeformte Brust bis zu den breiten Schultern. Und auf sein Gesicht, vom Drei-Tage-Bart, der ein kräftiges Kinn umspielte, bis hin zu seinen stürmischen grauen Augen, die mich gerade ebenso gründlich musterten. Hitze stieg mir ins Gesicht und ich wurde rot.

„Wirst du …?" Ben tanzte vor mir herum und betrachtete mein Gesicht genau. „Du wirst es!", krähte er. „Du wirst ja rot!" Er lachte und konnte gar nicht mehr damit aufhören. Es war unglaublich schwierig, ihn zu ignorieren, wenn Detective Galloway nur ein paar Meter entfernt stand. „Oh, das ist unbezahlbar." Bens Freude hielt unvermindert an. „Audrey ist scharf auf einen Polizisten! Wenn das nicht die Krönung ist!" Er beugte sich vor und hielt sich den Bauch.

„Ist jetzt gut?", murrte ich.

Galloway blinzelte überrascht. „Wie bitte?"

„Ich meine nicht Sie." Ich entließ ihn mit einer Handbewegung und eilte in die Küche. *Lenk ihn ab* war mein einziger Gedanke, sonst würde er mich für eine Vollidiotin halten.

„Wen dann?", wollte er wissen, während er mir folgte.

„Ich habe mit mir selbst geredet." Ich fummelte an der Kaffeemaschine herum, als ob ich wüsste, was ich da tat. Herrgott, aber dieses Gerät war echt kompliziert. Warum konnte Ben nicht einfach eine alte Maschine haben wie ich? Da musste man nur eine Kapsel einlegen und auf einen Knopf drücken. „Kaffee?", fragte ich und versuchte, Bens Aufmerksamkeit zu erregen, damit er etwas Nützliches tun konnte – zum Beispiel mir zeigen, wie man das verdammte Gerät bediente.

„Gern."

„Bitte." Ich deutete auf einen Hocker an der Frühstückstheke. „Machen Sie es sich bequem. Würden

Sie mich einen Moment entschuldigen?" Mein Bedürfnis nach der Toilette war in Brett Baxters Wohnung keine Lüge gewesen, und wurde immer dringender. Ich drückte die Knie zusammen, konzentrierte mich auf meinen Beckenboden und eilte in Richtung Gästebad, ohne eine Antwort abzuwarten.

Ben folgte mir, aber ich scheuchte ihn hinaus. „Ist das dein Ernst? Ich muss pinkeln!", flüsterte ich und wedelte mit den Armen, um ihn durch die Wand zurückzuscheuchen, aus der er aufgetaucht war. Er musste draußen gewartet haben, denn sobald er die Toilettenspülung hörte, war er wieder da.

„Mein Gott, Ben", beschwerte ich mich und wusch mir die Hände, „kann ich nicht mal zwei Minuten für mich haben?"

„Was denn? Seit wann bist du so sittsam?"

„Und musst du gackern wie eine Hyäne, wenn ich Besuch habe?"

„Es tut mir nur leid, dass ich das nicht mehr erleben konnte, als ich noch lebte", antwortete er mit einem Grinsen.

„Was erleben?"

„Dich. Ganz aufgeregt und mit den Wimpern klimpernd, während du einen Mann anstarrst."

„Das habe ich nicht getan!", protestierte ich.

Er lachte. „Oh, das hast du. Ich muss zugeben, bei allen deinen Freunden, mit denen ich dich gesehen habe, habe ich noch nie erlebt, dass du dich so benommen hast … bei keinem von ihnen. Vielleicht ist Galloway der Richtige."

„All meinen Freunden?", schnaubte ich. „Das klingt, als hätte ich schon Hunderte gehabt. Und Galloway ist nicht der Richtige."

„Ahhh, du weißt schon, dass du Freunde wie deine Arbeitsstellen behandelst? Vorübergehend."

„Was?" Ich war schockiert. „Nein, das tue ich nicht."

„Lass mich mal sehen … mach nie Pläne, die länger als zwei Wochen dauern." Er hob einen Finger. „Lass sie nie die Familie kennenlernen." Er hob einen zweiten Finger. „Überlass ihnen niemals eine Schublade bei dir – oder umgekehrt." Er hielt beim Abhaken der Liste inne. „Ich bin mir nicht sicher, ob du jemals die ganze Nacht mit einem Mann verbracht hast. Hast du sie nicht immer gleich danach rausgeschmissen?"

Ich kniff die Augen zusammen und hasste es, dass er recht hatte. „Was denn? Ich schlafe nicht gut, wenn jemand neben mir im Bett liegt." Das war eine schwache Ausrede. Die Wahrheit war, dass ich noch nie der Kuscheltyp gewesen war. Sex? Ja, der gefiel mir, aber danach kuscheln und in den Armen des anderen einschlafen? Nein, danke. Den Rest seiner Ausführungen ignorierte ich. Und wenn er nun recht hatte? Es spielte keine Rolle, denn Galloway war nicht mein Freund.

Als ich aus dem Bad zurückkam, stand eine dampfende Tasse Kaffee für mich bereit und ich rutschte auf den Barhocker neben ihm. „Danke." Ich nickte in Richtung meiner Tasse und war mehr als erleichtert, dass ich die komplizierte Maschine nicht selbst in die Knie zwingen musste.

„Gern geschehen. Reden Sie immer mit sich selbst?" Er nahm einen Schluck von seinem Gebräu und beäugte mich über den Rand hinweg.

„Immer." Ich zuckte mit den Schultern. Ich wusste, dass er mich wahrscheinlich irgendwann wieder mit Ben reden hörte, und es hatte keinen Sinn, es zu leugnen.

„Sie haben sich auf der Toilette ziemlich lautstark unterhalten." Zu seinem Glück milderte er die Worte mit einem süßen Grinsen ab.

„Ich hätte nicht gedacht, dass ich so laut war." Gott, ich hoffte, dass er nicht gehört hatte, was ich tatsächlich gesagt hatte, und ließ das Gespräch mit Ben noch einmal in meinem Kopf Revue passieren, um nach etwas Belastendem zu suchen.

„Ganz und gar nicht. Nur ein Gemurmel im Hintergrund."

Ich räusperte mich und studierte den Inhalt meiner Tasse mit großem Interesse. „Ja. Na ja, nur eine weitere meiner Macken."

„Ben hat sie gar nicht erwähnt, als er von Ihnen sprach", bemerkte er. „Er sagte, Sie seien ungeschickt. Und Single."

„Aha. Ich wusste gar nicht, dass er ein Dossier über mich erstellen sollte." Meine Wangen bekamen wieder

Farbe und ich spürte, wie sie wie ein Sonnenbrand brannten.

„Eigentlich wollte ich mit Ihnen über Ben sprechen. Und Ihnen einen Deal anbieten", meinte er und starrte in seine Tasse.

„Einen Deal?", schnaubte ich. „Bin ich jetzt eine Verdächtige, weil ich das alles geerbt habe?" Ich wedelte mit dem Arm, um auf den Raum um uns herum hinzuweisen, und verfehlte dabei nur knapp seinen Kopf. Er duckte sich instinktiv und ich zuckte zusammen. „Tut mir leid", murmelte ich, beschämt darüber, dass ich ihm fast mit dem Handrücken ins Gesicht geschlagen hatte.

Er richtete sich auf und grinste mich an. „Sie wissen wirklich, wie man einen Mann auf Trab hält!"

Ich hörte Bens gedämpftes Lachen hinter mir und kniff warnend die Augen zusammen. Dann drangen die Worte von Galloway durch. Flirtete er gerade mir? Ich konzentrierte mich wieder auf ihn. Ich konnte es nicht sagen.

„Um Ihre Frage zu beantworten: Nein, Sie sind nicht verdächtig", versicherte er mir.

„Oh, warum nicht?" Oh mein Gott, Audrey, sei still! Hör auf, solange du noch kannst, Mädchen.

„Ihr Alibi wurde bestätigt." Er zuckte mit den Schultern.

„Mein Alibi?" Ich konnte mich nicht erinnern, ihm eins gegeben zu haben.

„Der Gerichtsmediziner schätzt, dass Ben am

Mittwochabend zwischen zweiundzwanzig und dreiundzwanzig Uhr gestorben ist. Mehrere Zeugen haben bereits angegeben, dass Sie sich im *Crown & Anchor* aufgehalten haben, und wir haben Videoaufnahmen, die zeigen, wie Sie das Lokal nach Mitternacht verlassen.“

„Ahhhha.“ Ich nickte. „Dann ist ja gut.“

„Eigentlich bin ich vorbeigekommen, weil Ben mir eine Akte geben wollte.“

„Eine Akte? Welche Akte?“ Ich hatte Bens Fälle durchgesehen, und keiner von ihnen war so interessant – nicht interessant genug, dass ein Detective eine Kopie haben wollte.

„Das kann ich nicht sagen.“

Ich starrte ihn ungläubig an. „Das können Sie nicht sagen? Woher soll ich dann wissen, welche Sie wollen? Falls ich mich entschließe, sie Ihnen zu geben, da ich nicht davon überzeugt bin, ob das die korrekte Vorgehensweise ist.“

„Ich brauche nur Zugang zu seinem Computer – ich werde sie schon selbst finden.“

Ich verschränkte die Arme und schüttelte den Kopf. „Auf keinen Fall.“

„Sie wissen es zwar noch nicht, aber Sie haben ein Problem“, sagte er.

Ich kniff die Augen zusammen und betete, dass er kein korrupter Polizist war wie einige seiner Kollegen, denn ich hatte wirklich Angst, dass das, was er als

Nächstes sagen würde, eine Erpressung darstellen würde.

Galloway fuhr fort. „Damit Sie Bens Geschäft weiterführen können, brauchen Sie eine Lizenz als Privatdetektivin."

„Das ist ja ein Ding", meinte ich überrascht. Ich hatte Ben nie nach solchen Dingen gefragt. Ich hatte immer gedacht, dass man, wenn man sich für das Lösen von Rätseln entschied, einfach sein Schild aufhängte und schon im Geschäft sei.

„Das ist es. Für Ben war es ziemlich einfach. Er war automatisch qualifiziert, da seine Dienstjahre bei der Beurteilung berücksichtigt wurden. Aber Sie …" Er ließ den Satz unbeendet und überließ es mir, die Lücke zu füllen.

„Ich habe keinerlei Erfahrung in der Strafverfolgung. Oder der Ermittlungsarbeit. Okay, das kann ich ändern, was muss ich tun?"

Galloway griff in seine Gesäßtasche, zog ein gefaltetes Blatt Papier heraus und reichte es mir. Ich las es, und mit jeder Zeile wurde mir schwerer ums Herz. Ich musste nicht nur die Schule für Privatdetektive besuchen, sondern auch zwölfhundert Stunden betreutes Praktikum absolvieren. Ganz zu schweigen vom Bestehen einer Prüfung. Das wurde ja immer schlimmer. Nicht nur, dass ich niemanden hatte, der mich anleiten konnte, es würde auch bedeuten, dass ich von der Firefly Bay wegziehen müsste, um mein

Studium abzuschließen und meine Qualifikationen zu erwerben. Ich ließ die Schultern sinken.

„Ich kann Ihnen dabei helfen", sagte Galloway und unterbrach meine Gedanken. Ich sah ihn niedergeschlagen an. „Sie können den Abschluss im Fernstudium erwerben. Und ich könnte Sie betreuen", fügte er hinzu.

Ich blinzelte schockiert. Das war eine ziemlich große Verpflichtung für ihn. „Im Gegenzug für was?"

„Ich brauche diese Akte."

„Die, die Ben Ihnen geben wollte?"

Galloway nickte.

„Sie könnten Bens Akten einfach per Gerichtsbeschluss verlangen", sagte ich, drehte meinen Becher in den Händen und fragte mich, warum ich zögerte und nicht auf sein Angebot einging. Das würde alle meine Probleme lösen. Aber es bedeutete auch, dass ich mich zu zwölfhundert Stunden in seiner Gesellschaft verpflichten würde. Ein zweischneidiges Schwert.

„Das könnte ich tun", stimmte er zu. „Aber wenn wir diesen Weg einschlagen, müsste ich alles beschlagnahmen. Den gesamten Inhalt seines Büros. Ist es das, was Sie wollen?"

Mein Becher schwankte und ich verschüttete fast den Inhalt. Ich hielt ihn mit beiden Händen fest und hörte auf, daran herumzuspielen. „Das wäre in der Tat ein Problem", gab ich zu. „Ich brauche seine Sachen irgendwie." Denn obwohl er mir gerade gesagt hatte, dass ich rechtlich nicht als Privatdetektivin qualifiziert war, hatte ich die feste Absicht, Bens Tod zu untersuchen. Oh, und die Fälle abzuschließen, an denen er gearbeitet hatte.

Er grinste wieder. „Das habe ich mir gedacht. Um die Beziehungen zwischen der Polizei und Delaney Investigations zu stärken, schlage ich Ihnen denselben Deal vor, den ich Ben angeboten habe … mit einigen kleinen Änderungen. Sie geben mir Zugang zu Bens Akten und ich bringe Ihnen bei, wie man Privatdetektiv wird."

Ben verhielt sich bei all dem verdächtig ruhig. Normalerweise hielt er nie die Klappe, aber jetzt, wo ich seinen Beitrag wirklich gebrauchen konnte, blieb er ärgerlicherweise stumm. Ich wollte mich so gerne umdrehen und ihn über meine Schulter hinweg ansehen, aber das würde total komisch aussehen. Also richtete ich stattdessen den Blick auf Galloway und ignorierte die kalte Präsenz in meinem Rücken, denn ich wusste, dass Ben dort herumschwebte und genauso fasziniert von Galloways Angebot war wie ich.

„Nimm es an", flüsterte Ben und ließ mich zusammenzucken. Ja, ich hatte gewusst, dass er dort war. Ich hatte nur nicht erwartet, dass er mir direkt ins Ohr flüstern würde.

Galloway bemerkte meinen Ruck, sagte aber nichts, sondern wartete nur auf meine Antwort, während er an seinem Kaffee nippte, als hätte er alle Zeit der Welt.

„Das ist doch nicht illegal, oder?" Denn die Sache stank nach hinterhältiger List.

„Das ist es nicht. Aber es ist inoffiziell. Und ich möchte, dass Sie kein Wort darüber verlieren. Niemandem gegenüber."

Ich kniff die Augen zusammen und musterte ihn. „Okay, ich gewähre Ihnen unter einer Bedingung Zugang zu seinen Akten."

Er zog die Augenbrauen hoch. „Ich glaube kaum, dass Sie in der Lage sind, zu verhandeln."

Ha, er kannte mich überhaupt nicht. Ich war zwar ungeschickt, aber nicht dumm. „Das ist der Punkt, an dem Sie sich irren. Sicher, Sie können Bens Akten per Beschluss einfordern. Aber das wird einige Zeit dauern, und Sie brauchen einen Richter, der das absegnet. Sie könnten es wahrscheinlich als Teil Ihrer Mordermittlungen darstellen – das würde die Sache beschleunigen. Aber wir beide wissen, dass Sie sich mit Ben getroffen haben, bevor er getötet wurde, also hat das, was Sie suchen, nichts mit seinem Tod zu tun. Nicht direkt. Außerdem wollen Sie die Sache geheim halten, also bezweifle ich, dass Sie bereit sind, einen Beschluss zu beantragen. Ihr Angebot, mir bei der Ausbildung zu helfen, ist verlockend, das gebe ich zu, aber ich habe in dieser Hinsicht auch andere Möglichkeiten." Ich könnte für die Dauer meiner Ausbildung in die Stadt ziehen. Das war zwar nicht ideal, aber auch nicht unmöglich. Oder ich könnte die ganze Sache verwerfen und Delaney Investigations schließen. Ein kleiner Teil meines Herzens schmerzte bei diesem Gedanken empfindlich.

Er sah mich eine lange Minute schweigend an. Ich schluckte und versuchte, mich nicht einschüchtern zu lassen. „Was schlagen Sie vor?", stieß er hervor.

„Es ist eigentlich ganz einfach. Sagen Sie mir, worum es hier geht."

„Auf keinen Fall."

„Dann gibt es keinen Deal."

„Audrey", warnte Ben. Ich warf ihm einen wütenden Blick zu. Er erinnerte sich nicht mehr daran, was er vor seinem Tod getan hatte, er erinnerte sich nicht mehr an seine Fälle, und er erinnerte sich ganz sicher nicht mehr daran, was für einen Deal er mit Galloway gemacht hatte. Und wenn Galloway es mir nicht sagen würde, dann würde ich nicht mitspielen, ganz einfach.

„Sie haben Eier in der Hose, das muss man Ihnen lassen", sagte Galloway mit einem Hauch von Bewunderung in der Stimme.

„Richtig, nur das meine innen sind." Ich nickte zustimmend.

Galloway stieß einen Seufzer aus, seine Miene war resigniert. „Okay. Aber das hier bleibt unter uns. Ich gehe ein großes Risiko ein, wenn ich Ihnen das erzähle, und ich kann es mir nicht leisten, dass sich das herumspricht." Er schaute zur Decke und murmelte etwas über aufdringliche Frauen vor sich hin.

Ich konnte nicht glauben, dass er nachgegeben

hatte. Ich hatte fest damit gerechnet, dass er gehen würde, ohne dass einer von uns das bekam, was er wollte. Natürlich überkam mich nun, da er zugestimmt hatte, ein Anflug von Sorge, dass ich dieses große böse Geheimnis vielleicht gar nicht wissen wollte. Was, wenn Ben deswegen umgebracht worden war? Würde das nun auch mich zur Zielscheibe machen? Allerdings könnte jeder seiner Fälle hinter seiner Ermordung stecken und ich könnte bereits ein Ziel sein.

„Du machst dir zu viele Gedanken", flüsterte Ben neben meinem Ohr. Ich senkte den Kopf und wollte, dass mein Gehirn aufhört, sich zu drehen. Doch es blieb nicht stehen.

„Ich gehöre zu einer verdeckten Ermittlergruppe", sagte Galloway mit emotionsloser Stimme. „Um die Korruption in der Polizei zu untersuchen – und zu unterbinden."

Ich riss den Kopf hoch. „Sie hätten früher damit anfangen sollen", schnaubte ich.

„Sie wissen also über Ben Bescheid?"

„Natürlich weiß ich, was diese Mistkerle mit ihm gemacht haben. Ich war seine beste Freundin. Ich stand während des gesamten Debakels an seiner Seite. Ich habe gesehen, was es mit ihm gemacht hat!" Ich stieß Galloway hart gegen die Brust. „Warum hat es so lange gedauert, hm? Drei Jahre. Das ist eine ziemlich schlechte Reaktionszeit."

Galloway besaß wenigstens den Anstand, reumütig dreinzuschauen. „Die Task Force wurde erst in diesem

Jahr eingerichtet. Wie ich schon sagte, wir arbeiten verdeckt. Im Geheimen. Wir dürfen nicht zulassen, dass jemand davon erfährt, sonst tauchen sie unter und wir erwischen sie nie."

„Mit *sie* meinen Sie Polizisten? Ihre Kollegen?" Ich musste mir hundertprozentig sicher sein, dass wir auf derselben Seite standen. Galloway nickte.

„Was, wenn das ein Trick ist? Sie bringen mich dazu, Ihnen Bens Beweise dafür zu liefern, dass die Polizei von Firefly Bay korrupt ist, und dann zerstören Sie sie, und alles war umsonst."

„Alles, was ich Ihnen geben kann, ist mein Wort." Galloway zuckte mit den Schultern. Das stimmte. Es gab keine Garantie, dass ich ihm vertrauen konnte. Es gab eine Zeit, in der ich praktisch jedem vertrauen konnte, aber diese Zeiten waren vorbei. Das Department hatte Ben fast zerstört. Sie hatten ihn getreten, als er am Boden lag. Er hatte nicht nur mit der Krankheit seines Vaters und der herzzerreißenden Entscheidung, ihn in ein Heim zu geben, zu kämpfen gehabt, sondern wurde auch noch als böser Bulle hingestellt. Gefälschte Berichte und manipulierte Beweise. Sie hatten ihm keine andere Wahl gelassen. Wegen Fehlverhaltens entlassen werden oder freiwillig austreten. Und das alles nur, weil er Zeuge einer Bestechung zwischen einem Polizisten und einem Drogendealer geworden war.

„Sie sind schon eine Weile in der Firefly Bay. Warum jetzt?"

Er schien verwirrt. „Ich bin nicht sicher, ob ich weiß, was Sie meinen? Ja, ich bin schon seit zwei Jahren hier. Aber die Task Force wurde erst vor Kurzem gebildet."

„Und niemand vom Firefly Bay Police Department ist an der Task Force beteiligt? Nur Sie?"

Er legte den Kopf schief. „Nur ich. Die Task Force ist landesweit tätig. Firefly Bay ist nicht die einzige Wache, die Probleme hat, daher die Sondergruppe."

Ich kaute auf meiner Lippe. Er könnte mir totalen Blödsinn erzählen. „Ich glaube ihm", sagte Ben. Mein beunruhigender Gedanke war, dass ich das auch tat. Ich wollte das nicht – jede Faser meines Wesens protestierte dagegen –, aber mein Bauchgefühl sagte mir, dass Galloway zu den Guten gehörte. „Fitz, wenn wir die Korruption stoppen können, von der wir beide wissen, dass sie existiert, müssen wir ihm vertrauen. Wir müssen die Chance nutzen." Mir gefiel, wie Ben sagte *wir*. Dass ich damit nicht allein war, dass er mir den Rücken freihielt.

Ich nickte. Einmal. „Was brauchen Sie?"

„Ben sagte, dass er seine eigenen Berichte über alles angefertigt hat, was vorgefallen ist. Deshalb haben wir uns an dem Tag getroffen, an dem wir Ihnen begegnet sind. Ich habe mich mit ihm in Verbindung gesetzt, wir haben uns unterhalten und er hat mir alles erzählt, was er wusste."

„Sie wissen, dass es Ian Mills war, den Ben gesehen hatte, wie er Schmiergeld von einem

Drogendealer angenommen hat, den er eigentlich verhaften sollte?"

Galloway nickte. „Ja, das weiß ich. Ich habe auch ein Auge auf Sergeant Dwight Clements und Deputy Police Chief James Clarke." Es überraschte mich nicht, dass Dwights Name fiel, denn er und Ian hielten wie Pech und Schwefel zusammen, sowohl dienstlich als auch privat. James Clarke dagegen überraschte mich, aber dann dachte ich mir, dass jemand von ganz oben in der Abteilung involviert sein musste, sonst wäre die Sache nie so eskaliert, wie sie es getan hatte. „Denken Sie daran", erinnerte Galloway mich. „Kein Wort. Das geht nur uns beide etwas an."

„Oh gut. Du bist zurück. Füttere mich." Thor platzte durch die Katzentür herein und setzte sich neben seinen provisorischen Futternapf.

„Du hast immer noch etwas zu fressen da drin", sagte ich und wies ihn auf das Offensichtliche hin.

„Ich kann den Boden sehen!" Thors Empörung war echt.

„Gut, gut." Ich rutschte vom Barhocker, holte eine Portion Katzenfutter aus der Speisekammer und füllte seinen Napf auf. „Bist du jetzt zufrieden?", fragte ich.

Er ignorierte mich, das einzige Geräusch war das Knirschen des Futters zwischen seinen Zähnen. Und dann sah ich auf und bemerkte den amüsierten Gesichtsausdruck von Galloway. Verdammt, ich hatte vergessen, dass nur ich Thor verstehen konnte – und jetzt dachte Galloway, ich würde die Hälfte meiner Zeit mit mir selbst und die andere Hälfte mit Bens Katze reden. Warum er nicht längst geflüchtet war, war mir ein Rätsel. Sicherlich hielt er mich inzwischen für total verrückt. Aber er sagte nichts, und ich beschloss, wenn er die Tatsache ignorieren konnte, dass ich mich mit einer Katze unterhielt, konnte ich das auch.

„Sie sollten mir lieber folgen", sagte ich und wies mit dem Kopf in Richtung Bens Arbeitszimmer.

KAPITEL 14

*D*etective Galloway öffnete den Mund, um etwas zu sagen, als ein lautes „Huhu!" von der Schiebetür hinter ihm kam, gefolgt von einem Klopfgeräusch. Über seine Schulter hinweg sah ich Mrs Hill, die mir durch das Glas zuwinkte.

„Sorry", murmelte ich mit zusammengebissenen Zähnen. „Sie haben Mrs Hill, die Nachbarin, bereits kennengelernt?", fragte ich, während ich auf dem Weg zur Tür an ihm vorbeiging.

„In der Tat." Ich war mir ziemlich sicher, einen Hauch von Humor in seiner Stimme gehört zu haben, war mir aber nicht hundertprozentig sicher.

Ich schob den Riegel der Tür auf und wollte mich so hinstellen, dass ich ihr den Zugang versperrte. Aber ich war nicht schnell genug, und sie stieß mich mit dem Ellbogen an. „Aua", murmelte ich, rieb mir den Brustkorb und beäugte die Nervensäge von nebenan.

„Kann ich Ihnen irgendwie helfen, Mrs Hill?", fragte ich mit gezwungener Höflichkeit. Sie trug ein anderes geblümtes Kleid und spielte mit den Fingern an der Perlenkette um ihren Hals.

„Ich habe mich gefragt, was Sie hier machen", antwortete sie, ohne ihren Blick von Galloway abzuwenden, der ihr kurz zunickte.

„Thor füttern." Ich schaute auf den grauen Kater hinunter, der seinen Kopf nicht von seinem Napf gehoben hatte. „Bei dem Tempo wird er bald fett", fügte ich hinzu.

„Hey!", brummte er. „Halt dich zurück. Ich habe ein Trauma erlitten. Ich esse, um mich zu beruhigen."

Mrs Hill schniefte. „Ja, nun. Das haben Sie mir schon einmal gesagt. Ich finde es aber einfach nicht angemessen, dass Sie überhaupt hier sind."

So wie seine Lippen zuckten, war Galloway mein Augenrollen nicht entgangen.

„Ja, nun, ich habe diesbezüglich einige Neuigkeiten für Sie, Mrs Hill." Oh, wie würde ich das genießen – und für eine Nanosekunde hatte ich ein schlechtes Gewissen, aber dieses Gefühl verflog schnell. Mrs Hill machte mir nichts als Scherereien, und es war klar wie Kloßbrühe, dass sie mich nicht mochte. Was ich ihr als Nächstes zu sagen hatte, würde ihr noch weniger gefallen. „Ich bin Ihre neue Nachbarin!", verkündete ich und wippte auf die Fersen zurück, ein falsches Lächeln auf dem Gesicht, während ich ihre Reaktion beobachtete.

Wie erwartet, konnte sie es nicht verbergen. Sie bemühte sich sehr, aber ich achtete auf die verräterischen Zeichen, die ich so gut kannte. Das Aufblähen ihrer Nasenlöcher, die Versteifung ihrer Wirbelsäule, die Art, wie ihre Zunge herausschoss und ihre Oberlippe berührte. Alles Anzeichen dafür, dass sie stinksauer war. In der Regel auf mich. Irgendetwas an meiner bloßen Anwesenheit ging ihr auf die Nerven, und obwohl ich unzählige Male versucht hatte, mich mit ihr anzufreunden, waren wir nie darüber hinweggekommen, dass ich diese nervige Freundin von Ben war. Die, die nicht gut genug war.

„Was meinen Sie damit?" Ihre Stimme klang drei Oktaven höher als sonst, und die Hand, die mit ihren Perlen gespielt hatte, umklammerte sie nun mit einem so festen Griff, dass ich befürchtete, sie würde die Kette zerreißen und sämtliche Perlen auf dem Boden verteilen.

Ich achtete darauf, dass meine folgenden Worte nicht so fröhlich waren, wie sie in meinem Kopf klangen, und hoffte, dass ich ihnen gerade genug düstere Selbsterkenntnis einflößen würde. „Ben hat mir sein Haus vermacht", erklärte ich. „Eigentlich hat er mir alles hinterlassen."

Man hätte eine Stecknadel fallen hören können. Nun, das hätte man können, wenn Thor kurz von seinem Napf aufgesehen hätte. Stattdessen knirschte sein kleiner Kiefer lautstark weiter vor sich hin, *knirsch, knirsch, knirsch,* während Mrs Hill kerzengerade und mit einem Ausdruck völligen Unglaubens im Gesicht dastand. Dann ging sie. Ohne ein Wort. Sie ging einfach hinaus und ließ die Tür hinter sich offen. Ich verzog das Gesicht und schob sie zu.

„Das war seltsam"; meinte Galloway.

Ich seufzte vor Erleichterung. „Oh gut, Sie sehen das genauso? Denn manchmal denke ich, dass nur ich dieser Meinung bin."

„Ja, natürlich." Er nickte und blickte nachdenklich auf das Tor im Zaun, das die Grundstücke trennte und durch das Mrs Hill gerade verschwunden war. In der Ferne hörte ich Percy leise bellen.

„Ich gehe davon aus, dass sie sich eine schöne Tasse Tee macht, sich beruhigt und dann mit einer Million Fragen zurückkommt, die mit Verachtung darüber gespickt sind, wie Ben mit jemandem wie mir befreundet sein konnte, geschweige denn, dass er mir seinen ganzen Besitz überlässt."

„Sie schien deswegen wirklich schockiert zu sein." Galloway schaute immer noch auf das Tor.

„Ich werde nach ihr sehen", sagte Ben. Er war so lange still gewesen, dass ich vergessen hatte, dass er bei uns war.

„Klar." Ich zuckte mit den Schultern und fing den scharfen Blick auf, den Galloway mir zuwarf. Verdammt noch mal. Erwischt beim Unterhalten mit einem Geist. Schon wieder. Ich versuchte, meinen Hintern zu retten. „Ich meine, klar, das schien sie wirklich. Wie auch immer", ich klatschte in die Hände, „zurück zum Geschäft. Folgen Sie mir."

Das tat er. Ich setzte mich an Bens Schreibtisch, wackelte mit der Maus, um den Computer aufzuwecken, und tippte das Passwort ein.

„Sie kennen seine Passwörter?", fragte Galloway, während er den alten Holzstuhl aus der Ecke holte und es sich neben mir bequem machte.

„Ja-a." Ich nickte und ließ die Finger über die Tastatur fliegen. „Ich habe die meisten seiner Systeme eingerichtet."

„Haben Sie ihm auch beim Erfassen seiner Fälle geholfen?"

Ich knirschte mit den Zähnen, weil ich mich nur zu gut daran erinnerte. Ben hatte sich auf eine Befragung durch die interne Ermittlungsbehörde vorbereitet und wollte gegen Mills aussagen, sobald Anklage wegen Körperverletzung gegen ihn erhoben wurde. Er hatte damals einen Straßenschläger wegen Autodiebstahl verhaftet, aber dieser Schläger hatte sich auf übermäßige Gewalt berufen und plötzlich ein blaues Auge gehabt. Ein blaues Auge, das er noch nicht gehabt hatte, als Ben ihn zur Wache gebracht hatte.

„Ich habe eine Tabelle für ihn erstellt, um die Dinge zu verfolgen, ja." Ich rief die betreffende Datei auf und lehnte mich in meinem Stuhl zurück, während Galloway sich nach vorne lehnte, um den Bildschirm zu lesen.

„Das ist sehr detailliert. Sehr gründlich."

Ich war mir nicht sicher, ob Galloway mit sich selbst oder mit mir redete. Ich hatte zwar die Tabelle erstellt, aber Ben hatte die Informationen eingegeben. Jedes noch so kleine Detail. Er hatte alle Daten, Uhrzeiten, jeden Austausch aufgezeichnet. Er hatte auch Fotos gemacht. Er war so klug gewesen, mit seinem Handy ein Foto von allem zu machen, was Mills mit der Korruption in Verbindung brachte. Was ich nicht gewusst hatte – und Ben vermutlich auch nicht – war, wie weit sie in der Abteilung reichte. Und er hatte keine Beweise, um Galloways Theorie zu unterstützen, dass der stellvertretende Polizeichef Clarke Dreck am Stecken hatte.

Ich öffnete eine Schublade und zog einen leeren USB-Stick heraus. Ben bewahrte immer einen Vorrat auf, um Kopien der Überwachungsaufnahmen an seine Kunden weiterzugeben. Ich steckte den Stick ein und kopierte die Tabellenkalkulation und mehrere Dutzend Fotos darauf. Der Dateipfad eines jeden Bildes wurde in der Tabelle festgehalten.

„Das ist sehr hilfreich." Galloway nickte sichtlich zufrieden. Ich zog den USB-Stick heraus und reichte ihn ihm. Er nahm ihn, sah mir direkt in die Augen und sagte: „Danke. Ich weiß, dass Ihnen das im Moment nicht viel bedeutet, aber es wird helfen, Bens Namen reinzuwaschen." Er stand auf und stellte den Stuhl wieder an seinen Platz in der Ecke. Ich folgte ihm zurück ins Wohnzimmer.

„Das ist der Punkt, an dem Sie sich irren. Das

bedeutet mir verdammt viel. Deshalb gehe ich überhaupt erst das Risiko ein, Ihnen zu vertrauen", widersprach ich. „Bin ich in Gefahr? Wenn Mills, Clements und Clarke Wind davon bekommen, was Sie vorhaben, wird sie das zu mir führen? Habe ich eine Zielscheibe auf meinem Rücken?" Dann kam mir ein weiterer, noch erschreckenderer Gedanke. „Hat einer von ihnen Ben getötet? Wussten sie es bereits? Musste er deshalb sterben?"

Galloway zuckte mit den Schultern. „Solange wir nicht wissen, wer Ben getötet hat und warum, kann ich das nicht sagen. Wir gehen davon aus, dass es mit einem seiner Fälle zusammenhängt, aber bei der Polizeiarbeit sollte man niemals Vermutungen anstellen. Sie brauchen Beweise, um das zu belegen."

„Das ist nicht gerade sehr beruhigend", sagte ich.

„Das sollte es auch nicht sein", schoss er zurück. „Ben und ich waren diskret. Wir haben uns auf der Straße getroffen und für jeden anderen hätte es wie ein lockeres Gespräch ausgesehen, während wir von einem Ende des Blocks zum anderen gingen. So wollten wir jeden Verdacht vermeiden. Also nein, ich bezweifle sehr, dass es Mills oder Clements waren. Und Clarke würde sich nicht die Finger schmutzig machen. Er zieht die Fäden von weiter oben."

„Richtig." Mein anfänglicher Enthusiasmus für die Detektivarbeit legte sich ein wenig. Ich hatte mich darauf gefreut, Bens Geschäft zu übernehmen und mich bereits als Superdetektivin gesehen. Aber jetzt hatte ich mir vielleicht gerade eine große Zielscheibe auf den Rücken gelegt.

„Ich erzähle Ihnen das, damit Sie Vorkehrungen treffen können. Achten Sie auf Ihre eigene Sicherheit. Aber es gibt keinen Grund zu glauben, dass Sie die Nächste sind.“

Ich nickte. Der Himmel möge uns allen helfen, denn wenn ich dabei umkäme, wäre ich wirklich stinksauer auf ihn.

Ben kam mit einem arktischen Luftzug zurück. „Das ist seltsam“, kommentierte er.

Galloway stand am Spülbecken und spülte seinen Becher aus, also formte ich wortlos ein *Oh?* in Richtung Ben, während ich den Kopf in Richtung des Detektivs hielt.

Ben warf Galloway einen Blick zu und ließ sich dann auf den Barhocker gleiten, den der andere Mann gerade verlassen hatte. „Ich konnte nicht in Mrs Hills Haus gehen“, antwortete er.

„Wie bitte?“ Das erregte meine Aufmerksamkeit. Ben konnte durch Wände gehen – wieso konnte er nicht in ihr Haus gelangen?

„Wie bitte?“, fragte Galloway über seine Schulter. „Haben Sie etwas gesagt?“ Er drehte den Wasserhahn zu, nahm ein Geschirrtuch und trocknete seine Tasse ab, bevor er sie wieder an ihren rechtmäßigen Platz stellte – in den Schrank über der Kaffeemaschine. Gott, er war sogar stubenrein. Er wäre perfekt, wenn es nicht diesen einen großen Fehler gäbe. Er war ein

Polizist. Ich seufzte wehmütig. Was für eine Verschwendung.

„Audrey?", fragte er, als ich nicht antwortete, und ich vermutete, dass ich ihn mit einem ziemlich verträumten Gesichtsausdruck anstarrte, denn das Grinsen war wieder da, das mit dem liebenswerten Grübchen, das so ablenkend war.

„Nein, ich habe nichts gesagt", log ich. In diesen Tagen kamen mir die Lügen nur so über die Lippen, und ich fragte mich, ob ich mir darüber Sorgen machen sollte. Schließlich wird uns von klein auf beigebracht, dass Lügen schlecht sind, und doch verteilte ich sie wie Süßigkeiten an Halloween. Zum Wohle der Allgemeinheit, versicherte ich mir.

„Ich frage mich, wo Sie hingehen", sagte Galloway, mehr zu sich selbst als zu mir.

„Hm?" Ich zog eine Braue hoch, immer noch halb in Gedanken versunken.

Sein Grinsen wurde breiter und zeigte gleichmäßige, weiße Zähne. Ich bemerkte, dass er sehr schöne Zähne hatte, und fuhr mit meiner Zunge über meine eigenen. Meine unteren Zähne waren schief, und ich hatte darüber nachgedacht, sie begradigen zu lassen, aber all das kostete Geld, das ich nicht hatte. Ich korrigiere: Geld, das ich früher nicht hatte, nun schon. Vielleicht sollte ich einen Termin bei meinem Zahnarzt machen.

„In Ihrem Kopf. Ich frage mich, wohin Sie gehen. Sie driften ständig ab und sind mit den Gedanken kilometerweit weg." Er hatte die Arme vor der Brust verschränkt und lehnte sich gegen den Küchenschrank, wobei er wie ein sexy Cowboy – ohne Hut – und ein heißer Detective aussah. Meinen Eierstöcken fiel es schwer, sich auf ihre Aufgabe zu konzentrieren – und die bestand darin, Bens Mörder zu finden. Die gedankliche Erinnerung reichte aus, um mich aus meiner Fantasie zu reißen.

KAPITEL 15

❦

$\mathcal{E}$igentlich wollte ich unbedingt mit meiner Bewerbung für die Schule für Privatdetektive beginnen, aber dann passierten zwei Dinge. Mein Telefon klingelte und Galloways auch.

Ich blickte durch den Riss auf dem Bildschirm und seufzte. Diesen Anruf konnte ich nicht ignorieren. „Mom!", rief ich und hörte, wie Galloway in sein eigenes Telefon bellte, offensichtlich nicht zufrieden mit demjenigen, der am anderen Ende war.

„Audrey, Liebes, wie geht es dir?" Moms Stimme war voller Mitgefühl, und ich sackte ein wenig in mir zusammen, weil ich mich plötzlich danach sehnte, von ihr in die Arme genommen zu werden und meinen Kopf an ihre Schulter zu legen.

„Mir geht es gut", sagte ich. Und das tat es auch. Mehr oder weniger. Ich wusste nicht, wie ich ohne Ben in Geistergestalt zurechtkommen würde, aber ich hatte mich recht schnell an meine neue Normalität gewöhnt. Das konnte ich ihr natürlich nicht sagen.

„Liebling, du musst mich nicht anlügen. Ich bin deine Mutter. Und Ben war dein bester Freund. Ich kann mich nicht erinnern, dass ihr beide irgendwann einmal nicht an der Hüfte zusammengewachsen gewesen wärt." Sie machte eine Reise in die Vergangenheit, und ich lächelte, meine Augen wurden trüb. Ben und ich hatten wirklich ziemlich viele gemeinsame Erinnerungen gesammelt. Dann kehrte ich wieder in die Gegenwart zurück und hörte das Ende ihres Satzes. „... dabei Hilfe brauchst?"

Ich sah mir das Chaos an, das die Polizei in Bens Haus hinterlassen hatte, und schlug aus einer Laune heraus eine Putzparty vor.

„Das können wir sicher tun", stimmte Mom zu und ich merkte, dass auch sie trauerte. Ben war wie ein Sohn für sie gewesen. Und etwas tun zu können, würde helfen.

„Und denk dran, Mom, umweltfreundliche Produkte. Aber wahrscheinlich hat Ben alles hier, was wir brauchen."

„Hier? Du bist in Bens Haus?"

„Ja. Entschuldige, ich hätte dich anrufen sollen, aber es war so viel los. Ben hat mir alles vermacht. Sein Anwalt hat mich heute in sein Büro gerufen."

„Oh!" Es war eine dieser Sachen, die einen schockierten, aber perfekten Sinn ergaben, wenn man eine Minute lang darüber nachdachte. Was genau das war, was Mom nun sagte. „Das ergibt Sinn." Ich konnte sie mir am anderen Ende des Telefons vorstellen, wie sie nickte. „Ich weiß, dass dein Dad, Laura und Dustin auch gerne helfen würden", sagte sie.

„Sicher. Jeder ist willkommen. Es wird schön sein, hier mal aufzuräumen. Ben würde es nicht gerne so sehen, und ich allein würde Stunden dafür brauchen."

„Er ist nicht … es ist nicht …" Moms Stimme erstarb und ich runzelte die Stirn, bevor ich begriff, was sie fragen wollte. Sie war besorgt, dass da Blut sein könnte.

Ich schüttelte den Kopf. „Nichts dergleichen, Mom. Nur Fingerabdruckstaub. Und sie haben Sachen aus den Schränken mitgenommen, die weggeräumt werden müssen, das ist alles."

„Gut, gut. Nun, ich werde die Truppe zusammenrufen."

„Bis bald." Wir verabschiedeten uns und legten auf. Galloway hatte sein Gespräch bereits beendet und stand ein paar Meter entfernt und wartete darauf, dass ich fertig war.

„Klingt, als hätten Sie Pläne", sagte er.

Ich nickte. „Die Familie kommt zu Besuch. Wir werden putzen." Ich zeigte mit der Hand auf das Durcheinander um uns herum.

„Gut. Nun." Er streckte die Hand aus, um meine zu schütteln, und ich nahm sie automatisch. Sein Griff war fest und warm, und meine Hand war wie ein Zwerg in seiner. „Danke für Ihre Hilfe. Ich werde meinen Teil der Abmachung einhalten, aber in der Zwischenzeit sollten Sie sich an der Schule anmelden. Es wird Papiere geben, die ich unterschreiben muss, um zu bestätigen, dass ich Ihre Betreuung übernehme."

„Richtig. Wird gemacht." Ich wusste nicht, warum wir uns in der Gegenwart des anderen so seltsam fühlten, aber das zu sagen, war eine Untertreibung. Ich brachte ihn zur Tür und lehnte mich dagegen, nachdem er gegangen war, und fragte mich, ob ich gerade einen kolossalen Fehler gemacht hatte.

„Was ist los?", fragte Ben und schwebte vor mir.

„Mache ich einen Fehler, wenn ich ihm vertraue?", wollte ich wissen und kaute an einem Nagel.

„Wem, Kade?" Ben klang überrascht. „Auf keinen Fall. Er ist einer von den Guten, Audrey. Glaubst du, ich hätte dich mit ihm allein gelassen, wenn ich ihm nicht trauen würde?"

„Aha. Als ob du etwas hättest tun können, wenn er mich angegriffen hätte." Ich meine, echt jetzt! Ben war unkörperlich. Er konnte nichts anfassen, geschweige denn mir helfen, wenn mir jemand etwas antun wollte.

„Das ist nicht der Punkt." Er schnaubte. „Der Punkt ist, dass du ihm vertrauen kannst. Von Kade Galloway hast du nichts zu befürchten."

---

*D*ie Sonne ging gerade am Horizont unter und der Himmel leuchtete in Rot-, Orange- und Pinktönen.

„Ein toller Sonnenuntergang", meinte Dad und ließ sich neben mir am Rand der Terrasse nieder, meine einjährige Nichte Isabelle auf seinem Schoß.

„Das ist es." Ich lächelte Dad an. „Danke für die Hilfe heute." Meine Familie war erstaunlich. Alle waren da. Brad, Dustin und Amanda waren direkt von der Arbeit gekommen, Dustin hatte Madeline und Nathaniel aus dem Kindergarten abgeholt, die sofort mit ihrem Gejammer aufgehört hatten, den schönsten Ort der Welt verlassen zu müssen, als sie ihre Lieblingstante entdeckt hatten. Und natürlich hatten sie sich sofort daran gemacht, auf dem hinteren Rasen zu spielen, während die Erwachsenen drinnen beschäftigt waren. Nur ich nicht. Ich wurde zur Hintertür hinausgescheucht und zur Babysitterin ernannt, was wirklich kein Problem darstellte. Ben war anfangs sehr aufgeregt gewesen, weil andere Leute seine Sachen anfassten. Allein der Gedanke daran hatte ihn ganz kribbelig gemacht, bis ich schließlich leise vor mich hin gemurmelt hatte, um ihn zu beruhigen. Und das hat er tatsächlich getan. Er hatte tief Luft geholt und sich dann neben mich gesetzt – zum Glück auf der gegenüberliegenden Seite von Dad, sonst hätte sich Dad direkt auf ihn gesetzt. Oder in ihn. Igitt.

„Dafür ist die Familie da", sagte Dad. „Das mit Ben

tut mir leid", meinte er mit rauer Stimme und klopfte mir auf den Rücken.

„Ja. Mir auch." Ich seufzte. Das war schwer, denn die Anwesenheit von traurigen Menschen machte mich traurig. Und ich sollte traurig sein. Es war nur richtig, dass ich es war, aber ich war die Glückliche – ich hatte die Geisterversion von Ben an meiner Seite, und das war mir allemal lieber als gar kein Ben.

„Die Pizza ist da!", rief Mom an der Tür. Madeline, eine Dreijährige nach meinem Geschmack, ließ sofort den Ball fallen, mit dem sie gespielt hatte, jagte über den Rasen und bahnte sich einen Weg zwischen Dad und mir, um an die Pizza zu gelangen. Ihr kleiner Bruder Nathaniel trottete hinter ihr her. Ich hob ihn hoch und stützte ihn auf meine Hüfte, während Dad Isabelle ins Haus trug.

Laura hatte ein kariertes Tischtuch auf dem Boden ausgebreitet, und Madeline saß bereits darauf, die Pizza in der Hand, und freute sich über das improvisierte Picknick im Haus.

„Gute Idee." Ich setzte Nathaniel neben seine Cousine und Mom reichte ihm ein passend geschnittenes Stück Pizza, das er sich sofort in den Mund schob. Isabelle war die Nächste. Sie hatte sich schon eine Pizza geholt, bevor Dad sie überhaupt auf das Tischtuch gesetzt hatte, und ich musste über ihre Leidenschaft fürs Essen lachen. Sie waren gute Kinder, und ich war gern mit ihnen zusammen. Ich ignorierte den Schmerz in meinen Eierstöcken, der mich daran erinnerte, dass die Uhr tickte, und wenn ich das für mich selbst wollte … nun, ich wollte Babys nicht so dringend haben, dass ich mich mit dem falschen Mann einlassen würde. Und genau das war das Problem. Zumindest laut Ben. Offenbar war ich zu wählerisch. Ich persönlich fand das gar nicht so schlecht.

„Alles klar bei dir, Audrey?" Mein Bruder Dustin stupste mich an der Schulter an und ich merkte, dass ich geträumt hatte.

Ich schüttelte mich. „Klar. Alles gut."

Wir saßen an Bens Esstisch, zwei riesige Pizzen zwischen uns ausgebreitet, und aßen. Es wurde geneckt, gelacht und geliebt. Natürlich verschüttete ich mein Getränk. Das war eine Selbstverständlichkeit. Mom hatte die Papiertücher schon bereitgelegt, und ich schaute über den Tisch, wo Ben hinter der linken Schulter meines Vaters stand und mit den anderen lachte.

„Auweia, Fitz." Ben wurde plötzlich ernst und bemerkte den trüben Blick in meinen Augen. „Nein, nicht. Sei nicht so traurig wegen mir."

„Entschuldigung", flüsterte ich, schniefte und blinzelte schnell, um die Tränen zu verjagen.

Meine große Schwester Laura, die rechts von mir saß, legte einen Arm um meine Schultern und drückte mich. „Du brauchst dich nicht zu entschuldigen, Aud. Ich weiß, manche Leute machen dir das Leben schwer, weil du ungeschickt bist" – sie warf meiner Schwägerin Amanda einen scharfen Blick zu – „aber genau das macht dich einzigartig. Und wir würden dich auch nicht anders haben wollen."

Ehe ich mich versah, hoben sie alle ihre Gläser und stießen mit der ungeschickten Audrey an.

„Oh gut, Pizza!" Thor stürmte durch die Katzentür und machte sich auf den Weg zu den drei Kindern, die auf dem Boden saßen und um sich herum Pizzastücke verstreut hatten.

„Thor", warnte ich ihn, „du solltest wirklich kein Menschenessen fressen. Das ist nicht gut für dich."

„Warum nicht?", antwortete er mit vollem Mund. „Es ist so lecker." Er fing tatsächlich an zu schnurren, während er aß, und ich musste laut lachen, als Thor, der sich normalerweise rar machte, wenn meine Nichten und Neffen in der Nähe waren, die groben Streicheleinheiten und Knuddeleien tolerierte, die alle drei ihm gaben, während er ihre Pizza stahl.

„Du bist unverbesserlich." Ich seufzte, denn ich wusste, dass die Kinder toben würden, wenn ich die Katze wegnähme. Dustin hatte sein Handy herausgeholt und fing an, Fotos zu schießen.

„Ich habe gehört, du hast Bens Haus geerbt?", sagte Amanda. Es war eine rhetorische Frage, denn ich wusste, dass Mom es ihnen bereits erzählt hatte, also nickte ich und ließ meinen Blick über sie schweifen. Trotz der Tatsache, dass sie den ganzen Tag gearbeitet hatte, sah sie tadellos aus. Sie hatte Jacke und Schuhe ausgezogen, aber in ihrem Bleistiftrock und ihrer weißen Bluse sah sie immer noch frisch aus, und ich wusste, wenn unsere Positionen vertauscht wären, wäre ich jetzt schon ein totales Chaos. Ich hätte diverse Flecken auf der Bluse, und mein Haar wäre nicht mehr dieser schnurgerade Wasserfall, der so aussah, als hätte er sich noch nie im Leben gekräuselt, sondern wäre ein Bienenstock, aus dem Strähnen in alle Richtungen abstanden. Ich seufzte. Ich musste wirklich aufhören, mich mit Amanda zu vergleichen.

„Ja, das stimmt."

„Und was hast du jetzt vor?", hakte sie nach. „Willst du es verkaufen?"

„Verkaufen?!" Ich war verblüfft. „Natürlich nicht." Meine Güte, ich würde Bens Haus niemals verkaufen.

„Du könntest einen sehr guten Gewinn machen – abzüglich der Steuern natürlich – und etwas Schöneres kaufen. Beasley, Tate and Associates stehen dir bei allen Fragen der Nachlassplanung zur Seite", bot sie an. Ich wusste, dass sie nur helfen wollte, aber verdammt noch mal. Wir hatten Ben noch nicht einmal beerdigt und sie dachte schon daran, sein Vermögen zu liquidieren.

„Amanda!", schnaubte Dustin und starrte sie an. „Das ist weder der richtige Zeitpunkt noch der richtige Ort, um Himmels willen."

„Oh, sorry." Amanda zuckte mit den Schultern, und ich fragte mich nicht zum ersten Mal, ob sie irgendwo im Autismus-Spektrum zu Hause war.

„Babe, bist du okay?" Brad, Lauras Ehemann, der Stille in der Runde, den man oft vergaß, weil er so still war, sah seine Frau an, die das Gesicht in den Händen vergraben hatte.

„Laura?" Ich schloss mich seiner Sorge an. Ihre Schultern zitterten und ich war mir nicht sicher, ob sie weinte oder lachte. Gott, ich hoffte, dass sie lachte. Denn wenn Laura anfing zu weinen, würde ich auch weinen, und ich hatte mich bisher ganz gut zusammengerissen. Sie ließ die Hände fallen, hob ihr Gesicht, und obwohl ihre Wangen nass waren, waren es Tränen des Lachens. Ich seufzte vor Erleichterung. „Was ist so lustig?", fragte ich.

Laura winkte Amanda zu, verschluckte sich an ihren Worten und brach erneut in schallendes Gelächter aus. Wir schauten sie alle etwas verdutzt an, aber ihr Kichern war ansteckend, und schon bald lachte der ganze Tisch, ohne zu wissen, warum. Schließlich beruhigten wir uns und rissen uns zusammen, die Wangen nass von Tränen. Es fühlte sich wirklich gut an, so zu lachen, sehr kathartisch.

Selbst die verklemmte Amanda hatte mit uns gelacht. „Okay, aber im Ernst, Audrey, was hast du vor?"

„Wenn man bedenkt, dass ich erst heute Nachmittag davon erfahren habe? Ich habe noch nichts geplant. Aber ich werde nicht verkaufen", fügte ich hastig hinzu. „Und ich werde Bens Detektivbüro übernehmen."

„Oh, das ist toll." Mom klatschte in die Hände, dann sah sie Dad an. „Oder nicht?"

Doch Dad nickte. „Ich kann mir dich sehr gut in der Ermittlungsbranche vorstellen. Ich habe Ben immer gesagt, dass du eine gute Partnerin sein würdest."

„Das hast du?" Das war eine Überraschung. Ich wusste nicht, dass Dad Ben das gesagt hatte.

„Du hast einen klaren, wissbegierigen Verstand." Ben hatte genau das Gleiche zu mir gesagt.

Mein Lächeln wurde breiter und meine Brust blähte sich vor Stolz. „Danke." Ich seufzte und trank einen Schluck Wein. „Ich muss aber zur Schule für Privatdetektive gehen. Offenbar braucht man eine Lizenz, um als Detektiv zu arbeiten."

„Und eine Versicherung", fügte Amanda hinzu. Natürlich wusste sie so etwas.

„Sicher. All diese Dinge." Ich zuckte mit den Schultern.

„Schule? Heißt das, dass du wegziehen musst?"

„Nein. Das hat mir auch Sorgen gemacht, aber ich kann online studieren, solange ich einen Betreuer habe."

„Aber wer sollte das sein?", fragte Laura.

„Detective Galloway." Ich sah, wie sie untereinander Blicke tauschten. Es war kein Geheimnis, was ich von der Strafverfolgungsbehörde hielt.

„Oh, er ist reizend." Amanda nickte in offensichtlicher Zustimmung. „Und auch noch sehr schön anzuschauen." Und dann zwinkerte sie mir zu. Sie zwinkerte! Okay, wir waren definitiv in einer Art alternativem Universum.

„Du kennst ihn?", wollte Laura wissen.

„Er kam ein oder zwei Mal im Büro vorbei." Sie zuckte mit den Schultern. „Immer freundlich, höflich und professionell."

„Jetzt muss ich mir diesen Kerl aber wirklich mal anschauen", murmelte Laura, holte ihr Handy heraus, rief die Facebook-App auf und begann mit dem Stalking. Es dauerte nicht lange und sie stieß einen Pfiff aus. „Oh, Audrey Fitzgerald, du schlauer Fuchs. Ich hätte mir denken können, dass du dir den schärfsten Kerl der Firefly Bay Police aussuchst." Sie stieß mich mit dem Ellbogen an.

„Ich habe ihn mir nicht ausgesucht", protestierte ich und spürte, wie meine Wangen heiß wurden. „Er hat mich ausgesucht." Oh Gott, das klang noch schlimmer. Nachdem eine weitere Runde der Hänseleien abgeklungen war, sagte ich: „Er ist der Detective, der den Mord an Ben untersucht. Er tat mir einen Gefallen, indem er mir erklärte, wie die Lizenzvergabe funktioniert und dass ich eine qualifizierte Ermittlerin werden muss, wenn ich Bens Geschäft weiterführen will. Er bot mir seine Hilfe an. Ende der Geschichte." Mehr oder weniger. Ich ließ den Teil aus, in dem er Teil einer geheimen Task Force war, die bestimmte Mitglieder des Firefly Bay Police Departments zur Strecke bringen sollte.

„Was mich daran erinnert", fuhr ich fort, „dass ich, solange ihr hier seid … Hilfe bei der Planung von Bens Beerdigung brauche. Sobald der Gerichtsmediziner seine Leiche freigibt, werde ich das Bestattungsunternehmen anrufen und ich habe keine Ahnung, was ich dann tun soll."

Ich hätte wissen müssen, dass Mom darauf anspringen würde. Sie kramte in ihrer Tasche und zog ein Notizbuch hervor, schlug es auf und blätterte eine Seite auf, die bereits mit Notizen gefüllt war, oder – ich blinzelte, um besser sehen zu können – mit Fragen, wie es schien. *Sarg? Beerdigung oder Einäscherung?* Ich war froh, dass sie hier waren, um mir zu helfen, aber wir würden noch viel mehr Wein brauchen.

Als hätte ich sie allein durch meine Gedanken herbeigezaubert, stand plötzlich eine weitere Flasche Rotwein vor mir. Brad lächelte und klopfte mir auf die Schulter. „Du siehst aus, als ob du das hier brauchen könntest", war alles, was er sagte.

KAPITEL 16

❧

Stöhnend streckte ich einen Arm aus, tastete auf dem Nachttisch nach meinem Handy, schaffte es, danach zu greifen, bevor es auf den Boden fiel, und schlug es mir prompt gegen die Stirn. Schon wieder. Dieser Morgen hat etwas von einem Déjà-vu.

„Das soll wohl ein Scherz sein." Ich öffnete langsam ein Auge und schaute zum Fenster. Die Jalousie war heruntergelassen, aber das Licht drang an den Rändern ein. Okay, das war ein Anfang. Nun galt es festzustellen, wie früh oder spät am Tag es war. Ich setzte mich auf, schwang die Beine aus dem Bett und balancierte dann eine Minute lang auf der Bettkante, bis sich das Zimmer nicht mehr drehte.

„Oh gut, du bist wach." Bens knirschend fröhliche Stimme drang an meine Ohren. Ich schaute auf und sah ihn auf meiner Küchenbank sitzen.

„Waaas?", murrte ich. „Was ist passiert?"

Er gluckste. „Du und eine Flasche Rotwein."

Richtig, daran erinnerte ich mich. Wir hatten seine Beerdigung geplant. Oh nein, ich wollte immer noch nicht daran denken. Ich stand auf, eilte ins Bad, winkte Ben mit der Hand zu und wies ihn an, ‚dort zu bleiben'. Ausnahmsweise gehorchte er und saß immer noch auf der Küchenbank, als ich zurückkam.

„Brad hat dich in deinem Auto nach Hause gefahren. Du wolltest nicht bei mir übernachten." In seiner Stimme lag ein gewisser Ton. Ich legte den Kopf schief und versuchte, ihn zu identifizieren. Verletzt? Genervt?

„Ich wollte nicht bei dir übernachten ... ohne dich." Selbst in meinen Ohren klang meine Stimme kläglich. „Es ist seltsam dort ohne dich ... Ich weiß, dass du hier bist, aber du bist es nicht, nicht wirklich. Und ich brauche Zeit, um mich daran zu gewöhnen. Also ja, ich wollte nicht alleine in diesem Haus aufwachen", platzte ich heraus. Natürlich wusste ich, dass ich irgendwann dazu gezwungen sein würde. Es ergab keinen Sinn, meine Wohnung und Bens Haus zu behalten, und seien wir ehrlich, sein Haus ist eine Million Mal schöner als mein Schuhkarton.

„Oh."

„Habe ich deine Gefühle verletzt?", fragte ich.

„Anfangs dachte ich nein, aber jetzt, wo du mir das erklärt hast ... ja ... ich glaube, meine Gefühle waren ein wenig verletzt", gab er zu.

Ich starrte ihn an. „Reiß dich zusammen, Prinzessin."

Er legte den Kopf nach hinten und lachte. „Für einen Moment dachte ich schon, ich hätte dich." Er gluckste.

„Netter Versuch." Ich sammelte meine Sachen zusammen, ging ins Bad, stellte mich unter die Dusche und erinnerte mich an Bens Gästebad und das ununterbrochen heiße Wasser. Nicht die immer wiederkehrende Katastrophe meines derzeitigen Badezimmers. Der Gedanke an einen Umzug wurde immer reizvoller, ich war nur nicht ganz bereit … noch nicht.

Als ich aus dem Bad kam, suchte ich nach meinem Telefon. Nachdem es an meiner Stirn abgeprallt war, hatte ich es aus den Augen verloren. Schließlich fand ich es unter dem Bett wieder und musste feststellen, dass es nur noch zwei Prozent Akku hatte. Ich lehnte mich zurück, starrte an die Decke und hatte einen dieser „Warum ich"-Momente. Hinter meinen Augäpfeln pochte ein Kopfschmerz und ich brauchte dringend einen Kaffee. Ich kroch zu meinem Nachttisch und tastete nach dem Netzkabel, fand es jedoch nicht. Ich ging auf die Knie und sah mich um, aber das verdammte Ding war weg. „Das soll wohl ein Scherz sein." Ich schwöre, es gibt ein alternatives Universum, in dem alle meine Stifte, Haarspangen, Ohrringe und Telefonkabel leben. Wie hatte ich es verlieren können, wenn es neben meinem Bett an der Wand angeschlossen war?

„Du hast es gestern mitgenommen", meinte Ben. „Du hast es in deine Tasche gesteckt, für den Fall, dass dein Handy leer geht. Hast irgendetwas davon gesagt, dass der Akku inzwischen kaum noch hält."

„Oh, richtig." Ich lehnte mich zurück und versuchte, mich zu erinnern, was mir aber nur vage gelang. Als ich meine Tasche auf dem Sofa entdeckte, kramte ich darin herum, und tatsächlich, da war mein Netzkabel. Als mein Handy endlich am Akku hing, ging ich zu meiner Kaffeemaschine, öffnete den Oberschrank, um eine Kapsel zu holen, aber meine Hand war leer.

„Neeeeeiiiiiin!", heulte ich und fuchtelte mit der Hand herum, während ich nach einem Pad suchte. Auf Zehenspitzen stehend, spähte ich in den Schrank. Keine Kaffepads. „Es gibt keine Pads mehr", flüsterte ich mit an Hysterie grenzender Stimme. „Keine. Pads."

„Ruf lieber den Notstand aus", stichelte Ben.

Ich stürzte mich auf ihn. „Für dich ist das in Ordnung, du brauchst keinen Kaffee mehr. Ich brauche Kaffee. Ohne Kaffee kann ich nicht funktionieren."

„Okay, okay, beruhige dich", beschwichtigte er und rutschte von seinem Platz. „Wir gehen einen Kaffee trinken. Du musst sowieso bei mir vorbeifahren und nach Thor sehen. Wir können uns unterwegs einen Kaffee holen."

Oh mein Gott, ich hatte Thor vergessen. Ich hatte nicht einmal bemerkt, dass er nicht hier war. Ich war eine schlechte Mutter. Ben brach in Gelächter aus. „Du wirst deiner Familie einiges erklären müssen."

„Habe ich vor ihnen mit Thor gesprochen?" Ich wettete, dass ich das getan hatte. „Oder genauer gesagt, haben Thor und ich vor ihnen ein Gespräch geführt?"

Ben nickte. „Wenn es dich tröstet, sie haben sich gut unterhalten, als ihr euch gestritten habt, nur dass sie von Thor natürlich nur Miauen und seltsame kleine Geräusche hören konnten. Aber sie haben gesagt, dass es unheimlich war, wie ihr beide euch zu unterhalten schient."

Ich fuhr mir mit der Hand durch mein nasses Haar und überlegte, ob ich mir die Zeit nehmen sollte, es zu trocknen, aber der Kaffee war mir lieber. Ich schnappte meine Tasche, steckte mein Handy und mein Ladegerät hinein, schlüpfte mit den Füßen in meine Flipflops und machte mich auf den Weg zur Tür. „Ich nehme also an, dass Thor nicht hierher zurückkommen wollte? Er würde lieber bei dir wohnen? Alleine?", fragte ich über meine Schulter, während ich meine Wohnung verließ. Ben ging durch die Tür und gesellte sich zu mir.

„Es ist sein Zuhause. Und er ist es gewohnt, Zeit allein zu verbringen." Er zuckte mit den Schultern. „Das ist keine große Sache. Aber ja, ich bin mir sicher, dass er sich jetzt nach seinem Frühstück sehnt. Und ich hatte eine Idee."

„Welche?"

Er räusperte sich. „Ich weiß, dass du Zeit brauchen wirst, um in mein Haus zu ziehen. Also habe ich mir überlegt, wie ich es dir leichter machen kann … wie du dich im Voraus daran gewöhnen kannst."

„Aha?"

„Geh einfach jeden Tag zur Arbeit. Nutz mein Haus als dein Büro, was es im Grunde auch ist. So bist du jeden Tag dort, aber wenn die Arbeit erledigt ist, kommst du hierher zurück. Auf diese Weise bist du für Thor da und er kann entscheiden, ob er nachts hierher zurückkommen und schlafen will oder bei mir bleibt."

Ich dachte eine Minute lang darüber nach. „Die Idee ist nicht schlecht", meinte ich und eilte die Treppe hinunter. Mein blauer Chrysler, Baujahr 1970, stand am Straßenrand. „Ich habe vielleicht Probleme damit, in deinem Haus zu wohnen", sagte ich, „aber bei deinem Auto habe ich keine Bedenken." Ich schloss die Fahrertür auf, stieg ein und war nicht einmal überrascht, als Ben bereits drin saß und auf dem Beifahrersitz wartete. Daran hatte ich mich inzwischen bereits gewöhnt. Ich hätte nie gedacht, dass ich das jemals tun würde, aber so war es.

„Die Schlüssel sind in der Schale auf dem Tisch im Flur", meinte Ben.

„Was ist mit deinem Telefon?" Ich fuhr vom Bordstein weg und startete mit einem Aufheulen, einer Fehlzündung und einer Rauchwolke. Ich tätschelte das Armaturenbrett als stillen Dank. Der Wagen hatte mir immer gute Dienste geleistet, aber nun war die Zeit für den Ruhestand gekommen.

„Keine Ahnung. Ich glaube, die Polizei hat es mitgenommen."

Okay. Wenn ich Galloway das nächste Mal sah, würde ich ihn danach fragen. Aber ich könnte mir ja auch einfach ein neues Telefon kaufen – ich hatte ja jetzt Geld. Damit meinte ich nicht einmal Bens Geld, ich hatte meine Ersparnisse. Etwas mehr als fünfzehntausend Dollar – meine Anzahlung für meine eigene Wohnung … irgendwann. Vielleicht wenn ich um die fünfzig war. Aber all das hatte sich geändert, und jetzt war ich hier und hatte Geld im Überfluss. Ich hatte keine Ahnung, wie lange die Bearbeitung von Bens Nachlass dauern würde, aber bis dahin würde es mir gut gehen.

„Wohin fährst du?", fragte Ben. „Du hast die Abfahrt verpasst."

„Firefly Bay Hotel", antwortete ich.

„Oh. Warum?"

„Kaffee." Denn während mein Gehirn ohne Koffein nur mäßig funktionierte, wusste ich, dass es mit vollem Koffeingehalt umso bessere Dienste leisten würde. Und einen Kaffee im Hotel zu trinken, schlug zwei Fliegen mit einer Klappe.

„Okay …" Ben rätselte über meine Motive, denn ich hatte ihm meinen Plan noch nicht erklärt. Diese Frage hatte mich seit dem gestrigen Treffen mit Philip Drake geplagt. Abgesehen von seinem merkwürdigen Verhalten hatte er unmittelbar nach unserem Treffen jemanden angerufen. Und ich wollte wissen, wen.

Im Hotel konnte ich einen Tisch in der Nähe einer Steckdose ergattern und schloss mein Handy an.

„Also, wie lautet der Plan?", fragte Ben von der anderen Seite des Tisches. Es war seltsam, denn der Stuhl war nach innen geschoben, sodass er sich praktisch in die Mitte des Tisches setzen musste, um darauf zu sitzen.

„Ich muss irgendwie in Drakes Büro kommen", sagte ich leise. „Und da kommst du ins Spiel. Ich möchte, dass du nachsiehst, ob die Luft rein ist. Sag mir Bescheid, wenn er sein Büro verlässt. Wenn du einen Blick auf seine Termine für den Tag werfen könntest, wäre das noch besser."

Als ich sah, dass sich eine Kellnerin näherte, hörte ich auf zu sprechen und richtete meine Aufmerksamkeit auf die Speisekarte.

„Guten Morgen, Ma'am." Sie lächelte.

„Morgen." Ich lächelte zurück. „Ich nehme einen doppelten Kaffee, schwarz bitte, und die Eier Benedict." Damit hatte ich ihre nächste Frage bereits vorweggenommen.

„Sehr gut. Wäre das alles?" Bevor ich antworten konnte, ertönte ein lautes Rumpeln und ein Van fuhr vor dem Haupteingang vor. Die Kellnerin und ich drehten uns beide um, um nachzusehen.

„Oh nein", murmelte sie, „dieser Idiot. Er sollte hinten herum zum Lieferanteneingang fahren."

Ich warf einen Blick auf den Lieferwagen, sah das Logo des Blumenhändlers auf der Seite und dachte, er würde einen neuen Strauß für die Rezeption liefern, bis ich sah, wie der Fahrer die hinteren Türen öffnete und eine riesige Schale mit einer Blumendekoration heraushob, die über einen Meter hoch sein musste.

Brett Baxter erschien und eilte mit einem Klemmbrett in der Hand durch das Foyer. „Nein, nein, nein." Er wedelte mit dem Finger in Richtung Fahrer. „Sie können die nicht durch das Foyer bringen. Wir haben Gäste."

„Man hat mir gesagt, ich soll sie hier abliefern, und das tue ich auch. Glauben Sie, dass hier ist der einzige Ort in der Stadt, an dem heute eine Hochzeit stattfindet? Ich muss noch viele andere Leute beliefern. Das hier ist Ihre Bestellung. Ich lasse sie gerne hier auf dem Bordstein liegen, wenn Sie mir Probleme machen wollen."

Wow. Ich bewunderte die Tapferkeit des Mannes. Brett anscheinend auch. Ich hatte das Gefühl, dass nicht sehr viele Leute mit ihm stritten, und wenn sie es taten, erregte das seine Aufmerksamkeit. Er musterte den Fahrer, einen übergewichtigen Mann Mitte fünfzig mit Glatze, der stark schwitzte. Der Mann stellte die Schale auf der Ladefläche des Wagens ab und musterte Brett. „Und? Wie hätten Sie es gern?"

„Okay. Aber nur dieses eine Mal, wohlgemerkt. Bitte denken Sie in Zukunft daran, dass alle Lieferungen auf der Rückseite des Hotels erfolgen müssen."

„Ich bin mir sicher, dass es Ihre Gäste nicht stört,

wenn schöne Blumen geliefert werden", schoss er zurück.

„Das Frühstück dauert nicht mehr lange", sagte die Kellnerin und erschreckte mich.

Ich war so damit beschäftigt, den Fahrer und Brett zu beobachten, dass ich vergessen hatte, dass sie noch da war. Ich nickte ihr zu, konzentrierte mich aber weiterhin auf das Duo draußen. Brett entwendete einen Gepäckwagen, überließ aber dem Fahrer das Heben der schweren Last und führte ihn durch das Foyer, während der Fahrer den mit Blumen beladenen Wagen schob. Der Fahrer hatte recht. Die Blumen waren wirklich schön. Brett schien in seinem Element zu sein, sprach im Gehen in ein Headset und deutete auf sein Klemmbrett, das bei näherem Hinsehen eigentlich ein iPad war, bevor er und der Fahrer aus meinem Blickfeld verschwanden.

„Schöner Tag für eine Hochzeit", kommentierte Ben und blickte aus dem Fenster in den strahlend blauen Himmel.

Ich zuckte mit den Schultern. „Klar." Hochzeiten stressten mich immer. Ich war Brautjungfer auf den Hochzeiten meines Bruders und meiner Schwester gewesen, und der Druck, nicht zu stolpern oder etwas umzustoßen, war um ein Vielfaches größer gewesen.

„Ich dachte immer, ich würde in einem Garten heiraten", fuhr Ben mit verträumter Stimme fort.

„Echt jetzt?" Ich war schockiert. „Du hast darüber nachgedacht, zu heiraten?"

Er zuckte mit den Schultern. „Eines Tages, sicher. Wenn ich das richtige Mädchen gefunden hatte."

„Ich dachte, Tiffany wäre vielleicht eine Kandidatin." Sie war seine letzte Freundin gewesen. Sie waren sechs Monate zusammen gewesen, bevor die Sache schief gegangen war. Sechs Monate waren für Ben eine lange Zeit. Und er besaß die Frechheit, mich nach der Kürze meiner Beziehungen zu beurteilen.

„Nein. Sie wollte keine Kinder."

Ich blinzelte. „Das habe ich nicht gewusst."

Seine Mundwinkel verzogen sich. „Das ist jetzt sowieso egal."

Als mein Kaffee kam, fielen wir in Schweigen. Als ich die Hand zur Seite nahm, streifte ich versehentlich das Besteck vor mir, das prompt auf den Boden fiel.

„Es tut mir so leid!" Entsetzt lehnte ich mich in meinem Stuhl vor, um das verirrte Besteck zur gleichen Zeit wie die Kellnerin aufzuheben, und wir stießen mit den Köpfen zusammen. Ich richtete mich ruckartig auf und knallte mit dem Kopf gegen die Tischkante. „Aua." Ich wiegte meinen armen, zerschlagenen Kopf und schaffte es, meine Tasse Kaffee aufzurichten, bevor sie umkippte, und entschuldigte mich erneut bei der Kellnerin. Ihr Lächeln reichte nicht bis zu ihren Augen. „Ich bringe Ihnen frisches Besteck." Sie machte auf dem Absatz kehrt und eilte davon.

Vorsichtig, um mich nicht zu verbrennen, nahm ich einen dankbaren Schluck, während ich darüber nachdachte, was Ben gesagt hatte. „Also … du wolltest Kinder?" Das war kein Thema, über das Ben und ich zuvor gesprochen hatten.

„Natürlich. Du nicht?"

„Nun, ja." Natürlich wollte ich das. Jedes Mal, wenn ich in der Nähe meiner Nichten und Neffen war, drohten meine Eierstöcke zu explodieren. Meine biologische Uhr tickte schon lange. „Du wärst ein toller Vater gewesen." Es war schrecklich, dass wir das nie erfahren würden, dass er nie die Gelegenheit dazu bekommen würde.

„Bemitleide mich nicht, Fitz", mahnte Ben und wedelte mit dem Finger in meinem Gesicht herum. Ich griff automatisch danach und vergaß dabei, dass er ein Geist war, bis ich die eisige Kälte spürte, als meine Hand durch seine fuhr. Ich schaute mich um und hoffte, dass niemand gesehen hatte, wie ich wie wild mit meiner Hand herumfuchtelte, und war gleichzeitig traurig, dass ich ihn nicht mehr berühren konnte. Es sind immer die kleinen Dinge, die einem zu schaffen machen.

„Okay, ich sehe schon, du wirst rührselig. Ich kümmere mich um Drakes Büro. Genieß du dein Frühstück." Er verschwand in dem Moment, als die Kellnerin mit einem Teller und Ersatzbesteck ankam.

„Wow, das ging aber schnell."

„Samstagmorgens ist bei uns nicht viel los." Sie schob mir den Teller vor die Nase. „Kann ich Ihnen sonst noch etwas bringen?"

„Nein, danke, ich habe alles." Mein Magen begann zu knurren, sobald er einen Hauch von den Eiern Benedict wahrnahm. Ich wartete, bis sie sich umgedreht hatte, bevor ich mein Besteck in die Hand nahm und loslegte. Oh, das war so lecker. Meinem verkaterten Ich gefiel die Idee, nach einer durchzechten Nacht frühstücken zu gehen. Ich beschloss, es zu einer regelmäßigen Sache zu machen. Aber dann wurde mir plötzlich wieder bewusst, warum ich hier war, und dachte über Bens Fall nach. Ich war überzeugt, dass die Fälle Armstrong, Drake und Baxter zusammenhingen. Und der gemeinsame Nenner war das Firefly Bay Hotel. Aber das war genau der Punkt, an dem mein Denkprozess aufhörte. Ich hatte nicht mehr als meinen Instinkt, dass Philip Drake etwas im Schilde führte – ich musste nur einen Blick auf sein Telefon werfen und herausfinden, wen er angerufen hatte, als ich gestern sein Büro verließ. Einfach, nicht wahr?

KAPITEL 17

*B*en kam zurück und sagte, die Luft sei rein. Ich beendete das Frühstück, kippte meinen Kaffee hinunter, bezahlte und machte mich dann auf den Weg zu Philip Drakes Büro, wobei ich so selbstbewusst tat, als hätte ich jedes Recht, durch die hinteren Gänge des Hotels zu gehen. Natürlich war das, was ich tat, ein großes Wagnis. Ich hoffte einfach, dass Drake nicht in seinem Büro sein würde, sondern nur sein Handy, was, wenn ich darüber nachdachte, total verrückt war. Was für ein Hotelmanager wäre er, wenn er sein Handy nicht mitnehmen würde? Aber dann fiel mir wieder ein, dass sein Handy bereits auf seinem Schreibtisch gelegen hatte, als er mich am Vortag in sein Büro geführt hatte. Die meisten Menschen würden es automatisch aufheben und mitnehmen, wohin sie auch immer gingen.

Wie es der Zufall wollte, entdeckte ich sein Handy

an genau der gleichen Stelle wie gestern, nachdem ich Drakes Tür geöffnet und den Kopf in das Büro gesteckt hatte. Ich schlüpfte hinein, schloss leise die Tür hinter mir und schlich mich hinter seinen Schreibtisch. Mein Herz klopfte im doppelten Takt in meiner Brust, das Adrenalin schoss in die Höhe.

„Halt die Augen offen", sagte ich zu Ben, nahm den Hörer ab und strich mit der Hand über den Bildschirm. Verdammt. Gesperrt. „Benutz deine Taschenlampen-App", sagte Ben. „Halte sie schräg auf seinen Bildschirm. Dann solltest du die Fingerabdrücke auf den Tasten erkennen können, die er am häufigsten drückt."

Ich schnappte nach Luft. „Knackt man so einen Pin?"

„Manchmal. Es wäre einfacher, wenn wir eine Verschlüsselungs-App auf deinem Telefon hätten und es mit seinem synchronisieren würden und ..." Bla, bla, bla, ich hörte nicht länger zu, weil Ben eine Sprache benutzte, die ich nicht verstand. Freak. Ich blendete seine Stimme aus und tat, was er vorgeschlagen hatte, und tatsächlich konnte ich ganz schwach erkennen, welche Zahl er am häufigsten drückte. Nicht Zahlen. Zahl. Die Zahl drei. Sicherlich war sein Pin nicht drei, drei, drei, drei, oder? Doch das war er! Ich hätte fast gequietscht, als ich die Nummer eingab und das Telefon sich öffnete. Ben hörte auf, über was auch immer zu plappern, und schaute mir über die Schulter. „Du hast es geschafft! Gut gemacht!"

Ich konnte nicht glauben, dass es so einfach gewesen war. Ich rief sein Telefonprotokoll auf und begann, es durchzusehen. „Um wie viel Uhr waren wir gestern hier drin?", fragte ich Ben.

„Wir waren um zwei Uhr bei den Anwälten. Das hat ungefähr eine Stunde gedauert, also vielleicht zwischen drei Uhr und drei Uhr dreißig?"

„Okay. Um drei Uhr zweiundzwanzig rief er Sophie an." Zu dieser Zeit gab es keine weiteren Anrufe, weder eingehende noch abgehende.

„Sophie ist seine Tochter."

Wir sahen uns verwirrt an. Drake hatte Ben angeheuert, um Sophies Freund zu überprüfen. Wir nahmen an, dass sie nichts davon wusste, aber was, wenn doch? Denn warum sonst hätte Philip sie nach meinem Besuch anrufen sollen?

Danach geschahen zwei Dinge. Erstens merkte ich, dass Ben nicht aufpasste, und zweitens klingelte Drakes Telefon. Ich erschrak derart, dass ich es in die Luft warf, bevor ich mich wahnsinnig bemühte, um es aufzufangen, und es gerade in den Händen hielt, als ich Stimmen vor der Tür hörte.

„Verdammt!", flüsterte ich. Ben hastete durch den Raum und steckte den Kopf durch die Tür, während ich auf dem Bildschirm herumstocherte, um die Anrufliste zu verlassen. Ich drückte die Taste an der Seite des Telefons, lehnte den Anruf ab, schaltete das Telefon in den Ruhemodus und legte es vorsichtig wieder auf den Schreibtisch, wo ich es gefunden hatte.

„Versteck dich", rief Ben. „Er kommt."

„Wo?", flüsterte ich und suchte verzweifelt nach einem Versteck. Ich beäugte den Schreibtisch. Ich könnte mich darunter verstecken, aber wenn er sich hinsetzen würde, würde er mich sofort finden. Die Vorhänge boten auch keinen Schutz, sie waren durchsichtig. Ich würde nicht in den Aktenschrank passen, und glauben Sie mir, ich habe diese Möglichkeit für eine Nanosekunde in Betracht gezogen, und wenn das Bücherregal keine Geheimtür hinter sich versteckte, war ich aufgeschmissen.

Ich eilte um seinen Schreibtisch herum und betrachtete das Sofa, das an der gegenüberliegenden Wand stand. Sollte ich so tun, als wäre ich hier um etwas zu suchen, das ich gestern verloren hatte? Aber ich war nicht einmal in der Nähe des Sofas gewesen. Ich hatte mich auf einen der Stühle gegenüber von Drakes Schreibtisch gesetzt. Der Türknauf begann sich zu drehen und ich stürzte zur Tür, drückte mich an die Wand dahinter, schloss die Augen und betete.

„Ah, da ist es ja." Philip Drake stieß die Tür auf, die nur wenige Zentimeter vor meiner Nase stehen blieb. Ich holte tief Luft und hielt den Atem an, in der Hoffnung, dass er die Tür nicht schloss und mein Versteck verriet. Ich hörte seine Schritte, als er den Raum durchquerte, und sackte vor Erleichterung fast zusammen. So weit, so gut.

„Wie ich schon sagte …" Eine männliche Stimme, die ich nicht erkannte, sprach direkt neben mir und ließ mich zusammenzucken. „Ich denke, wir können sowohl die Roberts-Hochzeit am siebzehnten als auch den Petit-Four-Kochkurs organisieren."

„Baxter ist der Eventmanager. Was sagt er dazu?", wollte Philip Drake wissen.

„Er interessiert sich nur für die Hochzeit der Roberts." Der Mann schniefte. „Er hat kein Interesse an dem, was ich mache."

„Ihr beide müsst zusammenarbeiten", brummte Drake, seine Schritte kehrten zurück. „Es ist unerlässlich, dass Gäste- und Eventmanagement zusammenarbeiten und nicht ständig mit ihren Streitigkeiten zu mir kommen."

Dann schloss sich die Tür und ich hörte, wie ihre Stimmen verklangen. Ich ließ mich gegen die Wand sinken und atmete zischend den angehaltenen Atem aus. Ein Blick auf Drakes Schreibtisch verriet mir, dass er zurückgekommen war, um sein Telefon zu holen.

„Du bist vielleicht ein Glückspilz", murmelte Ben.

„Und du bist ein lausiger Aufpasser", schoss ich zurück. Ich sammelte mich und wartete ein paar Minuten, bis die Luft rein war, dann verließ ich schnell Drakes Büro. Das war knapp gewesen. Zu knapp. Erst als ich wieder im Auto saß, normalisierte sich mein Herzschlag wieder.

„Wenn wir das das nächste Mal machen", fauchte ich, „tu mir einen Gefallen und halte wirklich Ausschau, ja?"

Ben hatte wenigstens den Anstand, zerknirscht zu

JANE HINCHEY

schauen. „Sorry, mein Fehler. War wohl zu sehr mit der Ermittlungsarbeit beschäftigt."

„Okay." Ich nickte. In Ordnung. Ben war es nicht gewohnt, Schmiere zu stehen. Er war es gewohnt, die Arbeit zu erledigen. Das war uns beiden eine Lektion gewesen. Ich war nur froh, dass ich nicht erwischt worden war. „Also, was denkst du?", fragte ich, als ich losfuhr.

„Worüber?"

„Über die ganze Sache mit Sophie." Ich trommelte mit dem Daumen auf das Lenkrad. „Wusste sie, dass ihr Vater ihren Freund überprüfen ließ? War es nur ein Zufall, dass er sie nach unserem gestrigen Besuch angerufen hat?"

„Obwohl ich nicht an Zufälle glaube, könnte es in diesem Fall einer gewesen sein."

„Ich glaube, ich sollte mit Sophie reden", beschloss ich.

„Riskant."

„Riskant ist mein zweiter Vorname."

„Nein, dein zweiter Vorname ist–"

„Wenn du das sagst, rede ich nie wieder mit dir!" Ich starrte ihn wütend an. Seine Antwort war ein breites Grinsen. „Was weißt du über Sophie?", fragte ich, um ihn abzulenken.

„Wenn ich mich erinnern könnte, würde ich es dir sagen."

Verdammt, das hatte ich vergessen. Postmortale Amnesie. Wie ungünstig. Ich hielt mich am Lenkrad fest und fuhr zu Bens Haus, oder wie er vorschlug, es zu nennen – zum Büro. Ich stellte mein Auto auf der Straße ab und lächelte breit, als sich Mrs Hills Vorhänge bewegten. Ich winkte, woraufhin sie schnell wieder an ihren Platz zurückfielen, und ich sah sie vor meinem geistigen Auge, wie sie eilig vom Fenster zurücktrat, als hätte ich nicht gesehen, wie sie mir nachspionierte.

„Wo bist du gewesen? Ich bin am Verhungern!" Thor begrüßte mich an der Tür, und ein schlechtes Gewissen veranlasste mich, ihn in meine Arme zu nehmen und zu kuscheln. „Es tut mir leid. Ich –" Ich wollte ihm gerade sagen, dass ich es vergessen hatte, aber ich verkniff mir die Worte, bevor sie meinen Mund verließen. Ich wollte nicht, dass er wusste, dass ich ihn vergessen hatte. Außerdem, was hatte ich mir dabei gedacht, diese Katze zu knuddeln? Ich wollte ihn gerade absetzen, als er mit dem Kopf an mein Kinn stieß. Ich erstarrte. Wollte er mein Gesicht angreifen?

„Oh, seht euch nur an", gurrte Ben. „Ist das schön."

„Schön?", quietschte ich, während ich immer noch wie erstarrt diesen übergewichtigen Wonneproppen mit bösen Wahnvorstellungen im Arm hielt. Aber das Schnurren, das Thor von sich gab, verriet mir, dass er mich gar nicht so sehr ablehnte, wie er es vorgab. Entweder das oder er war einfach unglaublich dankbar, dass ich gekommen war, um ihn vor dem drohenden Verhungern zu retten.

„Komm, wir geben dir was zu essen. Und ich sollte

dir wirklich ein paar neue Schüsseln besorgen, was?" Ich trug das Fellknäuel ins Haus und setzte es in der Küche ab, während ich das Trockenfutter aus der Speisekammer holte.

„Danke, Mensch." Thor schlängelte sich zwischen meinen Knöcheln hindurch, und ich war kurz davor, hinzufallen, aber die Götter mussten mir wohl milde gestimmt gewesen sein, denn ich behielt das Gleichgewicht, schüttete das Futter in Thors Schale und brachte den Futtersack zurück in die Vorratskammer – alles ohne Zwischenfälle. Und dann war da noch die Kaffeemaschine. Diese Höllenmaschine. Ein Kaffee im Hotel hatte das Schlimmste abgewendet. Aber wenn ich weiter funktionieren wollte, brauchte ich mehr davon.

„Kannst du mir zeigen, wie man sie benutzt?" Ich schüttelte den Kopf über die Maschine mit all ihren glänzenden Reglern und Knöpfen und sehnte mich sehnsüchtig nach meiner ach so einfachen Kaffeemaschine.

„Klar."

Bens Maschine war die Art, bei der man Bohnen einfüllte, einen Knopf drückte und die Maschine die Bohnen mahlte und den Kaffee zubereitete. Es gab einen Aufschäumer und über ein Dutzend Kaffeevariationen, die ich zubereiten konnte. Ich blieb bei meinem sehr einfachen, sehr leichten, großen Kaffee. Ich musste entweder diese Maschine beherrschen oder Instantkaffee kaufen, und ich weigerte mich, Instantkaffee zu kaufen. Ich war keine Heidin.

Ich kochte Kaffee, trug ihn in Bens Büro und setzte mich an den Schreibtisch.

„Richtig, Sophie Drake. Wer bist du?" Ich schüttelte die Maus, um den Computer aufzuwecken, öffnete den Browser und hielt dann inne. „Muss ich deinen Browserverlauf löschen?", fragte ich vorsichtig, als mir ein schrecklicher Gedanke kam.

Ben schnaubte. „Nein. Warum?"

„Ach, nur so." Ich spielte kurz an meinen Haaren und ging dann auf die Facebook-Seite. Der beste Ort, um eine junge Frau zu stalken? Die sozialen Medien. „Ich will nur sichergehen, dass ich nicht über etwas stolpere, was ich nicht sehen soll."

„Oh, nein. Alles gut." Dann zwei Sekunden später. „Ooooh! Du meinst Pornos!"

Ich schüttelte den Kopf und atmete lautstark aus. „Ja. Pornos. Daher meine Frage. Muss ich deinen Browserverlauf löschen, weil ich nicht will, dass versehentlich etwas aufpoppt?"

„Aufpoppt!" Ben brüllte vor Lachen.

„Du bist so kindisch." Ich ignorierte ihn und begann meine Suche nach Sophie. Es gab ein halbes Dutzend Sophie Drakes mit Profilen auf Facebook, aber nur eine lebte in Firefly Bay. Ich klickte es an.

Ben hatte sich wieder unter Kontrolle und murmelte: „Es gibt keine Pornos. Du bist in Sicherheit."

„Danke dem Herrn für diese kleine Gnade." Ich las

Sophies Profil. Sie war zwanzig Jahre alt, also nicht mehr der junge Teenager, für den ich sie gehalten hatte, sondern nur noch einen Hauch davon entfernt, erwachsen zu sein. Sie war ebenfalls Studentin, wohnte aber nicht zu Hause, sondern auf dem Campus. Interessant. Ich fragte mich, ob sie damit ihrem kontrollierenden Vater entkommen wollte. Den Freund Ihrer Tochter überprüfen zu lassen, war ziemlich ungewöhnlich. Die meisten ihrer Beiträge waren öffentlich und ich nahm mir vor, mit ihr über Cyberstalking und den Schutz im Internet zu sprechen. Dann stürzte ich mich auf sie und blätterte durch alle ihre Fotos. Mehr als eine Stunde war vergangen, als mich ein Klopfen an der Haustür aus meinen voyeuristischen Aktivitäten aufschreckte. Sophie war eine sehr attraktive Blondine und führte ein sehr aktives soziales Leben.

Da ich meine Flipflops ausgezogen hatte, lief ich barfuß zur Tür und öffnete sie, während Ben hinter mir irgendetwas von wegen Sicherheit murmelte.

„Oh hey", begrüßte ich Detective Galloway. „Ich hatte nicht erwartet, Sie so schnell wiederzusehen."

Er schenkte mir ein Lächeln. „Ich dachte, ich komme vorbei und unterschreibe die Papiere."

„Die Papiere?" Oh, Mist. Der Schulkram. Mit der Ankunft meiner Familie gestern Abend – und der anschließenden Flasche Rotwein – hatte ich das völlig vergessen. Ich kaute auf meiner Lippe, die Schuld stand mir ins Gesicht geschrieben.

„Sie haben es vergessen, hm?" Er stützte einen Unterarm auf den Türpfosten und nahm eine Pose ein, die direkt aus einem Liebesroman stammte.

„Sorry." Ich neigte den Kopf ein wenig und klimperte mit den Wimpern. „Kommen Sie doch rein. Wir können das doch jetzt machen. Falls Sie etwas Zeit mitgebracht haben."

Ich trat ein wenig zurück und deutete an, dass er eintreten könne, wenn er wolle. Das tat er. Er schenkte mir ein weiteres Lächeln, als er vorbeiging, und meine Nase hob sich, um die Luft in seinem Kielwasser zu schnuppern, wobei der Duft seines Eau de Cologne seltsame Dinge mit meinem Inneren anstellte. Meine Augen fielen mir fast in den Hinterkopf. Hmm. So schön.

„Fitzgerald, schalt dein Hirn wieder ein", flüsterte Ben mir ins Ohr und ich fuhr zusammen. Erwischt.

Ich folgte Galloway, die Augen klebten an seinem in Jeans gekleideten Hintern und ich schimpfte die ganze Zeit mit mir selbst, weil ich ihn auf diese Weise anstarrte. Aber Mann, er war genau richtig gebaut, und ich konnte einfach nicht anders. Er war eine Mischung aus Cowboy und Cop – und während der Cop-Teil ein Stimmungskiller war, machte der Cowboy-Teil dies mehr als wett.

„Sie haben also alles erledigt." Galloway stand im Wohnbereich, die Hände in die Hüften gestemmt, und betrachtete den nun aufgeräumten Raum um sich herum.

„Ja, tut mir leid. Es war ein bisschen spät in der Nacht mit meiner Familie", sagte ich.

„Sie müssen sich nicht entschuldigen. Sie haben viel zu tun, das verstehe ich. Aber ich muss zugeben, dass ich auch aus einem anderen Grund hier bin."

Mein Herz schlug schneller, und mein Magen machte vor freudiger Erwartung einen kleinen Purzelbaum. Er wollte sich mit mir verabreden. Ich wusste es. Ich musste mir auf die Zunge beißen, um nicht mit einem Ja herauszuplatzen, bevor er die Frage überhaupt gestellt hatte.

„Ich bin Bens Tabellenkalkulation durchgegangen und habe einige Links zu gescannten Dokumenten gefunden, die nicht auf den USB-Stick kopiert worden sind. Könnte ich von denen auch noch eine Kopie bekommen?", fragte er.

Ich wusste, dass mein Mund offen stand. Ich spürte es. Hinter Galloways linker Schulter sah ich Ben lachen, und mein Gesicht erhitzte sich vor Verlegenheit. Ich wollte, dass sich der Boden öffnete und mich verschluckte.

„Sicher", krächzte ich und mein Mund schnappte zu. Wenigstens hatte Galloway nicht mitbekommen, was vor sich ging, na ja, irgendwie schon.

Er sah mich stirnrunzelnd an und legte den Kopf schief. „Alles in Ordnung?"

„Klar. Klar." Ich nickte. Er wusste nicht, dass ich auf ihn stand, und ich beschloss, dass es am besten so bleiben sollte, egal, was meine Eierstöcke meinem

Gehirn gerade zugerufen hatten. Wir mussten zusammenarbeiten. Er war im Begriff, mein Betreuer zu werden. Arbeit und Vergnügen zu vermischen war nie eine gute Idee. Nach dieser kleinen Aufmunterung straffte ich meine Schultern und schenkte ihm ein strahlendes Lächeln. „Kaffee?" Ich wartete seine Antwort nicht ab, sondern drehte mich auf dem Absatz um und ging ins Büro, um meine Tasse zu holen. „Ich habe mich hier eingerichtet", sagte ich über meine Schulter.

Galloway folgte mir. Ich ließ ihn auf den Monitor und die Fotos von Sophie Drake starren, während ich Kaffee kochte. Ich forderte Ben mit einem Kopfstoß auf, mir zu folgen. Über den Lärm der Kaffeemaschine hinweg flüsterte ich: „Du musst dich entweder rar machen oder mich nicht ablenken, wenn ich mit Galloway arbeite."

„Ach, so nennt man das heutzutage, arbeiten?", stichelte Ben. Ich schlug ihm auf den Arm, aber er war natürlich nicht fest, sodass meine Hand durch ihn hindurchging und gegen die Seite des Schranks prallte.

„Aua." Ich rieb mein Handgelenk und starrte ihn an. „Du weißt, was ich meine. Wenn ich nicht in einer psychiatrischen Anstalt landen will, muss ich mich in seiner Nähe konzentrieren. Er ist darauf trainiert, Dinge zu sehen, die andere nicht sehen. Glaubst du nicht, dass er solche Sachen bemerkt?" Ich zeigte wie wild von mir zu Ben und wieder zurück.

„Okay, okay, reg dich nicht auf. Ich verspreche, dass

ich mich im Hintergrund halte und keinen Mucks von mir gebe."

Ich beäugte ihn noch einen Moment. Zwischen einer sprechenden Katze und Bens Geist würde es eine gewaltige Anstrengung sein, Galloway nichts zu verraten. Von meiner hormonellen Reaktion auf Captain Cowboy Hotpants wollen wir gar nicht erst reden. Nein. Die packen wir in ein winzig kleines Kästchen, schließen den Deckel und werfen den Schlüssel weg.

KAPITEL 18

✦

„Ich hätte nicht gedacht, dass sie Ihr Typ ist", sagte Galloway, als ich mit zwei Kaffee im Gepäck ins Büro zurückkehrte.

Verwirrt reichte ich ihm seinen Becher. Er studierte den Monitor und die Bilder von Sophie. „Oh!" Endlich fiel der Groschen. „Das ist sie nicht. Das ist einer von Bens Fällen. Eigentlich nicht sie, sondern ihr Vater." Ich fragte mich, ob ich Galloway erzählen sollte, woran ich arbeitete. Ich meine, wenn er mein Betreuer werden würde, müsste ich sowieso Informationen weitergeben, aber mit der Polizei zu kooperieren, war gewöhnungsbedürftig.

Es war, als ob er sehen konnte, wie sich die Rädchen in meinem Kopf drehten, er kannte die Gedankengänge, die wie bei einer schlechten Partie Bier-Ping-Pong hin und her sprangen.

„Ich werde es Ihnen leicht machen." Er nahm seine

Tasse in beide Hände und sah mich ernst an. „Ich sehe schon, dass Sie Zweifel haben, ob Sie mir vertrauen können. Und ich verstehe das. Ich weiß, was mit Ben passiert ist. Ich weiß, dass er ungerecht behandelt wurde, und wenn ich dabei gewesen wäre, als er noch bei der Polizei war, glauben Sie mir, dann wäre das nie passiert."

„Das lässt sich leicht sagen. Im Nachhinein", betonte ich.

Er legte den Kopf schief. „Gutes Argument. Aber Sie wissen, dass ich daran arbeite, das zu ändern. Seien Sie also ehrlich zu mir. Warum zögern Sie so, mir zu sagen, woran Sie arbeiten?"

„Ich mache mir Sorgen, dass Sie sich den Fall unter den Nagel reißen. Dass Sie die Lorbeeren einheimsen. Sie schnappen sich alles und behaupten, es sei ein Beweismittel in der Mordermittlung und lassen mich mit nichts zurück." Die Worte kamen überstürzt und so schnell, dass selbst ich Mühe hatte, sie zu verstehen.

Aber Galloway hatte das Wesentliche verstanden. Er stellte seine Tasse auf den Schreibtisch, hielt eine Hand über sein Herz und die andere nach oben, die Handfläche zu mir gewandt, und sagte: „Ich schwöre aufrichtig, dass ich keine Lorbeeren für die Arbeit, die Ben oder Sie geleistet haben, einheimsen werde und dass ich seine Fälle nicht stehlen werde."

Ich lächelte schwach. Jetzt kam ich mir ziemlich dämlich vor.

„Es ist in Ordnung, Fitz", sagte Ben von der Tür

aus. „Sag ihm alles. Ich verbürge mich für ihn." Ich schaute in Bens Richtung. Wenn Ben ihm vertraute, hätte das für mich ausreichen müssen, und ich fragte mich, warum das nicht der Fall war. Lag es daran, dass ich so überwältigend emotional reagierte, wenn er in der Nähe war, dass mein Urteilsvermögen getrübt wurde?

„Okay." Ich schnaubte, zog den Stuhl hervor und setzte mich. Galloway schnappte sich wieder den Holzstuhl aus der Ecke, zog ihn an den Schreibtisch und machte es sich neben mir bequem.

Ich minimierte den Browser, rief die Datenbank von Delaney Investigations auf und ging die offenen Fälle durch, wobei ich Galloway einen Überblick über den Stand der Dinge gab und mit den Aktivitäten von heute Morgen abschloss.

Galloway sah mich mit einer hochgezogenen Augenbraue an. „Sie sind in sein Büro eingebrochen?"

Ich schüttelte den Kopf. „Nein. Es war nicht abgeschlossen. Also kein Einbruch."

Er seufzte und schüttelte den Kopf. „Okay. Damit ist jetzt Schluss. Bleiben Sie auf der richtigen Seite des Gesetzes, okay?"

Wie auch immer. „Der Punkt ist, dass er seine Tochter – die er irgendwie überprüfen ließ – unmittelbar nach meinem Besuch anrief. Ich war neugierig, warum."

Galloway wies auf das Offensichtliche hin. „Könnte es sein, dass er Pläne mit seiner Tochter hatte? Es könnte alles Mögliche sein, was nicht unbedingt mit Ihrem Besuch zu tun hat."

„Vielleicht. Trotzdem. Ich glaube, da ist was dran." Ich hatte mich festgebissen. Ben sagte mir immer, ich solle meinem Bauchgefühl vertrauen, und das sagte mir, dass mehr hinter der Familie Drake steckte. Philip Drake hatte mich viel zu schnell abgewimmelt und darauf gedrängt, den Auftrag abzuschließen.

„Gehen Sie zurück zu Sophies Social-Media-Seite", wies Galloway an. Ich rief die Internetseite auf. „Rufen Sie ihre Fotos auf, die andere Leute von ihr gemacht haben." Ich tat, was er sagte. „Was sehen Sie?"

Ich schaute auf den Bildschirm, auf das Raster kleinerer Bilder, auf denen alle Sophie zu sehen war, aber eines, bei dem sie mit dem Rücken zur Kamera stand, kam mir irgendwie bekannt vor. Dann fiel der Groschen. „Verdammter Mist!" Vor lauter Aufregung sprang ich auf, doch mein Fuß verhedderte sich in einem Stuhlbein, und ehe ich mich versah, lag ich auf dem Rücken und starrte an die Decke.

„Sind Sie okay?", fragte Galloway, dessen Gesicht eine Mischung aus Überraschung und Heiterkeit war.

„Ja, klar." Ich rappelte mich wieder auf und richtete meinen Stuhl auf, bevor ich mich wieder setzte. Ich tat so, als ob nichts geschehen wäre, und rief Bens Überwachungsfotos von Steven Armstrong auf und verglich sie mit Sophies Foto. Gleiches Haar, gleiche Statur. „Könnte das sie sein?" Ich sprach mit mir selbst, aber Galloway antwortete.

„Eine gute Möglichkeit. Was sollten Sie also als nächstes tun?"

„Mit Sophie reden."

„Warum nicht mit Armstrong?"

„Weil er älter ist und es bereits gewohnt ist, seine Frau zu belügen. Er hätte eine Tarngeschichte parat. Es ist wahrscheinlicher, dass ich die Wahrheit aus Sophie herausbekomme. Vor allem, wenn ich ihr diese Fotos zeige."

„Wie das? Was würde das für einen Unterschied machen?"

„Äh, hallo? Eine junge Frau Anfang zwanzig in den sozialen Medien? Besessen von ihrem eigenen Image? Sie wird diese Fotos haben wollen."

Galloway lächelte. „Gute Antwort."

Ich sackte vor Erleichterung zusammen und hatte das Gefühl, eine geheime Prüfung bestanden zu haben. Okay, keine wirklich geheime Prüfung.

„Was ist mit dem nächsten Fall? Der Baxter-Fall. Was sind da Ihre nächsten Schritte?"

„Ich werde die Tagebücher durchgehen, die er mir gegeben hat, und prüfen, ob ich irgendetwas Brauchbares finde. Obwohl ich wirklich nicht weiß, warum Ben diesen Fall angenommen hat. Das verwirrt mich irgendwie."

„Das ist der mit der Hexe, richtig?" Galloway beugte sich über mich und klickte mit der Maus. Die Baxter-Akte erschien auf dem Bildschirm.

„Ja. Ich war neugierig, weil alle drei Fälle auf die

eine oder andere Weise mit dem Firefly Bay Hotel in Verbindung zu stehen scheinen. Ich habe mich gefragt, ob das der Grund war, warum Ben ihn übernommen hat."

„Echt jetzt?" Galloway blätterte durch die Dateien auf dem Bildschirm und scannte die Informationen – Informationen, die ich ihm bereits mitgeteilt hatte. Schließlich lehnte er sich zurück. „Sie haben recht. Aber auch hier könnte es sich um einen reinen Zufall handeln."

Da war es wieder, dieses Wort. Wann haben Sie in der Ermittlerbranche etwas als wirklich zufällig eingestuft und wann als reines Ammenmärchen?

„Ich freue mich, wenn Sie diesen Ermittlungen nachgehen." Galloway nickte.

Ich musste zugeben, dass es mich ärgerte, dass ich seine Erlaubnis einholen musste. Das würden lange zwölfhundert Stunden werden.

„Danke." Ich versuchte, meinen Sarkasmus auf ein Minimum zu beschränken, aber der Sarkasmus war stark und er war ihm nicht entgangen.

„Wollen Sie aussteigen?", fragte er.

Ich schüttelte den Kopf. Nein, das wollte ich nicht. Wortlos rief ich den Link zur Ermittlerschule auf und begann, die Online-Bewerbung auszufüllen. Er sah schweigend zu, dann beugte er sich vor und las auf dem Bildschirm.

„Ihr zweiter Vorname ist–"

„Sagen Sie es nicht!" Ich unterbrach ihn mit einem

Blick. „Dieser Name darf niemals ausgesprochen werden. Wenn wir eine erfolgreiche Arbeitsbeziehung haben wollen, müssen wir uns darüber absolut im Klaren sein."

Er zuckte überrascht zurück, aber ein Lächeln umspielte seine Mundwinkel und das Grübchen blitzte mich an. Verflucht sei er. „Verstanden."

Ich füllte das Formular aus und druckte es aus. Galloway unterzeichnete es. Jetzt musste ich nur noch die Bewerbung abschicken und auf die formelle Zulassung warten.

Nachdem ich die zusätzlichen Dateien gefunden hatte, die er brauchte, kopierte ich sie auf einen zweiten USB-Stick und gab ihn ihm.

„Danke." Er nahm ihn und steckte ihn in seine Tasche.

„Und jetzt?", fragte ich.

„Ich werde diese korrupten Bastarde zur Strecke bringen und Sie werden Sophie Drake befragen und Baxters Tagebücher lesen", sagte er.

Ich runzelte die Stirn. „Das weiß ich", meckerte ich. „Ich meinte … mit uns. Wie soll das funktionieren?"

„Rufen Sie mich einfach an, wenn Sie mich brauchen. Und machen Sie keine Dummheiten. Oder etwas Illegales", fügte er hinzu.

Ich folgte ihm aus dem Büro und zur Eingangstür. Er ging, ohne sich zu verabschieden, und ich sah von der Haustür aus, wie er über den Rasen zu seinem Auto ging. Ich seufzte und Ben, der neben mir stand, verpasste mir einen eisigen Schlag in die Seite, den ich als Ellbogenstoß in die Rippen interpretierte.

„Ja, ja, ich weiß", flüsterte ich. „Hör auf zu sabbern."

Ben gluckste. „Es wird schon klappen, Fitz. Du wirst sehen. Du wirst die Schule mit Bravour meistern."

„Werde ich das?"

„Wieso nicht? Du hast Kade als deinen offiziellen Betreuer und mich, der dir bei jedem Schritt zur Seite stehen wird."

Er hatte recht. „Das fühlt sich fast wie Betrug an."

„Das ist mit Sicherheit ein Vorteil", stimmte Ben zu, „aber in diesem Geschäft lernt man, alles zu benutzen, was einem zur Verfügung steht, um die Arbeit zu erledigen. Und du hast mich. Du kannst nicht scheitern."

„Oh Gott, sag das nicht! Murphys Gesetz tritt in Kraft, wenn du so etwas sagst", protestierte ich.

Eine Autotür schlug zu, und ich wandte meine Aufmerksamkeit wieder Galloway zu, der mir zuwinkte, bevor er losfuhr. Ich sah, wie sich Mrs Hills Vorhänge wieder bewegten und runzelte die Stirn.

„Was?", fragte Ben und folgte meinem Blick. „Gibt es ein Problem?"

„Nein. Mrs Hill ist mit Sicherheit ein vielbeschäftigter Mensch. Ich frage mich gerade, wen wir besser nach Besuchern in den Tagen vor deiner Ermordung fragen können als sie, wo ihre Nase doch ständig an diesem Fenster klebt."

Ben zuckte mit den Schultern. „Darum wird sich die Polizei schon kümmern. Sie haben ihre Aussage bereits aufgenommen."

Er hatte recht. Und ich war nicht erpicht darauf, mit Mrs Hill zu sprechen. Es war ohnehin zweifelhaft, dass sie mir irgendetwas erzählen würde, denn ich war ihr unbeliebtester Mensch auf der Welt. Seufzend kehrte ich ins Haus zurück, schnappte mir meine Tasche und meine Schlüssel, und erst als ich in meinem alten Chrysler davonfuhr, fiel mir auf, dass ich vergessen hatte, Bens Auto zu nehmen. Schon wieder.

*S*ophie Drake?" Ich näherte mich der blonden Frau, die gerade mit offenem Mund posierte und ein Selfie nach dem anderen machte.

„Ja?" Sie sah nicht einmal in meine Richtung. Stattdessen blätterte sie durch die Bilder auf ihrem Handy und seufzte frustriert. „Heute will irgendwie kein Selfie gelingen."

„Tut mir leid, das zu hören." Das tat es mir zwar nicht, aber sie hörte mir sowieso nicht zu.

„Das ist ein Auftrag", erklärte sie, ohne aufzusehen. „Die sozialen Medien. Ich schreibe einen Essay darüber, wie man Influencerin wird."

„Richtig." Eine weitere Minute verging. Dann zwei. Okay, genug war genug. „Tut mir leid, Sie stören zu müssen." Es tat mir nicht leid. „Ich bin Audrey Fitzgerald von Delaney Investigations. Ich hatte gehofft, Ihnen ein paar Fragen stellen zu können. Es dauert nicht lange."

Ihr Kopf ruckte hoch, und ihre blauen Augen musterten mich, wobei sie meine abgewetzten Jeans, mein verblichenes T-Shirt und meine Flipflops betrachtete. Ihr Gesichtsausdruck verriet, dass sie meine Modewahl nicht guthieß. „Wer von wem?", fragte sie.

„Audrey Fitzgerald", wiederholte ich. „Delaney Investigations."

„Was soll das sein? Ist das ein Gesundheitsdienst oder so etwas?" Sie runzelte die Stirn.

Ich musste lachen und bemerkte dann, dass sie es ernst meinte. „Nein, das ist ein privates Ermittlungsbüro."

„Und was ermitteln Sie?"

„Alles Mögliche."

„Zum Beispiel?"

„Hintergrundüberprüfungen, vermisste Personen, betrügende Ehepartner, verlorengegange Haustiere." Ich zählte Fälle auf, von denen ich wusste, dass Ben in der Vergangenheit daran gearbeitet hatte, und beobachtete ihre Reaktion. Sie blinzelte und ihre dichten Wimpern streiften ihre Wangen. Sie waren lang und üppig und ich fragte mich, ob sie echt waren.

„Oh." Endlich ging ihr ein Licht auf. „Wie ein Detektiv. Jetzt verstehe ich." Sie lächelte strahlend, dann wandte sie sich wieder ihrem Telefon zu. Also. Keine Reaktion auf mich oder meinen Beruf.

„Ich muss Ihnen eine ziemlich heikle Frage stellen."

Sie schaute auf. „Aha?"

„Ist Ihnen bekannt, dass Steven Armstrong verheiratet ist?" Ich missbrauchte zwar nicht gerade das Vertrauen eines Klienten, aber ich schrammte knapp an der Grenze vorbei. Ben hatte mir eingetrichtert, dass ich ihr nicht erzählen durfte, dass ihr Vater ihn beauftragt hatte, ihren Freund zu überprüfen. Oder dass Stevens Frau ihn angeheuert hat, um zu beweisen, dass er eine Affäre hatte.

Ihre Lippen verzogen sich zu einer geraden Linie und ihre Augen verengten sich, als sie mich wieder von oben bis unten musterte. „Ja, aber das ist unwichtig. Wir lieben uns." Sie schniefte. „Er wird diese Spaßbremse von Ehefrau verlassen."

„Weiß Ihr Vater davon?"

„Ha." Sie schnaubte. „Er glaubt, ich date diesen zugedröhnten Loser Logan Crane."

„Tun Sie das nicht? Mit Logan ausgehen?" Mein Blick wanderte zu Ben, der über Sophies Schulter spähte und versuchte, einen Blick auf ihr Handy zu erhaschen.

„Als ob. Das habe ich nur gesagt, um Dad zu ärgern. Sieht aus, als hätte es funktioniert." Sie schaute mich wieder an, dann zitterte sie und rieb sich den Arm, an dem Ben sie berührt hatte.

Er trat einen Schritt zurück. „Sie hat nichts auf ihrem Handy außer Fotos von sich selbst", sagte er mir.

„Ich nehme an, Dad hat Sie angeheuert, damit Sie Logan in den Dreck ziehen, und stattdessen haben Sie mich mit Steven erwischt?", fragte sie, nicht im Geringsten überrascht, dass ihr Vater so etwas tun würde.

„Hat er das schon einmal gemacht? Einen Privatdetektiv engagiert?", fragte ich. Diese Beziehung zwischen Vater und Tochter machte mich neugierig. Was hatte er gesagt? Dass sie ihn anlog? Sich aus dem Haus schlich? Aber sie wohnte auf dem Campus, sie musste sich nicht hinausschleichen, sie konnte kommen und gehen, wie sie wollte.

Sie erschreckte mich, indem sie lachte, ein Lachen, das tief aus dem Bauch kam. Ich wartete, bis sie sich wieder unter Kontrolle hatte. „Dad hat mir mein ganzes Leben lang nachspioniert", erklärte sie. „Was glauben Sie, warum ich hier wohne? Ich wusste, dass es ihn nicht aufhalten würde, aber ich dachte mir, wenn ich ihm Logan gebe, wird er auf die falsche Fährte gelockt und ich habe für eine Weile meine Ruhe."

Ich schaute zu Ben hinüber. Soweit ich wusste, war dies sein erster Auftrag für Philip Drake gewesen. „Es muss … ärgerlich sein … wenn der eigene Vater so etwas tut." Ärgerlich genug, um den Privatdetektiv zu töten, den Ihr Vater engagiert hatte?

Sie zuckte mit den Schultern. „Sicher. Manchmal. Um ehrlich zu sein, dachte ich, es hätte aufgehört. Der

Mann, mit dem Dad gearbeitet hatte, weigerte sich irgendwann, weitere Aufträge anzunehmen. Ich weiß nicht, vielleicht hatte er ein schlechtes Gewissen? Oder hat es vielleicht etwas damit zu tun, dass ich Anzeige wegen Stalking erstattet habe?" Sie zuckte erneut mit den Schultern, aber der Blick, den sie mir zuwarf, war verschlagen. Sie sah vielleicht aus wie ein blondes Dummchen, aber irgendetwas sagte mir, dass Sophie Drake ziemlich bauernschlau war.

„Interessant." Ich zückte mein Handy und machte mir eine Notiz, um herauszufinden, wer dieser Ermittler gewesen war. Soweit mir bekannt war, war Ben der einzige Privatdetektiv in Firefly Bay, aber in einer Stadt von der Größe Portlands gab es wahrscheinlich ein Dutzend Privatdetektive, wenn nicht mehr.

„Was?" Sophie runzelte die Stirn und schaute dann auf mein Handy, als ob sie durch das zerkratzte Display lesen könnte, was ich schrieb. Ich hielt es vorsichtshalber an meine Brust. Sie schien jetzt aufgeregt zu sein, und das machte mich neugierig.

„Ich untersuche den Mord an meinem Freund. Privatdetektiv Ben Delaney."

Jede Farbe wich aus ihrem Gesicht. „Was? Ich habe niemanden ermordet!"

Ich zog die Augenbrauen hoch. „Das habe ich nicht gesagt", erklärte ich ruhig. „Aber nach dem, was Sie mir gerade erzählt haben, sind Sie nicht abgeneigt, die Dinge selbst in die Hand zu nehmen, falls Sie herausgefunden haben, dass Ihr Vater einen anderen Privatdetektiv angeheuert hatte."

„Ich wusste nicht, ob er es getan hat oder nicht", schimpfte sie, und die Farbe kehrte in einem Anflug von Rosa auf ihre Wangen zurück. „Aber ich nahm an, dass er es tun würde … irgendwann."

„Daher die Lüge über Logan. Damit Ihr Vater beschäftigt war, während Sie eine Affäre mit einem verheirateten Mann hatten." Meine Worte waren absichtlich unverblümt. Ich hieß das Verhalten dieser jungen Frau nicht im Geringsten gut. „Außerdem ist der Altersunterschied ziemlich groß", fuhr ich fort. „Sie wissen, dass er fünfunddreißig ist? Also fünfzehn Jahre älter als Sie."

„Ich mag ältere Männer", antwortete sie schmollend und verschränkte die Arme vor der Brust.

„Ich möchte Ihnen einen Rat geben. Wenn das alles ans Licht kommt – und das wird es –, werden Sie am Ende als Verliererin dastehen. Man wird Sie als die andere Frau bezeichnen. Die Ehebrecherin. Es spielt keine Rolle, dass Steven derjenige ist, der betrügt. Es wird Ihr Ruf sein, der in den Schmutz gezogen wird."

Sie keuchte. „Sie dürfen es niemandem sagen. Das verstößt gegen die Schweigepflicht."

„Ich bin weder Anwalt noch Arzt", erklärte ich, „also trifft das auf mich nicht zu, und außerdem hat Ihr Vater Delaney Investigations nicht beauftragt, Ihnen zu folgen. Aber Sie haben recht, ich werde es niemandem sagen. Das ist nicht meine Art." Ich sah sie von oben bis unten an. „Sie scheinen eine kluge Frau zu sein, also lassen Sie mich Ihnen einen Rat geben, von Frau zu Frau. Einmal ein Betrüger, immer ein Betrüger."

„Steven würde mich nie betrügen!", keuchte sie.

Ich schüttelte den Kopf über ihre Naivität. „Nicht? In wessen Bett schläft er jede Nacht? Wem gibt er einen Guten-Morgen-Kuss? Er könnte Ihnen sagen, dass er seine Frau nicht mehr liebt oder dass ihre Ehe vorbei ist, aber wie auch immer er es dreht und wendet, er ist immer noch dort. Bei ihr. Denn was er Ihnen erzählt hat, ist Blödsinn. Er wollte Sie nur ins Bett bekommen. Und ich wette mit Ihnen um hundert Dollar, dass er ganz sicher Sex mit seiner Frau hat."

„Wow!", rief Ben, „ziemlich harter Tobak!"

„Aber wahr." Ich nickte nachdrücklich. Sophie wirkte verwirrt, denn natürlich sprach ich mit einem Geist. Verdammt, dabei hatte ich das doch so gut im Griff gehabt. Ich räusperte mich und versuchte, den Ausrutscher zu vertuschen. „Sie sind jung, Sophie. Sie haben Ihr ganzes Leben noch vor sich. Ihnen bleibt noch viel Zeit, den richtigen Mann zu finden. Und ein Mann, der mit einer anderen verheiratet ist, ist nicht der Richtige. Ich denke, das wissen Sie auch? Und vielleicht haben Sie diese Beziehung gewollt, um sich an Ihrem Vater zu rächen, aber letzten Endes werden Sie es sein, die bei all dem am meisten verletzt wird."

KAPITEL 19

&

Anstatt meinen maroden Chrysler auf der Straße zu parken, stellte ich ihn in der Garage neben Bens Nissan ab. Vielleicht würde ich jetzt daran denken, sein Auto zu nehmen, und meine alte Rostlaube ihren Ruhestand genießen zu lassen.

Ben hatte mich auf dem ganzen Heimweg über meine Rede vor Sophie ausgequetscht und war überzeugt, dass ich aus Erfahrung gesprochen hatte. Ich versicherte ihm, dass dem nicht so war. Ich hatte noch nie eine Affäre mit einem verheirateten Mann gehabt und man hatte mich auch nicht betrogen. Aber ich hatte Kolleginnen gehabt, die das getan hatten. Als vorübergehende Mitarbeiterin war ich in das Leben der Menschen hinein- und wieder herausgetreten, aber glauben Sie mir, wenn ich sage, dass ich viele der Auswirkungen dieser Situationen am Arbeitsplatz erlebt habe. Und das war nie schön.

„Oh, gut …", setzte Thor an, als ich die Tür öffnete, die von der Garage zum Haus führte.

„Sag es nicht", schnitt ich ihm das Wort ab. „Bist du am Verhungern?"

„Sehr gut, Mensch. Du lernst schnell." Sein britischer Akzent verblüffte mich immer noch, und ich grinste, als er auf dem Weg in die Küche neben mir her trottete. Wie vorhergesagt, befand sich immer noch Futter in seinem Napf. Anstatt mehr hinzuzufügen, griff ich nach unten und ordnete die Reste neu an, wobei ich lediglich die leere Stelle in der Mitte der Schüssel zudeckte. Thor bemerkte es nicht einmal. Er dachte, er hätte mehr zu fressen. Ich nahm die zweite Müslischale, in der sich noch etwas Wasser befand, und trug sie zum Spülbecken, um sie zu säubern und nachzufüllen.

„Als du die Fotos gemacht hast, auf denen Steven Sophie küsst, hättest du erkennen müssen, wer sie ist", sagte ich währenddessen zu Ben.

Er lehnte an der Küchenbank, die Beine an den Knöcheln gekreuzt. „Ja", stimmte er zu.

„Daher frage ich mich, warum du die Fälle wegen dieser Verbindung nicht abgeschlossen hast. Sophie. In beiden Fällen war sie nicht die Person, die du überprüfen solltest, aber sie steckte in beiden Fällen mittendrin. Ich glaube, du hattest vor, mit ihr zu sprechen, so wie ich es heute getan habe. Rein technisch gesehen hat sie nichts falsch gemacht. Sie ist volljährig, sie kann treffen, wen sie will, aber moralisch …"

Ben nickte. „Du hast recht. Wahrscheinlich wollte ich ihr mit meiner Polizistenstimme einen Vortrag über die Konsequenzen unserer Entscheidungen halten."

„Wie viel wiegst du? Achtzig Kilo?" Ich maß ihn aus den Augenwinkeln heraus.

„So ungefähr." Er zuckte mit den Schultern.

„Und Sophie? Sie ist etwa ein Meter siebzig groß und wiegt vielleicht fünfundfünfzig Kilo. Ist also ziemlich schmal."

„Ja, das passt", stimmte er zu. „Und ich weiß, worauf du hinauswillst. Sie hätte ziemliche Mühe gehabt, mich in den Wald zu schleppen."

„Ist dir aufgefallen, dass der Rasen nicht zertreten war? Die Schleifspuren fangen erst an, wenn man in den Wald kommt."

Er sah mich an. „Du hast recht." Schließlich sagte er: „Das ist mir überhaupt nicht aufgefallen." Ehe ich mich versah, war Ben zur Hintertür hinaus und auf Händen und Knien dabei, das Gras zu untersuchen. Kopfschüttelnd stellte ich die Schüssel mit Wasser für Thor ab.

„Hast du gesehen, wer es war?", fragte ich die Katze. Mir fiel auf, dass keiner von uns daran gedacht hatte, den einzigen anderen Bewohner des Hauses zu fragen, ob er etwas gesehen hatte.

Thor machte eine Fresspause, lehnte sich zurück

und leckte sich mit der Zunge die Schnauze. „Das habe ich nicht", antwortete er. „Ich war nebenan und habe den Hund geärgert."

„Du bist das! Du bist der Grund, warum Percy so viel bellt, nicht wahr? Du zankst ihn!"

Thor gähnte. „Kann ich was dafür, dass er ein erbsengroßes Gehirn hat, das er nicht benutzt?"

„Thor, das ist unhöflich. Und gemein", schimpfte ich und hatte Mitleid mit Percy, dem Mops. Jetzt hatte ich ein schlechtes Gewissen, weil ich mich immer bei Mrs Hill über das Bellen ihres Hundes beschwert hatte, obwohl Thor ihn überhaupt erst aufgeregt hatte. Thor sah mich nur an und aß dann weiter, ohne sich darum zu scheren.

„Ich brauche einen Kaffee", murmelte ich und machte mir eine Tasse, während Ben auf dem hinteren Rasen herumkroch und Thor sein Gesicht ins Futter steckte. Ich notierte mir, dass ich recherchieren musste, wie viel ich ihm füttern sollte, denn bei dem Tempo, das er an den Tag legte, würde er bald ein übergewichtiger Kater sein. Mit dem Kaffee in der Hand stellte ich mich endlich dem, was ich bisher vermieden hatte. Brett Baxters Tagebücher. Ich streckte mich auf dem Sofa aus, die Tasche mit den Büchern lag auf dem Boden. Ich zog das Erste heraus und begann zu lesen. Eines wurde mir schnell klar. Sie waren unglaublich langweilig. Auf den ersten Blick hatte es in Bretts Wohnung faszinierend ausgesehen, und ich hatte mich etwas unwohl bei dem Gedanken gefühlt, dass Brett Gespräche aufzeichnete und im Grunde die Gäste des Hotels ausspionierte. Aber jetzt, wo ich tatsächlich eines las? Wie langweilig. Eine detaillierte Aufzeichnung der Modewahl eines jeden Gastes mit Angabe des Ortes, an dem er die Kleidungsstücke gekauft hatte, der Preisklasse und ob er sie für geschmackvoll hielt oder nicht. Ich blätterte durch die Seiten und überflog die Modekommentare, bevor ich das erste Heft zur Seite legte. Jetzt fehlten nur noch acht.

Durchaus möglich, dass ich einnickte, denn das Nächste, woran ich mich erinnerte, war ein Klopfen an der Haustür, und ich hatte ein Buch im Gesicht. Ich rappelte mich auf und schob das Buch und Thor, der sich neben mir zusammengerollt hatte, beiseite. Verschlafen warf er mir einen anklagenden Blick zu, bevor er sich widerwillig an das Ende des Sofas verzog, wo er sein Nickerchen fortsetzte.

Das Klopfen hielt an. Ich richtete mein T-Shirt und schaute aus dem Fenster in den Garten. Ben war immer noch mit der Untersuchung des Rasens beschäftigt, obwohl er sich jetzt an der Grenze seines Grundstücks befand, wo das Gras in Erde überging.

Ich stolperte zur Haustür und nahm an, es sei Detective Galloway, also riss ich die Tür auf und bellte: „Was?"

Nur war es nicht Galloway, der mit erhobener Faust dastand. Es war Steven Armstrong. Er stürmte herein und schob mich aus dem Weg. Ich geriet ins

Schwanken und streckte eine Hand aus, um mich zu fangen. „Hey! Das war ziemlich unhöflich", rief ich ihm nach. Jetzt, wo er im Haus war, wusste er nicht, wohin er gehen sollte, also drehte er sich auf dem Absatz um und starrte mich an, die Hände in die Hüften gestemmt. Ich konnte nur annehmen, dass er einen Anruf von Sophie erhalten hatte.

„Sie spionieren mir nach!", blaffte er mich an.

„Nein, das tue ich" – ich zeigte auf mich – „nicht." Was auch stimmte. Ich war das nicht gewesen. Aber das war Haarspalterei.

„Sie haben Sophie gesagt, dass Sie von unserer Beziehung wissen."

„Ja, dieser Teil stimmt." Ich nickte. Ich hatte keine Angst vor ihm, obwohl ich wusste, dass er wollte, dass ich das hätte. Er tobte und war wütend und dachte, er könne mich einschüchtern, indem er sich vor mir aufbaute. Offensichtlich hatte er mich noch nicht kennengelernt. Ein spitzes Knie in der Leistengegend würde ihn zu Fall bringen, und wenn er noch näher käme, würde er das am eigenen Leib erfahren.

„Warum?" Er heulte das Wort fast, so flehentlich klang seine Stimme.

„Oh, war es ein Geheimnis?" Ich klimperte mit den Wimpern und drückte meine Handfläche an die Brust, um ihn zu verhöhnen. „Was ist denn los? Wollen Sie nicht, dass Ihre Frau davon erfährt?"

„Du Schlampe", knurrte er. Ich sah die Faust kommen und anstatt auszuweichen, trat ich vor, hob einen Arm zur Abwehr und rammte ihm gleichzeitig mein Knie in die Leiste. Sehr fest. Sein Schlag wurde von meinem Unterarm abgewehrt, tat aber trotzdem höllisch weh. Sein seltsames Miauen war unglaublich befriedigend und besonders süß, als er mich mit aufgerissenem Mund und schmerzverzerrtem Blick ansah. Seine Hände umklammerten seine Kronjuwelen, und er kippte ganz langsam zur Seite und rollte sich auf dem Boden des Eingangsbereichs zu einem Ball zusammen. Da ich davon ausging, dass er zumindest für ein paar Minuten außer Gefecht gesetzt sein würde, holte ich mein Telefon aus dem Wohnzimmer und rief Galloway an.

„Audrey", antwortete er.

„Wenn mich jemand in meiner eigenen Wohnung schlägt und ich ihm in die Eier trete … ist das dann ein tätlicher Angriff?", fragte ich im Plauderton und ging zurück, um ein Auge auf Steven zu werfen, der immer noch in der Fötusstellung zusammengerollt war.

„Das wäre Selbstverteidigung Ihrerseits. Und ein tätlicher Angriff der Gegenpartei. Die Frage ist doch hypothetisch, oder?", fragte er mit einem Hauch von Resignation in der Stimme.

„Leider nein."

„Sind Sie in Gefahr? Wo ist diese Person jetzt?"

„Auf dem Fußboden. Möglicherweise weint sie gerade", fügte ich hinzu und schaute das wehleidige Etwas an, das sich als Mann ausgab.

„Bin schon unterwegs." Er legte auf und ich hörte

das Freizeichen. Ich weiß nicht, was in dem Moment in mich fuhr, aber ich machte ein Foto. Für meine persönliche Sammlung, redete ich mir ein. Ich würde es nie in den sozialen Medien veröffentlichen. Allerdings würde es jedem Mann, der meinte, es sei in Ordnung, eine Frau zu schlagen, als praktische Erinnerung dienen. Ich lehnte mich mit dem Rücken an die Wand, verschränkte die Arme und wartete auf Galloway. Ab und zu bewegte sich Steven, stöhnte und schniefte abwechselnd. Ich legte den Kopf schief, beobachtete ihn und fragte mich, ob ich ihn ernsthaft verletzt hatte. Ich nahm an, dass es möglich war, aber so wahr mir Gott helfe, ich hatte kein schlechtes Gewissen dabei.

Ich hörte die Sirene wenige Sekunden, bevor die Reifen vor der Tür quietschten. Ich trat über Steven hinweg zur Haustür, öffnete sie und sah zu, wie Galloway die Einfahrt hinaufging. Ich merkte mir, dass er auf dem Weg zu mir genauso gut aussah wie auf dem Weg von mir weg.

Galloway ließ seinen Blick über mich gleiten, als wolle er sich vergewissern, dass mir nichts fehlte, und sah dann über mich hinweg zu dem Mann, der sich drinnen zusammengerollt hatte. Er machte ein strenges Gesicht, aber ich konnte erkennen, dass er ein Grinsen unterdrückte.

„Okay. Erzählen Sie mir, was passiert ist", sagte er.

Also sagte ich ihm, was Steven vor seinem fehlgeschlagenen Angriff gesagt hatte.

In dem Moment kam Ben zurück, beäugte Steven, der sich kaum rührte, und sah dann zu mir und Galloway. „Was ist passiert?" Seine Stimme klang schockiert, und ich warf ihm einen Blick zu, um ihm zu zeigen, dass ich ihm kaum antworten konnte, da Detective Galloway direkt vor mir stand.

Galloway nickte. „Das ist ein guter Schachzug", sagte er, als ich ihm beschrieb, wie ich es geschafft hatte, einen neunzig Kilo schweren, wütenden Mann zu überrumpeln.

Ich grinste. „Der Selbstverteidigungskurs hat sich schließlich als nützlich erwiesen."

„Und Sie sind sicher, dass Sie nicht verletzt sind?", fragte er. Ich hob den Arm, der Stevens Schlag abgewehrt hatte. Das Pochen hatte aufgehört und an meinem Unterarm bildete sich ein schöner blauer Fleck. Galloways Gesicht verfinsterte sich, als er ihn sah. Er wirbelte herum, trat in den Flur und zerrte Steven auf die Beine, der mit einem schmerzhaften Wimmern protestierte.

Doch Galloway hatte keinerlei Mitgefühl. „Hände auf den Rücken", forderte er. Widerwillig ließ Steven seine Kronjuwelen los und tat wie ihm geheißen. „Steven Armstrong, Sie sind wegen Körperverletzung verhaftet. Sie haben das Recht zu schweigen. Alles, was Sie sagen, kann und wird vor Gericht gegen Sie verwendet werden. Sie haben das Recht auf einen Anwalt. Wenn Sie sich keinen Anwalt leisten können, wird Ihnen einer gestellt werden."

Er marschierte mit Steven aus dem Haus, an mir vorbei, zu seinem Auto, dessen Blaulicht immer noch aufleuchtete. Ich folgte ihnen. Nachdem er ihn auf dem Rücksitz gesichert hatte, schlug Galloway die Tür zu und kam dann zurück, um mit mir zu sprechen, als ich am Rande des Rasens stand.

„Ich will keine Anzeige erstatten", sagte ich.

„Zu spät. Ich habe ihn bereits verhaftet." Galloway zuckte mit den Schultern. „Heben Sie den Arm hoch", befahl er. Verblüfft gehorchte ich. Galloway machte mit seinem Handy ein Foto von dem Bluterguss. „Beweissicherung", murmelte er. „Und Sie werden zur Wache kommen und eine Aussage machen müssen."

„Können wir das nicht hier machen?" Ich gebe zu, dass meine Stimme etwas weinerlich klang. Es hatte eine Zeit gegeben, in der ich Ben gerne an seinem Arbeitsplatz besucht hatte. Jetzt tat ich das nicht mehr. Ich verspürte keine Lust, in einem Befragungsraum zu sitzen und zu wissen, dass mich Kameras beobachteten und etwas aufzeichneten, was möglicherweise gegen mich verwendet werden konnten.

„Sie müssen sowieso Ihre Fingerabdrücke abgeben – entspannen Sie sich, nicht als Verdächtige. Wir brauchen sie für Bens Fall, damit wir Ihre und Bens Abdrücke ausschließen können und sehen, was übrig bleibt."

Er hatte recht. Man hatte mir bereits gesagt, dass ich das tun musste, aber ich hatte es so lange vor mir hergeschoben, bis ich es bequemerweise vergessen hatte. Ich war überrascht, dass sie sich nicht schon längst deswegen bei mir gemeldet hatten. Galloway grinste, als würde er meine Gedanken lesen. „Ich wollte Sie für Montag einbestellen. Wenn Officer Jacobs Dienst hat. Ich will nicht, dass Sie auf Mills treffen." Das bedeutete, dass Officer Mills an diesem Wochenende im Einsatz war.

Ich legte den Kopf schief. „Ich weiß das sehr zu schätzen."

„Also dann bis Montag. Vorausgesetzt, Sie können sich so lange aus Schwierigkeiten heraushalten." Er legte seine Hand an die Stirn, als wolle er salutieren, und stieg dann in sein Auto. Ich blieb stehen und sah zu, bis der Geländewagen außer Sichtweite war, und bemerkte, wie sich Mrs Hills Vorhänge bewegten, als ich mich schließlich umdrehte, um wieder hineinzugehen.

KAPITEL 20

„Wie ist es mit dem Gras gelaufen?",
fragte ich Ben, nachdem ich die
Eingangstür hinter mir geschlossen hatte.

„Glaub nicht, dass du mich so leicht ablenken
kannst!" Er schwebte neben mir her und setzte sich in
einen Sessel gegenüber, als ich mich auf dem Sofa
zurücklehnte. Thor war nirgends zu sehen, und ich
nahm an, dass er nach draußen geflüchtet war, als
Steven zu schreien begonnen hatte.

„Hey, mir geht es gut", protestierte ich. Es war zwar
schön, mit Männern zusammen zu sein, die sich für
einen interessieren, aber es konnte auch ein wenig
erdrückend sein. „Ich bin damit fertig geworden. Er hat
mich nicht überrumpelt, ich konnte an seiner
Körpersprache erkennen, dass er wahrscheinlich
irgendwann angreifen würde, und das tat er dann auch.

Außerdem habe ich den Selbstverteidigungskurs besucht, den du mir empfohlen hast, weißt du noch?"

Ben sah nicht glücklich darüber aus, und ich wusste, dass es für ihn frustrierend sein musste, mich nicht beschützen zu können. „Ich nehme an, er war wegen Sophie hier?", meinte er schließlich.

Ich nickte. „Und hat sich damit sein eigenes Grab geschaufelt. Er hatte Angst, dass seine Frau es herausfindet, aber jetzt wird er wahrscheinlich wegen Körperverletzung angeklagt. Außerdem glaube ich nicht, dass er dich getötet hat."

„Nicht? Er ist ein Mann und hat ungefähr die gleiche Größe und Statur wie ich. Er könnte derjenige gewesen sein, den Mrs Hill durch das Fenster gesehen hat."

„Er schien wirklich verzweifelt darüber zu sein, dass jemand von seiner Affäre mit Sophie erfahren haben könnte. Es war eine instinktive Reaktion von ihm, sich hier Zutritt zu verschaffen und seine Verzweiflung an mir auszulassen. Er hat zwar versucht, mich zu schlagen, aber er hatte keine Waffe dabei, um mich zu töten. Wenn er hinter deinem Tod stecken würde, dann wüsste er erstens bereits, dass die Leute davon wissen, und er hätte anders reagiert. Wütend? Ja. Aber nicht überrascht. Er hätte sich besser unter Kontrolle gehabt. Und zweitens hätte er mich nicht so konfrontiert, wie er es getan hat. Wenn er mich zum Schweigen hätte bringen wollen, hätte er besser gewartet, bis es dunkel war, und dann seinen Zug gemacht. So wie er es mit dir gemacht hat – wenn er der Mörder wäre."

„Da hast du recht. Du hast ein Talent dafür, Menschen zu lesen, Fitz."

Ich zuckte mit den Schultern. „Eine Fähigkeit, die man unbewusst während der Zeitarbeit erwirbt. Man wird ziemlich gut darin, Menschen auf den Punkt zu bringen. In der Arbeitswelt kann es brutal zugehen, Ressentiments und Eifersucht sind weit verbreitet." Das Leben als Zeitarbeiterin erinnerte mich sehr an eine Beziehung. Wenn man zu einem Termin erschien, war das so ähnlich, als wäre man die einzige alleinstehende Frau auf einer Party – alle anderen Frauen dachten, man wäre dort, um ihnen den Ehemann zu stehlen – nur dass die Leute bei der Arbeit dachten, man wolle ihnen den Arbeitsplatz stehlen. Alle waren so verdammt unsicher, dass es fast schon traurig war, wenn man darüber nachdachte.

„Der Bluterguss sieht ziemlich schlimm aus." Ben deutete auf meinen Arm. Der Schlag war auf der Unterseite meines Unterarms gelandet und pochte immer noch, obwohl ich Galloway gesagt hatte, dass es nicht wehtat. Er hätte mich ins Krankenhaus geschickt, wenn ich ihm gesagt hätte, dass ich Schmerzen hatte, und ich hatte nicht vor, wegen eines blauen Flecks noch einmal in die Notaufnahme zu gehen.

Ich schaute ihn mir genauer an. Ben hatte allerdings recht, er sah ziemlich übel aus. Das Rot wechselte zu Violett und dunkelblaue Punkte machten sich bereits breit. „Ich denke, ich sollte ihn kühlen." Ich holte eine Packung Erbsen aus dem Gefrierschrank und hielt sie mir unter den Arm.

Ben versuchte, eines von Bretts Tagebüchern zu greifen, hatte aber kein Glück. „Von denen wusste ich nichts." Ich ließ mich auf das Sofa zurücksinken und nickte in Richtung der Bücher, die auf dem Couchtisch lagen. „Sie sind langweilig. Hauptsächlich Modekommentare. Ich habe nichts gefunden, was auch nur im Entferntesten mit Hexerei zu tun hat. Ich frage mich langsam, ob Brett nicht an einer Art Geisteskrankheit leidet."

„Und ich frage mich, warum ich den Fall überhaupt angenommen habe." Ben lehnte sich nach vorne, die Ellbogen auf den Knien, den Kopf tief gesenkt, während er den Teppich unter seinen Füßen untersuchte.

„Hey", sagte ich in einem beruhigenden Ton. „Es ist nicht deine Schuld, dass du dich nicht erinnern kannst. Ich bleibe da dran." Er hob den Kopf und sah mich an. „Wie ist es draußen gelaufen?" Ich nickte in Richtung des Gartens. „Du hast dir das Gras sehr genau angesehen."

Er ließ sich in seinem Stuhl zurückfallen und ahmte meine Pose nach. „Keine Ahnung. Durch die vielen Menschen, die vom Haus zum Tatort und wieder zurückgelaufen sind, ist er völlig zertrampelt."

„Das tut mir leid." Ich verstand, wie frustrierend es war, einer Spur in eine Sackgasse zu folgen. Ich hatte diese neue Laufbahn gerade erst eingeschlagen und dachte bereits an Spuren, Hinweise und Sackgassen.

„Als du die Fotos von Steven machtest, musst du gewusst haben, dass es sich um Sophie Drake handelte." Ich legte den Kopf in den Nacken und starrte an die Decke.

„Ja."

„Was würdest du tun? Jetzt, meine ich? Jetzt, wo wir wissen, dass es Sophie ist, mit der Steven eine Affäre hat. Was wären da deine nächsten Schritte?"

„Ich würde mit ihnen reden", sagte er. Das war genau das, was ich dachte, was er es tun würde. „Obwohl es mich rein technisch nichts angeht, was sie tun, würde es nicht schaden, sie ein wenig aufzurütteln, dass ein Privatdetektiv herumschnüffelt, und ihnen ein paar Wahrheiten darüber zu sagen, wie ihre Handlungen anderen schaden."

„Das habe ich mir gedacht", murmelte ich. „Deshalb hast du die Fälle nicht abgeschlossen. Du warst gerade dabei, deine eigenen losen Enden zu verknüpfen. Und die Verbindung zum Firefly Bay Hotel war doch eher zufällig." Diese Tatsache enttäuschte mich. Ich war mir so sicher gewesen, dass in dem Hotel etwas vor sich ging, das alle drei Fälle von Ben betraf. Was mich an etwas erinnerte. Ich holte mein Handy heraus und schielte auf die Fotos, die ich von Bretts Wand gemacht hatte, aber die tiefen Kratzer in meinem Bildschirm ließen kaum etwas erkennen. Also schickte ich sie per E-Mail an Bens Geschäftsadresse und ging dann in sein Büro, um sie mir auf dem Monitor anzusehen.

„Das ergibt keinen Sinn", meinte ich seufzend. Brett hatte seine Dienstpläne an die Wand gepinnt, auf jedem Dienstplan den Namen eines anderen Mitarbeiters hervorgehoben und dann eine rote Schnur an die schwarze Silhouette einer Frau in der Mitte gepinnt. Auf der anderen Seite standen die Namen beliebiger Personen, die auf Papierfetzen gekritzelt waren und auf gleiche Art behandelt worden waren. Alles deutete auf die Silhouette der Frau hin, aber es gab keinen Hinweis, wer die Frau war. „Vielleicht ist sie keine Frau, sondern die Repräsentation von etwas", dachte ich laut.

„Das ist sehr merkwürdig. Und es ist auch seltsam, dass Brett dich nicht gebeten hat, dir selbst ein Bild davon zu machen. Wenn es doch Teil seiner Nachforschungen ist." Ben stand hinter mir und schaute mir über die Schulter.

„Das erste Tagebuch, das Brett mir zeigte, enthielt Fetzen von Gesprächen, die er bei der Arbeit belauscht hatte. In den anderen Aufzeichnungen gibt es so etwas bisher nicht. Hauptsächlich beurteilt er die Modewahl der Leute und lästert über seine Kollegen."

„Also hat sich etwas geändert. Irgendetwas hat diese jüngste Besessenheit ausgelöst."

„Diese jüngste Besessenheit? Wie kommst du darauf?" Ich verrenkte mir den Hals, um ihn anzuschauen.

Er blinzelte mich überrascht an. „Ich weiß es nicht", gab er zu.

Ich ließ nicht locker. „Du hast dich an etwas erinnert!"

„Dass Brett Baxter besessen ist, ist kein Durchbruch", sagte er.

„Aber du sagtest ‚die jüngste Besessenheit'. Das heißt, du wusstest, dass er früher schon von Dingen besessen war. Du musst also etwas über ihn gewusst haben, was nicht in seiner Akte steht."

„Die Frage ist, was? Und ob es relevant ist." Er starrte stirnrunzelnd auf den Computerbildschirm. „Und ob wir hier unsere Zeit verschwenden."

In dem Moment kam mir ein Gedanke. „Was wäre, wenn du Brett zurückgewiesen hättest, wenn du ihm erklärt hättest, dass du seinen Fall nicht übernehmen würdest und er durchgedreht ist und dich getötet hat? Ich weiß, er hat nicht die gleiche Statur wie du, aber er ist ein Mann und wahrscheinlich stark genug, um dich in den Wald zu ziehen."

Ben zuckte mit den Schultern. „Er könnte es gewesen sein, nehme ich an. Aber derjenige, der mich getötet hat, hat vielleicht gar nichts mit meinen Fällen zu tun", räumte er ein.

„Ja, aber wer auch immer es war, du hast ihm genug vertraut, um ihn in dein Haus zu lassen. Und du warst in deiner Küche, als du angegriffen wurdest. Vielleicht hast du ihm einen Drink oder etwas anderes angeboten?"

„Es gibt eine Menge Vielleichts."

Er hatte recht. Ich stellte lediglich Vermutungen an. Das Summen meines Telefons unterbrach uns. Auf dem Display erschien eine Nummer, die ich nicht kannte.

„Audrey Fitzgerald", meldete ich mich.

„Guten Tag, Mrs Fitzgerald, hier ist die Firefly Bay Helping Hand Facility."

„Oh, hi." Die Einrichtung, in der Bens Vater gepflegt wurde.

„Was mit Bill Delaneys Sohn Ben passiert ist, ist einfach schrecklich", fuhr die Frau fort, „und wir möchten Ihnen unser aufrichtiges Beileid aussprechen."

„Danke."

„Außerdem haben wir von der Kanzlei McConnell erfahren, dass Sie jetzt Bills gesetzliche Vertreterin sind, richtig?"

Ich nickte. „Das ist richtig."

„Sehr gut. Wir haben zwar alles, was wir brauchen, vom Testamentsvollstrecker erhalten, aber wir müssen Sie noch bitten, irgendwann vorbeizukommen und uns einen Lichtbildausweis vorzulegen. Nur für unsere Unterlagen, Sie verstehen?"

„Natürlich, das kann ich machen. Ich werde sowieso Bill besuchen. Weiß er es? Dass Ben gestorben ist?"

„Nein, tut er nicht. Es ist höchst zweifelhaft, dass er es verstehen oder begreifen würde."

„Oh. Das ist so traurig." Alzheimer war eine furchtbare Krankheit. „Meinen Sie, ich sollte es ihm sagen?" Ich kaute an meinem Fingernagel.

„Vielleicht sprechen Sie mit einem unserer Ärzte, bevor Sie ihn besuchen", antwortete sie. „Sie können das besser beurteilen."

Ich nickte. „Ja, das klingt gut. Das werde ich tun. Eigentlich ..." Ich schaute auf die Uhr. „Könnte ich auch jetzt vorbeikommen?" Es war fast halb vier und ich könnte auf dem Heimweg bei der Pflegeeinrichtung vorbeischauen.

„Natürlich. Melden Sie sich einfach an der Rezeption. Wir werden alles für Sie bereithalten."

„Danke." Ich beendete den Anruf und sah Ben an, der zur Schiebetür mit Blick auf den Garten hinübergegangen war und nach draußen schaute.

„Willst du mit mir kommen und deinen Vater besuchen?", fragte ich.

„Ja. Aber ... sei vorbereitet, Fitz, okay? Er wird dich nicht mehr erkennen. Es kann sehr verwirrend sein, wenn jemand, den man sein ganzes Leben lang kennt, sich nicht mehr an einen erinnert."

Ich streckte meine Hand aus, um sie auf seine Schulter zu legen, aber natürlich ging sie direkt durch ihn hindurch und schlug stattdessen gegen die Fensterscheibe. „Verdammt."

Ben gluckste. „Noch etwas, an das man sich gewöhnen muss, was?"

„Hast du Thor gesehen? Ich möchte ihm Bescheid

sagen, dass ich gehe, und fragen, was er tun will." Worte, von denen ich dachte, dass ich sie nie sagen würde. Mich bei einer Katze erkundigen.

„Nicht seit er durch die Katzentür geschossen ist, als Armstrong ankam."

Ich schob die Glastür auf und dachte mir, ich sollte mich wenigstens bemühen, die Katze zu finden. „Thor!", rief ich und trat auf die Terrasse hinaus, die Hand erhoben, um meine Augen vor der Nachmittagssonne zu schützen. Ich suchte den Garten nach Bewegungen ab. Nichts. Nicht einmal ein Zucken mit dem Schwanz. Ich rief noch einmal seinen Namen und trat auf den Rasen, suchte den ganzen Garten ab, aber keine Spur von dem pelzigen Schrecken. „Komm her, Thor!", brüllte ich. Dann hörte ich es. Percys Bellen.

„Ich wette, du bist nebenan und ärgerst den Hund", murmelte ich, drehte mich auf dem Absatz um und ging auf das Tor zu, das die beiden Grundstücke trennte. Natürlich war das Tor nur angelehnt, und der Spalt war groß genug, dass sich das Übergewicht hindurchzwängen konnte. Ich schob das Tor weiter auf und trat hindurch. Mrs Hills Garten war wunderschön. Der Garten war im Landhausstil angelegt, mit einer kleinen Hecke, die einen gepflasterten Bereich mit einem Vogelbad in der Mitte begrenzte, Gartenbeeten voller blühender Sträucher und einer gelben Birke, die eine Ecke dominierte.

„Thor!", rief ich im Flüsterton. Ich war noch nie in

Mrs Hills Garten gewesen, und es fühlte sich nicht richtig an, hier zu sein, obwohl sie das Tor häufig benutzte, um auf Bens Grundstück zu gelangen. Irgendetwas sagte mir, dass sie nicht glücklich wäre, wenn sie wüsste, dass ich in ihrem Garten war. Percy war drinnen und sein Bellen wurde noch lauter, als er mich hörte. Verdammt, er würde mich auffliegen lassen.

Ich huschte zum Haus hinüber und drückte mich mit dem Rücken an die Wand, nur für den Fall, dass Mrs Hill aus einem ihrer hinteren Fenster spähte, um nachzusehen, was es mit dem Krawall auf sich hatte. Aber Thor war nirgends zu sehen. Vielleicht war er ja doch nicht hier. Vielleicht war er im Wald, aber ich war noch nicht bereit, dorthin zu gehen. Ich war mir nicht sicher, ob ich jemals so weit sein würde. Allein der Gedanke daran ließ Bens Leiche vor meinem geistigen Auge auftauchen – ein Anblick, der sich nie mehr auslöschen ließ.

„Verdammte Katze", fluchte ich, während ich auf Zehenspitzen zurück zum Tor schlich und erst wieder ausatmete, als ich auf der anderen Seite war. Ich schloss es und vergewisserte mich, dass der Riegel einrastete. „Wenn du da drüben bist und mich ignorierst", flüsterte ich wieder, „musst du halt mit deinem dicken Hintern über den Zaun springen, um nach Hause zu kommen." Als immer noch keine Antwort kam, kaute ich mir in einem Anflug von Sorge erneut auf den Lippen.

„Es geht ihm bestimmt gut", sagte Ben, als ich wieder ins Haus ging ... ohne Katze. „Er schläft wahrscheinlich an einem seiner sonnigen Lieblingsplätze."

„Im Wald?", fragte ich und warf einen zweifelhaften Blick in Richtung der Bäume, die sich hinter Bens Garten abzeichneten.

„Richtig."

„Fein", schnaubte ich. „Ich gehe zu deinem Vater und komme dann wieder hier vorbei, um nach ihm zu sehen und ihn zu fragen, ob er zu mir nach Hause kommen will." Es war noch reichlich Wasser und Futter in seinen Näpfen, also wusste ich, dass es ihm gut gehen würde, aber meine mütterlichen Instinkte meldeten sich, und, okay, ich gebe zu, ich war besorgt, ihn allein im Wald zu lassen. Was, wenn er verletzt wurde? Was, wenn ein größeres Tier ihn für eine Beute hielt? Früher hatte mich das nie interessiert, weil Thor Bens Katze gewesen war – damals hatte ich ihn als eine Plage angesehen. Nun schlängelte er sich in mein Herz, und ich wusste nicht, was ich davon halten sollte.

„Oh, sieh dich nur an", gurrte Ben. „Du machst dir Sorgen um ihn. Audrey Fitzgerald, du verwandelst dich in einen Katzenmenschen."

„Ach, halt den Mund", brummte ich, aber ich lächelte, schnappte mir Bens Schlüssel aus der Schale im Flur und ging hinaus.

KAPITEL 21

Ben hatte recht. Es brach mir das Herz, seinen Vater zu sehen. Die Demenz hatte wirklich ihren Tribut gefordert. Sein Kurzzeitgedächtnis war bereits vollständig verschwunden und sein Langzeitgedächtnis war inzwischen ebenfalls beeinträchtigt. Bill Delaney war ein sechzehnjähriger Jugendlicher, der in einem sechzigjährigen Körper lebte.

„Du bist hübsch", sagte er zu mir, als wir im Garten des Pflegeheims Tee tranken.

„Danke." Ich lächelte.

„Wie war noch mal dein Name?"

„Audrey. Audrey Fitzgerald. Ich bin eine Freundin deines Sohnes."

Bill spuckte seinen Tee mit einem Lachen in die Tasse zurück. „Das ist urkomisch." Er kicherte. „Ich habe keine Kinder. Donnerwetter." Er beugte sich vor und flüsterte mir zu: „Ich bin noch Jungfrau. Ich habe noch nie ...“

Ich lief puterrot an, während ich ein solches Gespräch mit Bens Dad führte – einem Mann, der für mich wie ein zweiter Vater gewesen war. Ich nahm noch einen Schluck von meinem Tee. Ich war Kaffeetrinkerin durch und durch, aber ich konnte auch Tee trinken, wenn der Anlass es rechtfertigte, und da Bill auf Tee bestanden hatte – sein Vater meinte, er wäre zu jung, um Kaffee zu trinken – tranken wir Tee.

„Siehst du?“, flüsterte Ben mir ins Ohr und ich nickte leicht, um ihm zu zeigen, dass ich ihn gehört hatte. Die Pflegeeinrichtung war eigentlich ganz nett, auch wenn die Schlösser an sämtlichen Türen und Toren beunruhigend waren. Aber Demenzkranke hatten die Angewohnheit, zu fliehen, sodass es zu ihrer eigenen Sicherheit war, sie einzusperren. Ich verstand das, aber es machte mich trotzdem unglaublich traurig. Ich hatte meinen Ausweis an der Rezeption abgegeben und ein Foto von mir machen lassen, damit sie es in ihr System hochladen konnten. Ich hatte mich auch mit einem der Ärzte der Einrichtung getroffen, der mir geraten hatte, seinem Vater gegenüber nichts von Bens Tod zu erwähnen. Er befürchtete, dass dies nur noch mehr Verwirrung stiften und Bill letztlich unnötig unter Stress setzen würde.

„Was willst du werden, wenn du groß bist, Bill?“, fragte ich und versuchte, das Gespräch von seiner nicht vorhandenen Jungfräulichkeit abzulenken.

„Mechaniker!" Bill nickte begeistert und begann dann mit einem Monolog über Autos, an denen er gerne arbeiten würde und die er gerne besitzen würde. Ich lächelte und nickte, wo es angebracht war, während mein Herz schmerzte.

Und dann sagte er etwas, das mich aufschrecken ließ. „Bens Nachbarin hatte einen Cadillac in wirklich gutem Zustand, ein Sammlerstück, bis ihr Neffe ihn in die Finger bekam."

Ich hätte fast meinen Tee verschüttet. „Meinst du Mrs Hill? Ethel Hill?", fragte ich und hatte Angst zu hoffen, dass er sich tatsächlich an irgendetwas erinnern würde.

„Ahhh, Ethel. Die war schon immer ein Hingucker." Er seufzte verträumt. „Sie ist ein paar Jahre älter als ich, aber das stört mich nicht. Eine ältere Frau hat mehr Erfahrung, weißt du." Er zwinkerte mir zu.

„Und Ben?", hakte ich nach.

„Wer ist Ben?" Er runzelte die Stirn und mir wurde schwer ums Herz. „Meinst du Brett? Ihren Neffen?", fügte er hinzu.

„Brett?" Das konnte doch nicht sein … oder doch? Der Name Brett war ziemlich verbreitet, aber was, wenn Brett Baxter der Neffe von Ethel Hill war? „Brett Baxter?", fragte ich.

„Genau, so heißt er. Ein ziemlich verrückter Vogel." Und dann war er wieder in seiner Welt der Autos, in der das Mädchen, das er mochte, Beryl Sanderson, einen VW-Käfer fuhr, der genauso süß war wie sie. Ich grinste. Er hatte schließlich Beryl Sanderson geheiratet, und es machte mein Herz glücklich, dass er sich wenigstens an einen Teil seines Lebens und an die Liebe erinnerte, die er jahrzehntelang für seine Frau empfunden hatte.

Ich beendete meinen Besuch und suchte dann zehn Minuten lang auf dem Parkplatz nach meinem Auto, bevor ich mich daran erinnerte, dass ich in Bens Nissan gekommen war. Ben hatte beschlossen, noch eine Weile bei seinem Vater zu bleiben, also fuhr ich vom Parkplatz zurück in Richtung Bens Haus und überlegte, wie Geister reisen konnten, während ich mein neues Fahrgefühl genoss. Das Auto fühlte sich an, als ob ich auf Marshmallows fahren würde, und die Lenkung! Oh mein Gott, sie ging so leicht im Vergleich zu meinem Chrysler. Ganz zu schweigen von den Lautsprechern, dem GPS, dem Tempomat und dem integrierten Bluetooth-System. Ben hatte meine Fahrweise kritisiert und im Grunde die ganze Fahrt zur Einrichtung gestresst, aber jetzt, wo ich allein war, konnte ich die Fahrt genießen, und das tat ich auch. Und mit voller Lautstärke und heruntergelassenen Fenstern – erwähnte ich, dass es elektrische Fensterheber waren? – war ich fast glücklich. Bis ich über die Quelle meines Glücks nachdachte und meine Laune schnell sank. Ich liebte das Auto. Was ich nicht mochte, war die Tatsache, dass ich es nur besaß, weil mein bester Freund gestorben war. Ich musste einen Weg finden, diese

Gefühle in Einklang zu bringen, bevor sie mich zerstörten.

Stattdessen konzentrierte ich mich auf das, was Bill gesagt hatte, über Ethel Hill und ihren Neffen. Natürlich könnte es sich dabei um das Geschwafel eines dementen Mannes handeln, aber was, wenn er einen kurzen Moment der Klarheit gehabt hatte? Der Arzt hatte mir gesagt, dass Alzheimer eine häufige Ursache für Demenz sei und dass kurze Phasen der Klarheit möglich seien. Diese kämen aber nicht häufig vor und seien auch nur sehr kurze Momente. Er hatte mich gewarnt, dass Bills Lebenserwartung durch seine Krankheit verkürzt werden würde. Der Durchschnitt lag bei sechs bis zehn Jahren, und Bill lebte seit mehr als drei Jahren damit, möglicherweise sogar länger, weil die Krankheit eine Zeit lang nicht diagnostiziert wurde. Ich schüttelte die rührseligen Gedanken ab, verband mein Telefon mit der Bluetooth-Verbindung im Auto und rief Mom an.

„Audrey, Liebes, alles in Ordnung?", meldete sie sich nach dem zweiten Klingeln.

„Alles gut, Mom. Hey, ich habe eine seltsame Frage. Ist Brett Baxter Ethel Hills Neffe?"

„Ähm, ja, das ist er."

Bumm! Da hatte ich meine Antwort. Ich schlug auf das Lenkrad. Jetzt ergab alles Sinn. Ben nahm Bretts Fall als Gefallen an. Es war ein schwachsinniger Fall, aber ich wette, Mrs Hill hat ihn dazu gedrängt.

„Fährst du?", unterbrach Mom meine Gedanken

und erinnerte mich daran, dass sie immer noch in der Leitung war.

„Ja. Ich habe gerade Mr Delaney besucht."

„Wie geht es ihm?" Ich erzählte Mom von meinem Besuch bei Bens Vater und wir unterhielten uns, bis ich wieder vor Bens Haus ankam. Ich parkte das Auto in der Garage und betrat das Haus. Während des Gesprächs mit meiner Mutter hatte ich eine Art Plan entwickelt. Ich musste Mrs Hill zum Reden bringen, und das ging am besten, indem ich sie dazu brachte, den ersten Schritt zu tun. Wenn ich an ihre Tür klopfte und anfing, Fragen zu stellen, würde sie mir wahrscheinlich die Tür vor der Nase zuschlagen. Wie könnte ich sie also dazu bringen, den ersten Schritt zu tun? Sie ärgern.

Schritt eins: Ich fahre meinen ölverschmierten Chrysler rückwärts auf die Auffahrt und lasse ihn dort stehen – unter dem Vorwand, an die Gartengeräte gelangen zu wollen, die an der Rückwand der Garage hingen. Schritt zwei: Mit der Gartenarbeit beginnen. Ich war einigermaßen zuversichtlich, dass Mrs Hill zu allem, was ich im Garten tun würde, eine Meinung haben würde. Und es würde bedeuten, dass ich es falsch machen würde. Ich war die Erste, die zugab, dass ich keinen grünen Daumen hatte, und ich wollte Bens schönen Garten nicht ruinieren, also wählte ich das Einfachste. Den Rasen rechen. Obwohl es noch nicht Herbst war und es keine Blätter zu harken gab, machte ich mich mit dem Rechen auf den Weg und zog ihn über das Gras. Tatsächlich bewegten sich die Vorhänge im Fenster nebenan, und wenige Minuten später kam sie aus der Haustür und lief durch den Vorgarten. Ich verkniff mir ein Lächeln.

„Sie sollten mehr lächeln, Liebes. Sie sehen nicht so aus, als würde Ihnen die Gartenarbeit Spaß machen", meinte sie.

„Das tut sie auch nicht." Das war nicht ganz richtig, aber es war das erste Mal, dass ich etwas im Garten tat, nachdem ich vor knapp zehn Jahren zu Hause ausgezogen war.

„Und das sieht man, meine Liebe. Und wenn Sie so aussehen, als würde es Ihnen keinen Spaß machen" – sie schaute sich um und beugte sich dann vor, um zu flüstern – „dann sieht es so aus, als könnten Sie sich keinen Gärtner leisten."

Ich richtete mich auf und stützte mich auf den Rechen. „Aber ich kann mir einen Gärtner leisten", widersprach ich.

„Das mag ja sein, meine Liebe, aber das" – sie wedelte mit der Hand – „schreit nach Armut." Ich versteifte mich bei dieser kaum verhüllten Beleidigung. Ja, meine Jeans war ebenso wenig ein Designer-Stück wie mein T-Shirt, na und? Und wie sie meine Gartenarbeit mit Armut in Verbindung bringen konnte, war mir ein Rätsel.

„Eigentlich bin ich froh, dass ich Sie sehe." Ich lächelte süß. „Ich hatte gehofft, Sie nach Ihrem Neffen Brett fragen zu können."

JANE HINCHEY

Sie wurde blass und umklammerte ihre Perlen. „Ich habe nichts über diesen Jungen zu sagen." Mit diesen Worten machte sie auf dem Absatz kehrt und verschwand in ihrem Haus, zweifellos um ihr Silberbesteck zu polieren. Oder ihre Perlen. Oder was auch immer sie mit ihrer Zeit anstellte, wenn sie nicht gerade damit beschäftigt war, ihre Nachbarn auszuspionieren.

Ich fuhr fort, den Rasen zu harken, obwohl das völlig unnötig war, während ich über das Rätsel von Brett Baxter nachdachte. Angesichts der Reaktion von Mrs Hill, als ich ihn erwähnte, hatte sie Ben vielleicht doch nicht gedrängt, seinen Fall zu übernehmen. Ich musste warten, bis Ben von seinem Besuch bei seinem Vater zurückkehrte, bevor ich mit ihm darüber sprechen konnte. Er erinnerte sich zwar nicht an die Details, aber allein durch unsere Unterhaltung würde ich einen gewissen Einblick bekommen. Was mich an etwas erinnerte. War Thor inzwischen wieder aufgetaucht? Ich hatte gerade die Harke zurückgebracht und wollte meinen Chrysler in die Garage stellen, als Mrs Hills Haustür aufging und sie herauskam.

„Audrey, Liebes", rief sie mit einem kleinen Winken. Ich blieb in der Einfahrt stehen und sah zu, wie sie über den Rasen eilte. „Ich habe über das, was Sie gesagt haben, nachgedacht und war vielleicht zu voreilig. Vielleicht haben Sie Lust, auf eine Tasse Tee hereinzukommen, und ich erzähle Ihnen, was Sie wissen wollen?" Ich blinzelte schockiert. War Mrs Hill tatsächlich so freundlich und lud mich zum Tee ein?

„Ähm, okay, ja. Sicher", stotterte ich, völlig verwirrt. Ich wischte die Handflächen auf der Rückseite meiner Jeans ab und folgte ihr hinüber zur Haustür.

„Ziehen Sie Ihre Schuhe aus, Liebes."

„Meine Schuhe?"

„Ja, Liebes. Wir wollen doch nicht, dass Sie Kratzer auf dem Boden hinterlassen, oder?" Sie schaute demonstrativ auf meine Füße.

Seufzend zog ich meine Schuhe aus und stellte sie auf die Fußmatte.

Sie schnalzte missbilligend, beugte sich nach unten und stellte sie mit perfekter Präzision auf. „Wissen Sie, ich habe herausgefunden, dass man am besten nur Lederschuhe trägt, um keine Kratzspuren zu hinterlassen."

Ich warf einen Blick auf meine zehn Dollar teuren Leinenschuhe. Definitiv kein Leder.

„Tee?" Sie lächelte süß und gab mir ein Zeichen, ihr in die Küche zu folgen. Ihr Haus war so, wie ich es erwartet hatte. Es roch nach Lavendel und Bienenwachs. Es gab jede Menge Deckchen, und Vasen mit Blumen schmückten jeden Raum. Ein kratzendes Geräusch auf den Dielen kündigte Percys Ankunft an. Der rundliche Mops wackelte aufgeregt den Flur entlang, schnüffelte und schnupperte an meinen Knöcheln, leckte an meiner Fußspitze und brachte mich zum Kichern.

„Hallo, Percy", begrüßte ich ihn und streichelte ihm über den Kopf.

„Percival", korrigierte Mrs Hill.

„Natürlich." Ich zuckte mit den Schultern. Ich erwähnte nicht, dass Percys Krallen den Fußboden wahrscheinlich mehr zerkratzten, als meine Schuhe es je könnten, und folgte ihr in ihre Küche. Ihr Haus hatte einen ganz anderen Grundriss als Bens. Während sein Heim offen gestaltet war, mit großen, bequemen Sofas und einem insgesamt legeren Stil, war ihres ein Landhaus mit einer sehr femininen Ausstrahlung. Blumen und Spitze waren das Thema, und statt eines offenen Raums hatte sie ein separates Wohnzimmer, ein Esszimmer und eine Küche. An den Fenstern hingen geblümte Vorhänge, und die Arbeitsplatten waren mit einer Sammlung von Miniaturfiguren geschmückt – hauptsächlich Möpse. Ich stand unbeholfen da, während sie einen pfeifenden Teekessel auf der Herdplatte zum Kochen brachte und eine königsblaue Teekanne herunterhob.

„Warum machen Sie es sich nicht im Esszimmer bequem, meine Liebe, anstatt hier neben mir herumzustehen, hmmm?"

Ich nickte und schob mich an ihr vorbei. Ihre Küche war wie eine Kombüse, mit einer Tür an beiden Enden. Das Esszimmer wurde von einem ovalen Tisch mit einem Spitzentischtuch und einer riesigen Blumenvase in der Mitte beherrscht. Die Fenster gaben den Blick auf den Garten frei, obwohl man nicht viel sehen konnte, weil der schwere Spitzenvorhang die Sicht versperrte. Ich nahm Platz, fummelte an der Tischdecke und fragte mich, was sie dazu bewogen hatte, ihre Meinung zu ändern und mich zum Tee einzuladen. Das war so untypisch für sie. Aber um ehrlich zu sein, kannte ich sie nicht wirklich. Doch bei unserem ersten Aufeinandertreffen schien sie mich nicht zu mögen oder zu akzeptieren, und seitdem sind wir immer wieder aneinandergeraten. Vielleicht hatte sie ihre Meinung geändert, weil wir Nachbarn werden sollten. Und vielleicht sollte ich mir eine Scheibe von ihr abschneiden und mir ein bisschen Mühe geben.

„Zuckerplätzchen?", rief sie aus der Küche. „Ich habe sie selbst gebacken."

„Oh, ähm, sicher." Okay, das war seltsam. Ich hatte das Gefühl, in einem anderen Universum zu sein. Meine Zehen krümmten sich auf dem Teppich, und ich sah mich um, wobei sich ein Gefühl des Unbehagens in mir breitmachte. Ich wünschte, Ben wäre hier, um mich moralisch zu unterstützen. Auf der dunklen Holzkommode, die an die Wand gelehnt war, stand eine altmodische Uhr mit Aufzug, deren Ticken das einzige Geräusch war – abgesehen von Mrs Hill in der Küche.

„Sie wollen etwas über meinen Neffen wissen?" Sie erschien mit einem Tablett, zwei Tassen mit Untertassen und einem kleinen Teller mit gezackten Rändern, auf dem kunstvolle Zuckerplätzchen lagen.

„Falls das in Ordnung ist." Ich hatte das Gefühl, ins

Hintertreffen geraten zu sein, und beobachtete sie genau, während ich mich fragte, ob das ihre Absicht gewesen war. Da ich mich jetzt in ihrem Revier befand, hatte sie die Oberhand.

„Das hängt davon ab, was Sie wissen möchten, Liebes."

Ich nahm ein Plätzchen und knabberte daran. „Ich habe Bens Detektivbüro geerbt, zusammen mit seinem Haus, und er hat Brett vor Kurzem als Klienten gewonnen", erklärte ich.

Sie versteifte sich für eine Nanosekunde, bevor sie sich daran machte, die Teetassen aufzustellen. „Aha?"

„Nun … Bretts Fall ist etwas … fantasievoll. So könnte man es nennen. Ich bin überrascht, dass Ben sich überhaupt bereit erklärt hat, ihn anzunehmen."

„Brett ist ein Verschwörungstheoretiker." Sie schniefte. Sie hätte genauso gut Drogendealer sagen können, so verächtlich klang ihre Stimme.

„Verschwörungen? Welche zum Beispiel?" Ich lehnte mich mit den Ellbogen auf den Tisch und beugte mich vor.

„Er glaubt, dass alle, die im Hotel arbeiten, Illuminaten sind." Sie richtete die geblümte Schürze um ihre Taille. Ich bemerkte erst jetzt, dass sie eine trug, so gut passte sie zu ihrem Kleid.

„Illuminaten? Wie in der Geheimgruppe? Diejenige, die angeblich eine neue Weltordnung schaffen soll?"

Sie zuckte mit den Schultern. „Ich weiß wirklich

nicht, wer oder was die Illuminaten sind, meine Liebe, eine Art Gruppe, ja, ich nehme es an."

Ich runzelte die Stirn und dachte an die Stecknadeln an Bretts Wand.

„Er glaubt auch, dass in den vierziger Jahren tatsächlich ein UFO in Roswell abgestürzt ist und dass die Außerirdischen an Bord – zusammen mit ihrem Raumschiff – in der Area 51 festgehalten werden." Mit dieser Theorie war er nicht allein, viele Leute glaubten das. Das schrille Pfeifen des kochenden Wasserkochers verhinderte eine weitere Unterhaltung, aber ich hörte, wie Mrs Hill etwas über Reptilien sagte, als sie zurück in die Küche eilte, um den Tee fertigzumachen. Ich kaute auf dem Zuckerplätzchen in Form eines Weihnachtsbaums herum, während ich verdaute, was sie mir erzählt hatte.

KAPITEL 22

*A*ls ich einen Schluck des Tees nahm, war er unglaublich bitter, und ich konnte meine Reaktion nicht unterdrücken. Mein Gesicht verzog sich, als hätte ich in eine Zitrone gebissen.

„Zucker?" Mrs Hill hatte mir gegenüber Platz genommen, nachdem sie uns beiden eine Tasse aus der blauen Teekanne eingeschenkt hatte, die nun zwischen uns stand. Sie schob eine Kristallzuckerdose näher an mich heran.

„Entschuldigung." Ich glättete meine Gesichtszüge. „Er hat einen ziemlich … ungewöhnlichen … Geschmack. Was ist das für ein Tee?" Ich war keine große Teetrinkerin, aber das war ganz anders als der Tee, den ich in der Pflegeeinrichtung getrunken hatte, als ich Bens Vater besuchte.

„Es ist eine Kräutermischung, die ich selbst hergestellt habe. Aus den Blumen in meinem Garten."

Mein Blick schoss zum Fenster und zum Garten draußen. Der bittere Geschmack lag mir auf der Zunge, und ich hoffte, dass das, was sie für den Tee verwendet hatte, nicht mit Unkrautvernichtungsmitteln versetzt war. Ich rührte einen Teelöffel Zucker unter und fügte dann sicherheitshalber noch einen weiteren hinzu. Mrs Hill nahm einen Schluck von ihrem eigenen Tee, also dachte ich mir, dass die Theorie mit dem Unkrautvernichter nicht zutreffen würde.

„War Brett also schon immer ein Verschwörungstheoretiker?", setzte ich das Gespräch an der Stelle fort, an der wir aufgehört hatten.

„Er hatte schon immer fantasievolle Vorstellungen." Sie nickte leicht mit dem Kopf, ihre Augen klebten an mir.

„Wussten Sie, dass er Ben gebeten hat, eine seiner Theorien zu untersuchen?" Ich würgte einen weiteren Schluck hinunter, meine Augen tränten. Ich tat mein Bestes, um nicht unhöflich zu sein, aber der Tee war furchtbar. Ich fuhr mit der Zunge über meine Zähne und merkte, dass sich mein Gesicht irgendwie taub anfühlte.

„Das habe ich nicht, nein." Diesmal schüttelte sie leicht den Kopf.

Ich schaute stirnrunzelnd in meine Teetasse. Ich hatte die Hälfte des Inhalts hinuntergeschluckt, als mir ein schrecklicher Gedanke kam. Was, wenn ich auf einen der Inhaltsstoffe allergisch reagierte? Meine

Lippen kribbelten, mein Gesicht war taub, ich hatte zweifellos irgendeine Reaktion. Mein Herz setzte einen Schlag aus. Was, wenn sich das Kribbeln ausbreitete? Was, wenn sich meine Kehle zuschnüren würde und ich keine Luft mehr bekäme? Okay, bleib ruhig, Audrey, fahr einfach ins Krankenhaus.

„Methers Hill?", lispelte ich und hatte Mühe, die Worte herauszubekommen. „Ruwn Krnkwagn."

Sie legte den Kopf schief. „Was ist denn, Liebes? Sie müssen deutlicher sprechen. Das ist heutzutage das Problem mit den Leuten, sie sprechen nicht deutlich."

Ich stand so schnell auf, dass mein Stuhl umkippte und zu Boden stürzte, während ich mir die Kehle zuhielt und Panik in mir aufstieg. „Hilfe", krächzte ich.

Mrs Hill stand auf, stapelte die Tassen wieder auf das Tablett und trug sie zurück in die Küche, während ich fassungslos dastand und nach Luft schnappte. Die Ränder meines Sichtfeldes begannen zu verschwimmen, und schließlich setzte mein verwirrtes Gehirn ein. Der Tee war vergiftet worden. Das mit dem Unkrautvernichter war ein Scherz, aber anscheinend hatte ich Mrs Hill völlig falsch eingeschätzt. Ich drehte mich auf dem Absatz um und wollte zur Hintertür laufen, dem nächstgelegenen Ausgang, aber meine Beine wollten nicht gehorchen. Was ein Sprint hätte sein sollen, war eher ein Schlurfen. Trotzdem gab ich alles, taumelte zur Tür, benutzte die Wände, um mich aufrecht zu halten, und warf gerahmte Bilder auf den Boden, während ich tapfer versuchte, zu entkommen.

Als meine Beine nicht mehr mitmachten, kroch ich auf allen vieren weiter, und mein ganzer Körper wurde taub. Ich schaute zur Tür, die nur ein paar Meter entfernt war, aber es hätten genauso gut Kilometer sein können, als mein Körper dem erlag, was immer sie mir verabreicht hatte. Ein Schatten erschien vor mir. Ein kleiner Schatten. Ich hob den Kopf wieder an, der von Sekunde zu Sekunde schwerer wurde, und sah Thor durch die Glasscheibe im unteren Teil der Tür.

„Mensch?" Er hob den Kopf und sah mich an.

Ich streckte eine Hand nach ihm aus. „Hilfe", krächzte ich, bevor mein Arm und anschließend mein Kopf auf den Boden fielen. Meine Stirn traf mit einem dumpfen Schlag auf den Boden. Ich weiß nicht, ob Thor mich gehört oder verstanden hat, und ich hatte keine Kontrolle mehr über die Muskeln in meinem Nacken, was bedeutete, dass ich ihn nicht mehr drehen konnte, und meine Nase war nun auf den Boden gepresst, was das Atmen unglaublich erschwerte. Der einzige Lichtblick war, dass es nicht wehtat. Ich war betäubt. Mein ganzer Körper war betäubt. Und gelähmt. Aber ich atmete, wenn auch mühsam durch meine zugedrückte Nase. Ich lag im Flur und hörte zu, wie Mrs Hill herumlief, um den Nachmittagstee abzuräumen, wie ich annahm. Dann kamen ihre Schritte auf mich zu und ich wurde auf den Rücken gedreht.

„Ganz betäubt, Liebes?", fragte sie im Plauderton. Ich blinzelte. Oh gut, meine Augenlider funktionierten noch. Und meine Lunge. Obwohl mir beides nicht helfen würde, von hier wegzukommen, weg von Mrs Übergeschnappt. Anscheinend war Brett Baxter nicht der einzige Verrückte in der Familie.

Sie beugte sich zu mir herunter und packte meinen Knöchel, ihr Griff war überraschend fest. Noch überraschter war ich, als sie begann, mich den Flur hinunterzuziehen. Diese Frau war siebzig Jahre alt. Wie sollte sie einen sechzig Kilo schweren Körper ziehen?

„Wenn die Leute lernen würden, sich um ihre eigenen Angelegenheiten zu kümmern", sagte sie, während sie mich über den Boden zog, „dann würde so etwas nicht passieren."

Ich gab der Tatsache, dass ich unter Drogen stand, die Schuld, dass ich so lange gebraucht hatte, um es zu begreifen. Jetzt, wo wir hier waren und sie mich völlig hilflos im Schlepptau hatte, war natürlich alles sonnenklar. Mrs Hill hatte Ben getötet. Ich wusste noch nicht, warum, aber es hatte mit Brett zu tun. Deshalb hatte sie beschlossen, mich ebenfalls aus dem Weg zu räumen. Weil ich sie nach ihrem Neffen gefragt hatte. Es hatte sie offensichtlich überrascht, aber sie hatte sich schnell zusammengerissen und einen Plan ausgeheckt, um mich in ihr Haus zu locken und das Gift zu verabreichen. Und es hatte funktioniert. Ich war darauf hereingefallen.

Mein Kopf prallte gegen einen Türrahmen, als sie mich in einen Raum im vorderen Teil des Hauses zerrte.

„Das tut mir leid, Liebes", entschuldigte sie sich. Ich lag da und starrte an die Decke. Es klebten Aufkleber darauf. Sie waren schwach, aber ich konnte gerade noch erkennen, dass es Sterne waren. Sie ließ mein Bein fallen und ließ mich in der Mitte des Raumes zurück. Ich hörte das Geräusch von Vorhängen, die über die Schienen glitten, und der Raum wurde in Halbdunkel getaucht. Die Sterne an der Decke begannen zu leuchten und ich blinzelte. Cool. Ich versuchte, mich an meinen Astronomieunterricht in der Schule zu erinnern, fragte mich, ob die Sterne eine bestimmte Konstellation darstellten, aber ich kam nicht drauf.

Ich hörte, wie Mrs Hill sich links von mir bewegte, dann war sie wieder da und drehte mit ihrem Fuß meinen Kopf, bis ich sehen konnte, was sie mir zeigen wollte. Und dann wurde alles kristallklar. Dort, in meinem Blickfeld, stand ein Altar. Eigentlich war es wohl eine Kommode, aber sie war in ein schwarzes Tuch gehüllt, und es standen Kerzen darauf, und ein Kelch und andere Dinge, die ich von meinem Aussichtspunkt auf dem Boden aus nicht sehen konnte. Aber was die Angelegenheit besiegelte, war das, worauf ich lag. In den Boden war ein Pentagramm eingraviert – oder besser gesagt, die Hälfte davon, denn ich lag genau darauf. Heiliger Strohsack, Brett Baxter hatte recht gehabt mit den Hexen. Hatte er seine Tante verdächtigt? Aber er hatte sie nicht ausdrücklich erwähnt, als ich ihn nach seinem Fall fragte, und Ben hatte in seinen Notizen nichts davon erwähnt. Aber um ehrlich zu sein, hatte sich Ben überhaupt keine Notizen zu Bretts Fall gemacht.

Ich fühlte mich seltsam ruhig, während ich dalag und alle Puzzleteile zusammensetzte. Irgendwie musste Mrs Hill Wind davon bekommen haben, dass Ben sich mit der Hexerei beschäftigt hatte, und ihn getötet haben, bevor er sie verraten konnte. Was ein bisschen extrem war. Mir fiel noch etwas auf. Das Taubheitsgefühl, das meinen Körper durchdrang, ließ nach und ich spürte ein Kribbeln in meinen Fingern und im Gesicht. Ich hatte wohl nicht die volle Dosis abbekommen, da ich den Tee nicht leer getrunken hatte. Ich konnte nur hoffen, dass Mrs Hill das nicht in ihre Überlegungen einbezogen hatte.

Sie blätterte in einem Buch, leckte sich den Finger ab, kniff in die Ecke jeder Seite und überflog den Inhalt, um dann wieder zu lecken und zu blättern. Schließlich entschied sie sich für eine Seite. „Ja, das sollte genügen", murmelte sie, bevor sie ein Messer in die Hand nahm.

Ein großes, scharfes Messer, das mir seltsam bekannt vorkam. War es Bens? Natürlich war es eine Sache, hier zu liegen und das Rätsel um Bens Ermordung zu lösen, aber als ich das Messer in ihrer Hand sah, wie das Kerzenlicht auf der Klinge glitzerte, wurde es mir klar. Sie wollte mich umbringen, genau hier und jetzt. Ich musste etwas tun. Ich konnte nicht hier liegen und mein Schicksal ergeben hinnehmen. Das wäre leichter gewesen, wenn ich nicht teilweise gelähmt wäre. Ich zwang die Droge, meinen Körper schneller zu verlassen, experimentierte mit den Fingern, um herauszufinden, wie viel Bewegung bereits zurückgekehrt war, ohne dass Mrs Hill etwas davon mitbekam. Bring sie zum Reden. Lenk sie ab.

Ich stieß ein verzerrtes Geräusch aus, und sie sah mich an, fast überrascht, mich auf ihrem Boden zu finden. „Oh, ich nehme an, Sie fragen sich, was hier los ist, Audrey, Liebes?" Sie klang ausgesprochen freundlich.

„Mein dummer, neugieriger Neffe hat seine Nase in Dinge gesteckt, die ihn nichts angehen, und ist dabei über das hier gestolpert." Sie deutete auf den Raum, in dem wir uns gerade befanden. „Natürlich wollte er alles darüber wissen und meinem Hexenzirkel beitreten. Das konnte ich nicht zulassen. Die Wahrheit ist, dass ich nur eine Dilettantin bin. Ich brauchte ein Hobby, mit dem ich mich während der Wintermonate, wenn der Garten schläft, beschäftigen konnte. Und die Idee dazu hatte ich von Brett selbst." Sie lachte. „Eines Sonntags beim Mittagessen erzählte er von seinen Theorien und landete bei Magie und Hexerei, und ich muss zugeben, das hat mein Interesse geweckt. Ich meine, es geht hauptsächlich um Kräuter, Kristalle und Meditation, wissen Sie? Aber ich habe ein wunderbares

Tonikum für meinen Garten geschaffen. Haben Sie meine Hyazinthen in diesem Sommer gesehen?"

Ich brummte zustimmend. Rede weiter, Mrs Durchgeknallt.

„Das Letzte, was ich brauchte, war, dass Brett es allen erzählt. Ich meine, im Ernst, Hexerei?" Sie schnalzte missbilligend. „Dann heuert der dumme Junge meinen Nachbarn an, um Nachforschungen anzustellen! Können Sie sich das vorstellen? Er dachte, ich hätte gelogen, als ich sagte, dass ich keinen Hexenzirkel habe, und sein Gehirn, nun ja, das funktioniert einfach nicht auf allen Zylindern, fürchte ich. Natürlich war jede Frau, die ihm über den Weg lief, eine potenzielle Hexe, und er musste es einfach wissen. Sie wissen schon, oder?"

Ich wusste, dass sie beide völlig verrückt waren. Stattdessen blinzelte ich und gab ein weiteres murmelndes Geräusch von mir.

„Ich wollte Ben nicht umbringen." Sie untersuchte jetzt das Messer. „Ich bin kurz vorbeigekommen, um mich zu vergewissern, dass er verstanden hat, dass das, wofür Brett ihn angeheuert hatte, reiner Unsinn war. Er war in der Küche und räumte auf – so ein netter junger Mann, und so stolz auf sein Zuhause – und spülte mit der Hand ein paar Bestecke ab, die er nicht in die Spülmaschine geben wollte. Ich hatte mir nichts dabei gedacht. Und dann …" Sie hielt inne und ich gluckste, damit sie weiterredete. „Ich war ein bisschen aufgeregt. Er war scharfsinnig. Zählte sofort eins und eins zusammen und fragte mich direkt, ob ich Hexerei betreibe. Er drehte sich irgendwie zu mir um und ich war so geschockt, dass ich ihm das hier in den Bauch schob." Sie deutete auf die Klinge in ihrer Hand. „Ich weiß nicht, wer mehr überrascht war!" Ihre Stimme wurde lauter und sie griff nach ihren Perlen. „Ich oder Ben. Ich meine, ich war fassungslos und zog das Messer heraus, und er hielt sich den Bauch, und Blut lief heraus, und er sah mich mit diesem entgeisterten Gesichtsausdruck an." Sie schwieg einen Moment lang und erinnerte sich. „Aber dann kam mir ein Gedanke. Ich könnte ihn wieder gesund machen. Es musste doch einen Zauber geben, der ihn heilen konnte. Aber er verlor eine Menge Blut, und dann erinnerte ich mich daran, dass ich in einer dieser Krankenhaussendungen im Fernsehen gesehen hatte, dass man das Messer nicht herausnehmen soll. Wenn man durch einen Fremdkörper verletzt wurde, sollte man den Gegenstand drin lassen, weil er den Blutfluss stoppen könnte. Also habe ich das Messer zurückgeschoben."

Ich blinzelte. Zweimal. Das würde die beiden Stichwunden erklären.

„Nur ging das nicht so gut und es kam Blut aus seinem Mund. Ich dachte, wenn ich ihn zu meiner Lichtung im Wald bringen könnte, wo ich immer meine Mondmagie praktiziere, würde es ihm gut gehen, der Mond würde ihn heilen, während ich zurücklief, um mein Zauberbuch zu holen. Ich half ihm nach draußen, es ging ihm gut, eigentlich sogar sehr gut, doch als wir über den Rasen gingen, fiel er einfach um wie eine Tonne Ziegelsteine. Ich musste ihn den Rest des Weges ziehen. Aber wir kamen dort an, und ich zündete die Kerze an, die ich im Unterholz versteckt hielt, und sorgte dafür, dass ein Strahl des Mondlichts ihn berührte, und dann kam ich hierher zurück, um mein Zauberbuch zu holen." Sie drehte ihre Perlen. „Ich weiß nicht, was schief gelaufen ist." Ihre Stimme war zu einem Flüstern geworden. „Vielleicht habe ich zu lange gebraucht? Es hat eine Weile gedauert, bis ich einen Heilzauber für eine solche Verletzung gefunden hatte. Die meisten Zaubersprüche sind für Krankheiten, nicht für …" Ihre Gedanken drifteten ab, sie blinzelte und schüttelte sich sichtlich. „Als ich auf die Lichtung zurückkam, war er … tot."

Ich wollte sie anschreien. Ich wollte brüllen. Warum hatte sie nicht einfach einen Krankenwagen gerufen? Warum hat sie nicht versucht, die Blutung mit dem Geschirrtuch zu stoppen, anstatt das Messer wieder in ihn hinein zu stoßen? Sie hätte ihn retten können! Meine Augen füllten sich mit Tränen und ich blinzelte heftig, um sie zu vertreiben. Das war sinnlos. Sein Tod war sinnlos.

Mrs Hill riss sich zusammen und sah mich mit zusammengekniffenen Augen an. „Wie auch immer", sagte sie mit einem Schniefen, „was geschehen ist, ist geschehen und kann nicht rückgängig gemacht werden."

Da haben Sie recht, Lady. Mein Blick schweifte

durch den Raum und suchte nach etwas, irgendetwas, das ich als Waffe benutzen konnte. Schlechte Ausbeute. Das Taubheitsgefühl verließ langsam meinen Körper und an seine Stelle kam das schlimmste Kribbeln, das man sich vorstellen konnte. Ich wollte so sehr zucken und meine Haut reiben, aber ich wollte nicht verraten, dass ich mich bewegen konnte. Nun, ein Teil von mir konnte es, ich war mir ziemlich sicher, dass meine Beine immer noch taub waren. Dann begann Mrs Hill eine Art Lied über Erde, Wind und Feuer zu singen. Ich achtete nicht allzu sehr darauf, bis sie über mir stand und einen Fuß auf meine Hüfte stellte. Für eine Seniorin war sie verdammt schnell unterwegs. Was mich jedoch wirklich beunruhigte, war das Tranchiermesser in ihren Händen und der verrückte Ausdruck in ihrem Gesicht. Sie wollte es tun, sie wollte mir das Messer in die Brust stoßen. Ich fragte mich vage, was der Rest ihres Plans war. Mich zerhacken und als Kompost in ihrem Garten verwenden? Eigentlich wäre das keine schlechte Art, eine Leiche loszuwerden, dachte ich.

Zum Glück hatte Mrs Hill eine Schwachstelle. Arthritische Knie. Es dauerte ein wenig, bis sie sich so weit abgesenkt hatte, dass sie auf meinem Bauch saß, und als sie es geschafft hatte, lag ihr ganzes Gewicht darauf. Ich machte ein kleines Wuffgeräusch, als sie die Luft aus mir herauspresste. Ich war mir nicht sicher, vielleicht habe ich auch ein bisschen Wasser verloren. Mit ihrem Gewicht direkt auf meiner Blase und meinem Körper, der immer noch mit dem Betäubungsmittel kämpfte, das sie mir verabreicht hatte, war das schwer zu sagen.

Sie sang weiter, irgendetwas über die Mondgöttin – ich war mir nicht sicher, ob der Zauber, den sie zu sprechen versuchte, der Richtige war, denn wir befanden uns in einem Raum unter einer Decke aus falschen Sternen und kein Mond war in Sicht. Sie hielt das Messer in beiden Händen über ihren Kopf, schwang es dann nach unten und zielte auf mein Herz. Meine Hände schossen nach oben, packten ihre Handgelenke und hielten sie zurück. Überraschung spiegelte sich in ihrem Gesicht. Oh ja, Mrs Durchgeknallt, das hast du nicht erwartet, was? Normalerweise wäre es kein fairer Kampf gewesen. Ich war jung, fit, gesund und stark. Sie war eine alte Dame mit Arthritis, die sie aber nicht sonderlich zu bremsen schien, und ich fragte mich, ob sie ihre magischen Kräuter zur Linderung dieser Krankheit einsetzte. Trotzdem war ich im Moment nicht in Topform, nachdem ich von der Verrückten vergiftet worden war, und so befanden wir uns in einer Pattsituation, wobei sie auf mir saß und das Messer zwischen uns war. Meine Arme zitterten, und Nadeln stachen mir in die Nervenenden, sodass ich am liebsten geschrien hätte. Schweißperlen bildeten auf meiner Stirn. Wenn ich einen Hüftschwung hinbekäme, könnte ich sie wahrscheinlich von mir wegstoßen, aber mein Unterkörper litt immer noch unter den Auswirkungen ihres Giftes und alles, was ich zustande brachte, war ein erbärmlicher Beinschwung, der genau gar nichts bewirkte.

Wir stöhnten beide und das Messer bewegte sich langsam auf meine Brust zu, als plötzlich ein lauter Krach losging und Schritte über den Flur donnerten. Fast wäre ich vor Erleichterung zusammengesackt, aber das wäre ein Fehler gewesen, denn dann hätte das Messer sein Ziel gefunden. Wäre das nicht eine Ironie des Schicksals? Ich wurde von der Kavallerie abgelenkt und würde in dem Moment sterben, als ich gerettet werden sollte!

„Waffe fallen lassen! Hände über den Kopf!", schrie Galloway von der Tür aus. Aus den Augenwinkeln sah ich ihn dort mit gezogener Waffe stehen, die auf Mrs Hills Brust gerichtet war. Er hat noch nie so verdammt sexy ausgesehen. Mein Herz flatterte ein wenig.

Mrs Hill ließ das Messer los, das natürlich direkt auf mich fiel. Ich ließ ihre Handgelenke los und schaffte es, mit den Fingern die Klinge zu umschließen, bevor sich die Spitze in mein Herz bohrte, obwohl es zweifelhaft war, dass sie ihr Ziel erreicht hätte, wenn sie sie nicht in mich gestoßen hätte. Meine Arme fielen zur Seite, das Messer glitt mir aus den Fingern und rutschte ein paar Zentimeter weg.

Galloway steckte seine Waffe in den Halfter, kam zu uns, legte Mrs Hill Handschellen an und hob sie von mir herunter. Erleichtert schloss ich die Augen und sprach ein Stoßgebet, dass ich nicht gepinkelt hatte.

Das wäre ziemlich demütigend, wenn Captain Cowboy Hotpants über mir stünde.

„Alles in Ordnung?". Er sah zu mir hinunter.

„Klar", meinte ich grinsend. Das war natürlich eine glatte Lüge. Mein ganzer Körper kribbelte und zitterte, als hätte man mich unter Strom gesetzt, aber ich machte ein tapferes Gesicht. „Woher wussten Sie, dass ich hier bin?"

„Das war eine total verrückte Sache. Ich habe einen Anruf von Ihrer Nummer erhalten, aber alles, was ich hören konnte, war das Miauen einer Katze. Ich dachte, Sie hätten mich aus Versehen angerufen, also legte ich auf. Nur dass es erneut klingelte und die Katze wieder miaute. Ich spreche zwar kein katzisch, aber dieses Tier war so hartnäckig, dass ich dachte, ich schaue mal vorbei und vergewissere mich, ob alles in Ordnung ist."

Thor, Gott segne ihn, hatte Hilfe gerufen. Ich würde dieser Katze einen Hummer spendieren. Galloway fuhr fort: „Ihre Garage stand offen, aber es gab keine Spur von Ihnen. Dann rannte die Katze an mir vorbei hierüber und kratzte an der Eingangstür. Ich bin das kalkulierte Risiko eingegangen, dass Sie hier drinnen sind und in Schwierigkeiten stecken."

„Gut geraten", meinte ich zustimmend.

„Bauchgefühl." Er drückte Mrs Hill mit dem Gesicht voran gegen die Wand. Sein Blick schweifte über mich, verweilte auf meiner Hand und wanderte dann zu meinem Gesicht. Ich schaute auch auf meine Hand, sah das Blut und stellte fest, dass ich mir die

Finger aufgeschnitten hatte, als ich nach der Klinge gegriffen hatte.

„Alles in Ordnung", sagte ich ihm. „Nur ein Kratzer."

„Können Sie aufstehen?"

„Ähm, vielleicht." Obwohl meine Beine vor kribbelten und brannten, war ich mir nicht sicher, ob sie mein Gewicht halten konnten. Ich nickte Mrs Hill zu, die zum ersten Mal in ihrem Leben gnädig schwieg. „Sie hat mich vergiftet. Etwas im Tee. Anfangs konnte ich mich überhaupt nicht bewegen, es war eine Art Lähmung, aber jetzt lässt es nach und mein Körper kribbelt überall ganz furchtbar. Das brennt wie Sau."

Galloway zerrte an den Handschellen, die Mrs Hills Handgelenke hinter ihrem Rücken hielten. „Was haben Sie ihr gegeben?"

„Entspannen Sie sich. Es war nur Grünrinde. Ihre Wirkung ist nur vorübergehend und wie sie schon sagte, sie lässt bereits nach." Sie warf mir einen Blick zu, den ich nicht deuten konnte. Ich schwöre, sie hatte einen seltsamen Glanz in den Augen. War noch etwas anderes in dem Tee gewesen, das sie verschwieg?

KAPITEL 23

❦

Ich hörte die herannahenden Sirenen, quietschende Reifen und zuschlagende Autotüren, dann explodierte der Ort vor Aktivität. Galloway übergab Mrs Hill an Officer Jacobs, sah und hörte zu, wie Jacobs ihr ihre Rechte vorlas, bevor er sie abführen ließ. Sergeant Young begleitete sie, dann tauchten Sergeant Clements und Officer Mills auf, und ich biss mir auf die Lippe, um nicht laut aufzustöhnen.

„Sind die Sanitäter schon da?", fragte Galloway.

„Fahren gerade vor." Clements nickte, stand in der Tür, hatte die Daumen in den Gürtelschlaufen und musterte mich, während ich immer noch auf dem Boden lag.

„Handschuhe an", sagte Galloway. „Ich möchte, dass alles in diesem Raum fotografiert, eingetütet und mitgenommen wird."

Mills schnaubte. „Das ist eine Menge Arbeit, Detective. Dabei brauchen Sie doch sicher nur das Messer, oder?" Er nickte in Richtung des Messers neben mir.

„Alles. Ich werde das überprüfen. Also seien Sie gründlich", schnaubte Galloway. „Ich werde es Ihnen aber leichter machen, weil es ja ach so schwer ist." Sein Sarkasmus war unüberhörbar, und ich hätte gern zustimmend in die Hände geklatscht. Galloway öffnete den Spurensicherungskoffer, den Sergeant Young mitgebracht hatte, zog sich einen Handschuh über und schüttelte einen Plastikbeutel aus. Dann trat er mit einer unwirschen Entschuldigung über mich hinweg, tütete das Messer ein und reichte es Young. „Nehmen Sie das mit auf die Wache. Ich möchte, dass es bevorzugt untersucht wird. Finden Sie heraus, ob es die Mordwaffe war, mit der Benjamin Delaney getötet wurde."

„Schon dabei." Sie nickte und nahm die Tüte entgegen. „Wir nehmen die Hill jetzt mit. Oder wollen Sie, dass wir noch bleiben und bei der Spurensicherung helfen?"

Galloway legte den Kopf schief. „Sie können gehen."

Zwei Rettungssanitäter erschienen in der Tür. „Ist das unsere Patientin?"

Da ich die Einzige war, die auf dem Boden lag, war das eine gute Einschätzung der Lage, aber auch jetzt behielt ich meine Beobachtungen für mich.

„Wir können Sie nicht reinlassen", erklärte Mills ihnen. „Das ist ein Tatort."

Galloway verdrehte die Augen, aber bevor er etwas sagen konnte, taxierte einer der Sanitäter Mills mit scharfem Blick und schnauzte: „Sie ist unsere Patientin. Damit steht sie über jedem Tatort." Mit diesen Worten schob er sich an ihm vorbei und kniete sich neben mich. Ich hätte ihn küssen können.

„Wie fühlen Sie sich, Ma'am?", fragte er. Er holte eine Blutdruckmanschette heraus und begann, meine Werte zu messen. Er war nett, Mitte vierzig, hatte ein freundliches Lächeln und wirkte sehr entspannt. Ich beschloss, dass wir Freunde werden sollten.

„Mrs Durchgeknallt hat mich vergiftet", erzählte ich ihm, „mit etwas, das sich Grünrinde nennt. Schon mal davon gehört?"

Der jüngere Sanitäter schnaubte. „Mrs Durchgeknallt. Das gefällt mir." Der Mann sah zwar wie ein Zwölfjähriger aus, aber ich schätzte ihn auf Mitte zwanzig. „Ich bin Ned, das ist Jayce", sagte er.

„Audrey." Ich lächelte und fand Gefallen an den beiden Sanitätern.

„Sieh dir mal die Hand an, Ned", meinte Jayce. Er steckte sich das Stethoskop in die Ohren, hielt das andere Ende hoch und sagte: „Ich werde nur Ihr Herz abhören, okay?"

„Klar." Ich lag da, während Jayce mit dem Stethoskop auf meiner Brust herumdrückte und Ned meine Hand untersuchte. „Ich denke, ein Wundverband reicht aus. Die Schnitte sind nicht tief, sodass wir keine Nähte brauchen", kommentierte er.

Ich war mir nicht sicher, ob er mit mir oder Jayce sprach, aber ich antwortete trotzdem. „Ist mir recht. Flicken Sie mich einfach zusammen. Ich bin nicht scharf darauf, ins Krankenhaus zu gehen."

„Das sollten Sie aber. Damit ein Arzt Sie untersuchen kann", antwortete er und verband meine Hand.

Jayce hörte meine inneren Organe ab und steckte das Stethoskop weg. „Alles gut." Er grinste. „Also, erzählen Sie mir von diesem Gift. Was waren die Symptome?"

Ich erzählte ihm, was passiert war, dass mein Körper völlig gefühllos geworden war, aber dass inzwischen das Gefühl fast vollständig zurückgekommen war und dass das Kribbeln inzwischen sogar langsam nachließ. Jayce nickte. „Wirkt schnell, baut sich aber auch schnell wieder ab. Ned hat recht, Sie sollten sich im Krankenhaus untersuchen lassen, um sicherzugehen, dass das, was Sie eingenommen haben, keine dauerhaften Auswirkungen auf Leber oder Nieren hat."

„Muss ich mit dem Krankenwagen fahren?"

„Nicht, wenn Sie nicht wollen. Ich denke, es ist in Ordnung, wenn Sie selbständig dorthin fahren. Aber lassen Sie sich auf jeden Fall untersuchen, okay?" Sie halfen mir auf und vergewisserten sich, dass ich stabil war und das Gefühl in meine Beine zurückgekehrt war. Ned hatte etwas an seinem Telefon gemacht und sah mich plötzlich mit unsicherer Miene an. „Ähm", sagte er.

„Was?"

„Sie sagten Grünrinde, richtig? Das war es, was die alte Dame Ihnen ins Getränk getan hatte?".

Ich nickte. „Das ist richtig. Warum? Hat Jayce recht und es zerfrisst meine Leber, ohne dass ich etwas davon merke?" In meinen Worten schwang Panik mit.

Er gluckste: „Nein, nein. Nach dem, was hier steht, richtet es keinen bleibenden Schaden an. Aber …" Er hielt mir den Bildschirm hin, damit ich selbst lesen konnte.

„Oh." Ich schluckte.

„Was?", wollte Galloway wissen. Er hatte die ganze Zeit über so schweigsam das Geschehen beobachtet, dass ich ihn tatsächlich vergessen hatte. „Was steht denn da? Was ist los?"

Ich schüttelte den Kopf und warf einen warnenden Blick auf Ned, der die Hände hochhielt. „Nichts. Ist nicht wichtig", erklärte ich Galloway.

„Meine Herren?" Galloway wandte sich an Jayce und Ned, die beide mit den Schultern zuckten, ihre Taschen nahmen und sich von mir verabschiedeten. „Passen Sie auf sich auf, Audrey. Und versuchen Sie, sich von alten durchgeknallten Damen fernzuhalten, okay?"

„Ich verspreche nichts", antwortete ich grinsend

und winkte ihnen zum Abschied zu. Dann richtete ich meine Aufmerksamkeit auf Galloway. „Okay, ich weiß, Sie werden wollen, dass ich mit aufs Revier komme und eine Aussage mache, und Sie werden eine DNA-Probe haben wollen, weil mein Blut auf dem Messer ist, und meine Fingerabdrücke und all das Zeug", begann ich, „aber kann ich erst mal kurz nach Hause fahren? Ich würde wirklich gern das Bad aufsuchen und mich frisch machen."

Er runzelte die Stirn. „Alles in Ordnung?"

„Ja." Ich nickte. Dann spürte ich es. Das erste Glucksen. Ich legte die Hand auf meinen Bauch und grinste zuckersüß. „Alles gut." Ich musste nach Hause. Schnell. Ich schob mich an Galloway vorbei und rief über die Schulter: „Mir geht es gut, versprochen. Ich mache mich nur kurz frisch und komme dann zur Wache. Bis später." Ich winkte kurz und dann war ich auch schon weg. Durch die aus den Angeln gehobene Haustür, über den Rasen und die Auffahrt zu Bens Haus, wo Ben und Thor auf mich warteten.

„Gott, Audrey, bist du okay? Du bist verletzt! Was ist passiert?" Ben schwebte neben mir her, während ich mich auf den Weg zur Haustür machte. Ich konzentrierte mich voll und ganz darauf, mich in Bens Haus zu retten, bevor der aufkommende Sturm losbrach.

„Audrey?", drängte Ben, als ich ihm nicht antwortete. Die Wahrheit war, dass ich das nicht konnte. Ich berechnete hektisch meine Möglichkeiten, denn das Rumoren in meinem Unterleib war eindeutig. Das Armageddon stand bevor, mir blieb keine Zeit mehr. So schnell es mein verkrampfter Hintern zuließ, schaffte ich es nach drinnen und ins Bad, wo ich Ben die Tür vor der Nase zuschlug. Doch das machte keinen Unterschied, denn er schwebte einfach durch. Während ich mit den Fingern hektisch meine Jeans aufknöpfte, ignorierte ich ihn völlig, was ihm eigentlich ein Hinweis darauf hätte sein müssen, dass es gleich losgehen würde. Ich musste ihm zugutehalten, dass er, als ich anfing, wie verrückt herumzuhüpfen und gleichzeitig die Jeans herunterzuziehen, ein „Oh" quiekte und aus dem Badezimmer eilte. Von der anderen Seite der Tür rief er: „Fitz? Alles in Ordnung da drin?"

Ich schaffte es gerade noch zur Toilette, wo ich die schlimmsten zwanzig Minuten meines Lebens verbrachte. Oh. Mein. Gott. Die Geräusche. Der Geruch. Das Brennen! Als sich der Sturm gelegt hatte, saß ich einfach nur da und sammelte mich. Eine Sache, die ich über Grünrinde gelernt hatte, war, dass ihre Wirkung sehr schnell einsetzte und genauso schnell wieder nachließ. Aber vorsichtshalber blieb ich sitzen und erzählte Ben durch die Tür, was passiert war.

„Glaubst du, dass ich deshalb nicht in ihr Haus gehen konnte?", fragte er. „Dass sie eine Art Zauber benutzt hat, um mich fernzuhalten?"

Ich erinnerte mich daran, dass Ben gesagt hatte, er könne Mrs Hills Haus nicht betreten, aber ich hatte dem keine Beachtung geschenkt. „Sie weiß aber nicht, dass du ein Geist bist. Zumindest glaube ich nicht, dass sie das tut. Sie hat es nie erwähnt, und am Ende hat sie auch nichts verheimlicht."

„Also vielleicht eine Art Schutzschild oder Siegel oder so etwas, das ihr Haus vor Geistern schützt?"

„Du könntest da an etwas dran sein. Auf dem Tor zwischen deinem und ihrem Haus ist ein Zeichen ins Holz eingebrannt. Ich habe mir bis jetzt noch nie etwas dabei gedacht. Genug von mir, was ist mit dir?", rief ich durch die Tür.

„Was soll mit mir sein?" Er klang verwirrt.

„Du hast Galloway angerufen! Wie hast du das gemacht?"

„Ähm. Ich war das nicht gewesen. Nicht ganz. Ich wies Thor an, was er zu tun hatte. Er holte dein Handy aus der Tasche, hielt seine Pfote auf die zuletzt gewählte Nummer und sagte Kade, dass du Hilfe brauchst. Natürlich hat Kade nichts davon verstanden und aufgelegt. Also haben wir noch einmal angerufen."

„Genial", murmelte ich. Da sich mindestens zehn Minuten lang nichts tat, dachte ich, ich sei in Sicherheit, und kämpfte mich erschöpft von der Toilette hoch, zog meine Jeans aus, weil ich den Druck des Jeansstoffs auf meinem Hintern nicht aushalten konnte, und wusch mir die Hände. Nun, eine Hand, da die andere dank Mrs Durchgeknallt außer Gefecht gesetzt war. Mit T-Shirt und Slip bekleidet öffnete ich die Tür und atmete die süße frische Luft ein. „Ich glaube, das Bad braucht einen neuen Anstrich."

„Alles in Ordnung?", wollte Galloway wissen.

„Verdammt!" So. Ein. Mist. Wie lange stand er schon da? Hatte er gehört … Ich schloss die Augen, weil ich nicht darüber nachdenken wollte, was sich gerade im Badezimmer zugetragen hatte. Dann kam mir ein anderer Gedanke. Hatte er mein Gespräch mit Ben gehört? Über Geister? Aber Ben hätte mich doch gewarnt, wenn das der Fall gewesen wäre. Oder etwa nicht? Die dreckige Ratte war verschwunden und ließ mich in meiner Unterwäsche zurück, um Captain Cowboy Hotpants allein gegenüberzutreten.

„Audrey Fitzgerald", sagte Galloway und grinste, wobei sein Grübchen aufblitzte, „die Arbeit mit Ihnen wird, gelinde gesagt, interessant werden."

Oh Süßer, du kennst nicht einmal die halbe Geschichte.

DAS ENDE … vorerst.

Sind Sie bereit, die Abenteuer von Audrey Fitzgerald, der unerschrockenen Geisterflüsterin, fortzusetzen?

. . .

Gib den Geist auf wird bald erscheinen, damit Sie mit dieser Serie fortfahren können!

Und vergewissern Sie sich, dass Sie auf Janes Liste stehen, damit Sie über Neuerscheinungen, Werbegeschenke und andere coole Sachen (wie Katzenbilder) informiert werden.

Das können Sie hier tun: www.JaneHinchey.com/subscribe-deutsch/

WAS KOMMT ALS NÄCHSTES?

Niemals in meinen fast dreißig Jahren hätte ich gedacht, dass es meine neue Normalität sein würde, mit Geistern zu sprechen, aber so ist es nun einmal.
Nachdem ich ein Detektivbüro geerbt habe, musste ich feststellen, dass meine Klienten eher unkörperlich sind und sich darauf verlassen, dass ich ihren vorzeitigen Tod aufkläre. Leider gibt es jedoch auch Schattenseiten, wenn man ein Magnet für Geister ist. Hallo? Der Mangel an Privatsphäre, für den Anfang. Ganz zu schweigen davon, dass mich alle für verrückt halten, weil ich mich angeregt *mit mir selbst unterhalte.* Aber das größte Problem? Ihre Mörder wollen nicht, dass ich ihren Fall annehme.

Jetzt habe ich ein neues Rätsel zu lösen. Die ortsansässige Hellseherin Myra Hansen ist als Tote aufgewacht und nicht gerade glücklich darüber. Anscheinend hat sie das nicht kommen sehen!

Zusammen mit meinem geisterhaften besten Freund, einem sprechenden Kater und Captain Cowboy Hotpants – oder, wie er gerne genannt wird, Detective Kade Galloway – nehme ich erneut den Wettlauf gegen die Zeit auf.

Einen Mörder fangen, bevor der Mörder mich fängt.

Bald erscheint GIB DEN GEIST AUF!

Klicken Sie https://janehinchey.com/deutsch/ , um sich Ihr Exemplar zu sichern, damit Sie diese Serie noch heute lesen können!

GIB DEN GEIST AUF

Da saß ein toter Mann in meinem Wohnzimmer. Da es noch viel zu früh für so etwas wie eine zivilisierte Unterhaltung war, ignorierte ich ihn und watschelte die fünf Schritte zu meiner Küche, gähnte und kratzte mich am Hintern. Meine Wohnung war eher klein – eine Besenkammer im Boho-Stil wäre wohl die passendere Beschreibung – und so war der Weg vom Bett ins Kaffee-Nirwana sehr kurz. Mein Name ist Audrey Fitzgerald. Fitz für einige. Und seit Kurzem kann ich Geister sehen und mit ihnen sprechen. Und mit einem Kater. Ansonsten bin ich völlig normal, ich schwöre.

Im Autopilot-Modus öffnete ich den Hängeschrank, tastete blind nach einem Pad, steckte ihn in meine Kaffeemaschine und drückte auf den magischen Knopf. Dann durchsuchte ich meinen Kühlschrank nach allem, was auch nur annähernd essbar war. Die

Ausbeute war ziemlich mager. Ganz hinten befanden sich einige verdächtig grüne und unscharfe Gegenstände, dann entdeckte ich ein übrig gebliebenes Stück Pizza für Fleischliebhaber – wie konnte ich das übersehen? Mit einem kleinen Freudenschrei steckte ich es in die Mikrowelle. Heute würde ein guter Tag werden, das spürte ich in meinen Knochen. Jeder Tag, der mit Pizzaresten begann, war für mich ein Gewinn. Die Mikrowelle piepte, und ich schob mir das Pizzastück sofort in den Mund, wobei ich die sengende Temperatur und die sehr reale Möglichkeit ignorierte, dass ich gerade hundert Schichten Fleisch von meinem Gaumen entfernt hatte. Das war es wert.

Mit tränenden Augen setzte ich meinen Kaffee auf, trug den Rest des Pizzastücks zum Sofa hinüber und ließ mich darauf sinken, wobei ich den toten Mann betrachtete, der geduldig darauf wartete, dass ich mich seiner annahm.

„Weißt du, ich mag den Morgen nicht besonders", sagte ich.

„Ist die Pizza nicht zu heiß?", fragte er. Falls er versuchte, nicht zu grinsen, gelang es ihm nicht.

„Ganz und gar nicht", log ich, stupste mir mit der Zunge den Gaumen an und hielt meine Gesichtszüge im Zaum, um das Entsetzen über die Entdeckung des losen Hautfetzens nicht preiszugeben, den die Pizza verursacht hatte.

Sein Grinsen wich einem breiten Lachen. „Gib's auf, Fitz, selbst wenn deine glasigen Augen nicht schon

Beweis genug wären, ist die Art, wie du deine Wangen ein- und aussaugst, ein eindeutiges Zeichen."

Ich starrte ihn an und weigerte mich, zuzugeben, dass er recht hatte. Mein Starrsinn setzte ein, und ich stopfte mir trotzig den Rest der Pizza in den Mund, kaute mit dem Kiefer und forderte meine Augäpfel auf, nicht mehr zu tränen.

„Du weißt, dass ich dich nicht retten kann, wenn du erstickst?", fragte er im Plauderton. Ich hob einen Finger, um ihm zu signalisieren, dass er sich diesen Gedanken merken sollte, während ich kaute. Und kaute. Und kaute. Nachdem ich geschluckt hatte, nahm ich einen Schluck Kaffee, was das Brennen in meinem Mund nur noch verstärkte – nichts stärkt den Charakter so sehr wie Nerven aus Stahl – und stellte die Tasse ruhig ab, indem ich sie auf einen Oberschenkel stützte und die Hitze ignorierte, die durch meinen Schlafanzug brannte. Ein verbrannter Kaffeering würde doch cool aussehen, oder?

„Was kann ich denn an diesem schönen Morgen für dich tun, Ben?"

Ben Delaney war mein bester Freund. Und dann ist er gestorben. Ich korrigiere, er wurde ermordet, und statt des lebenden Bens hatte ich nun den Geister-Ben. Und seinen Kater Thor, der zwar kein Geist war, den ich aber aus irgendeinem unheiligen Grund nun verstehen und mit ihm sprechen konnte. Ich sagte Ihnen doch, alles völlig normal.

„Warum ziehst du nicht in mein Haus?" Ben

schüttelte den Kopf, sein Blick wanderte durch meine Wohnung, die die Größe eines Schuhkartons hatte: „Es wäre so viel einfacher für dich. Das Büro ist dort. Thor ist dort. Er vermisst dich, weißt du."

„Pah, er ist ein kleiner pelziger Trottel, der sich einen Dreck um mich schert, solange sein Futternapf voll ist." Abgesehen von Bens Kater hatte er nicht ganz unrecht. Ben hatte mir alles vermacht. Und ich meine wirklich alles. Sein Haus. Sein Auto. Sein Detektivbüro. Audrey Fitzgerald, Zeitarbeiterin der Extraklasse, war jetzt Audrey Fitz, Privatdetektivin in Ausbildung. Und ich arbeitete von Bens Büro aus.

Aber aus irgendeinem Grund konnte ich mich nicht dazu durchringen, in Bens Haus zu ziehen. Sein Auto hingegen … Wer könnte einen metallicgrauen Nissan Rogue SUV mit anthrazitfarbenen Ledersitzen ablehnen? Nicht dieses Mädchen, schon gar nicht, wo mein Auto ein blauer Chrysler Baujahr 1970 war. So pendelte ich zwischen Bens Haus und meinem hin und her und es funktionierte gut. Solange ich die Schuldgefühle verdrängte, dass ich Thor immer so lange sich selbst überließ. Trotz meiner gegenteiligen Beteuerungen hatte ich die große graue Katze, die einem Teddybären ähnelte, insgeheim gern.

„Willst du etwas Bestimmtes?", lenkte ich ab. Wir hatten das bis zum Überdruss besprochen, und wenn ich gewusst hätte, was mich vom Umzug abhielt, hätte ich etwas dagegen unternommen, denn ja, Bens Haus war zehn Mal besser als meine Wohnung. Ich wusste es. Er wusste es. Thor wusste es definitiv. Aber kaum kam das Thema auf, schreckte ich zurück, wie ein Fohlen vor der ersten Hürde, sodass ich mich weigerte, weiter darüber zu sprechen.

„Wie geht es mit dem Fall voran?", fragte er.

Ich quittierte seinen Themenwechsel mit einem Nicken. Kluger Geist. „Er ist erledigt", antwortete ich strahlend und war ziemlich stolz auf mich. Als Privatdetektivin in Ausbildung musste ich zwölfhundert Stunden unter Aufsicht absolvieren, bevor ich meine Prüfung ablegen und meine offizielle Lizenz als Privatdetektivin erhalten konnte. Zu meinem Glück hatte sich Captain Cowboy Hotpants, oder – wie er gerne genannt wird – Detective Kade Galloway, vom Firefly Bay Police Department, bereit erklärt, mein Betreuer zu sein. Er ließ mich so ziemlich mein eigenes Ding machen und zeichnete meine Wochenberichte ab. Seit Bens Tod hatte ich nicht nur seinen Mord aufgeklärt, sondern auch einen verschwundenen Chihuahua wiedergefunden und das große Gnomenrätsel von Firefly Bay gelöst. Jemand hatte Gartenzwerge aus den Gärten gestohlen und sie auf den Dächern entlang der Hauptstraße abgestellt. Es stellte sich heraus, dass es nicht jemand war, sondern mehrere, und dass es sich um einen Scherz handelte, den sich ein paar Highschool-Schüler erlaubt hatten. Aber ich hatte den Fall gelöst, und das war alles, was zählt.

Ich verwöhnte Ben mit einer besonders langen

Beschreibung des großen Zwergengeheimnisses der
Firefly Bay, beobachtete, wie seine Augen glasig
wurden, und konnte genau den Moment bestimmen,
als er aufhörte, zuzuhören. Das war nicht schwer, er
verschwand buchstäblich. Das war eine Eigenart, die
mir kürzlich aufgefallen war. Immer, wenn Ben
desinteressiert war, wurde er langsam immer
körperloser, bis er schließlich nicht mehr da war. Ich
hatte ihn gefragt, wohin Geister gingen, wenn sie
niemanden heimsuchten, und er hatte sich sehr über
das Wort ‚heimsuchen' aufgeregt, und wir hatten über
eine Stunde lang über den Begriff diskutiert, ohne dass
ich eine Antwort bekommen hätte. Soweit ich wusste,
schlief er nicht, er konnte gehen, wohin er wollte – was
bei Ermittlungen sehr praktisch war, denn Ben konnte
sich unbemerkt hineinschleichen und
herumspionieren, während ich wegen Einbruch
verhaftet werden konnte.

Als mein Telefon klingelte und ich kostbare
Minuten mit der Suche danach verschwendete – ich
fand es schließlich unter meinem Bett – war er nicht
da, um die Einzelheiten meines nächsten Falls zu
erfahren. So sehr ich Ben auch liebte, und das tat ich
von Herzen, konnte er ein wenig … erdrückend sein.
Nur weil er früher Polizist und dann Privatdetektiv
war, heißt das nicht, dass er mir sagen darf, was ich zu
tun habe. Und ja, ich weiß, er nennt es Anleitung und
Ausbildung, da es technisch gesehen sein Detektivbüro
ist, das ich übernommen habe, aber manchmal braucht

ein Mädchen etwas Spielraum, ein wenig Platz, um die Dinge selbst zu erledigen.

Ich verdrängte den kleinen Anflug von Verärgerung, der aufkam, als ich die gleichen Prinzipien auf Captain Cowboy Hotpants anwendete. Denn während ich mir von Ben etwas Abstand wünschte, wollte ich von Kade Galloway genau das Gegenteil. Ein bisschen Aufmerksamkeit wäre … nett. Aber nach dem unglücklichen Vorfall, bei dem mir Grünrinde verabreicht worden war, dessen unangenehme Nebenwirkung explosiver Durchfall war, und der besagte Detective Zeuge dieses Vorfalls wurde, war ich zutiefst beschämt. Ganz zu schweigen von der Tatsache, dass ich zu diesem Zeitpunkt nur mit einem Slip und einem T-Shirt bekleidet war, hatte ich etwas … anderes erwartet. Blumen? Pralinen? Eine Verabredung? Ich war überrascht, als nichts davon geschah. Und es überrascht mich umso mehr, dass ich hier sitze und mir wünsche, dass es so wäre. Ich? Mit einem Polizisten ausgehen? Wahnsinn.

Ich rüttelte mich aus diesem Tagtraum, zog mich an, schnappte mir meine Tasche, stolperte über den Teppich, über den ich schon eine Million Mal gestolpert war, den ich mich aber weigerte, zu entfernen, und ging zur Tür hinaus, um meinen neuen Kunden zu treffen.

ÜBER JANE

Alle Romane von Jane finden Sie https://
janehinchey.com/deutsch!

Jane Hinchey ist eine australische Autorin, die es
liebt, Cosy Mystery Crimes zu schreiben, in denen es
viel zu lachen gibt – wer sagt denn, dass ein Mord
keinen Spaß machen kann? Ihre Geisterdetektiv-Reihe,
die in Australien ein Bestseller ist, vereint all dies in
einem faszinierenden Schmelztiegel aus paranormaler
Gefahr, rasanter (aber nicht zu gefährlicher) Action
und viel augenzwinkerndem, bissigem Humor.

Jane lebt in der Welt der Sterblichen mit ihrem
nicht-paranormalen Mann, zwei Katzen, deren
paranormaler Status noch nicht geklärt ist (sie hat sie
einmal dabei erwischt, wie sie versucht haben, ein
Portal in der Küche zu öffnen), und einer Schildkröte
namens Squirt (die riesig ist!).

Manchmal, wenn das übernatürliche Chaos nach

einer anderen Art von Geschichte verlangt, schreibt sie unter dem Namen Zahra Stone, wo die Figuren, die einem begegnen, ebenso sexy wie tödlich sind.

Kontaktieren Sie Jane über ihre Website und abonnieren Sie ihren Newsletter hier: www.janehinchey.com

VIP-Lesergruppe –
www.janehinchey.com/littledevils

Facebook – facebook.com/janehincheyauthor

DIE ‚GEISTERDETEKTIV'-SERIE

Begleiten Sie die angehende Privatdetektivin Audrey Fitzgerald, einen sprechenden Kater und ihren geisterhaften besten Freund bei der Lösung der rätselhaften Ereignisse, die sich in Firefly Bay zutragen. Beginnen Sie mit Buch 1, Ghost Mortem.

DIE ‚WITCH WAY'-SERIE

Begleiten Sie die lustigen Abenteuer der unerschrockenen Hexe Harper Jones und ihres Katers Archie, während sie die Morde und Geheimnisse in Whitefall Cove untersuchen. Beginnen Sie mit Buch 1, Witch Way to Murder & Mayhem.

DIE MIDNIGHT CHRONICLES

Treffen Sie Midnight, die Hexe in den Wechseljahren, die zur magischen Kopfgeldjägerin wird! Beginnen Sie mit Buch 1, One Minute to Midnight.

KOMMEN SIE MIT JANE IN KONTAKT

Melden Sie sich an, um den Newsletter von Jane Hinchey zu erhalten, um benachrichtigt zu werden, wenn ein deutschsprachiges Buch veröffentlicht wird.

www.JaneHinchey.com/subscribe-deutsch/

Oder vielleicht möchten Sie sich mit anderen Krimi-Liebhabern austauschen und von neuen Büchern und Verlosungen erfahren, sobald sie erscheinen! Dann treten Sie Janes VIP-Lesergruppe bei: https://janehinchey.com/littledevils

Printed in Dunstable, United Kingdom